KB197055

마담 에드와르다 / 나의 어머니 / 시체

Georges
Bataille

Madame Edwarda / Ma Mère /
Le Mort

조르주
바타유
소설

마담 에드와르다
나의 어머니
시체

유기환 옮김

미음
사ᄋ

차례

일러두기

· 이 책은 갈리마르 출판사 조르주 바타유 『전집 III』, 『전집 IV』에 수록된 「마담 에드와르다(Madame Edwarda)」, 「나의 어머니(Ma Mère)」, 「시체(Le Mort)」를 옮긴 것이다.(Georges Bataille, *Oeuvres complètes III, IV*, Gallimard, 1971.)

· 원문에서 강조의 의미로 쓰인 대문자, 이탤릭체는 고딕체로 표현했다.

· 작품 단편을 일컬을 때는 낫표(「 」)를, 단행본을 일컬을 때는 겹낫표(『 』)를 썼다. 가령, 「나의 어머니」가 『나의 어머니』로 혼재해 쓰인 경우는 단독 단행본으로 출간됐었던 배경 때문이다.

· 주의 출처는 '저자', '옮긴이'를 표시하여 구분했다.

· 장제목 페이지에 쓰인 사진은 에드워드 웨스턴의 〈Refracted Sunlight on Torso〉 (1922)이다.

옮긴이 해설

1. 조르주 바타유는 누구인가?

조르주 바타유Georges Bataille, 1897-1962는 전복과 역설의 철학자요 과잉과 위반의 예술가로 일컬어진다. 그는 과잉의 탐구를 '이종학異種學, hétérologie'이라고 불렀다. 이종학은 한 사회가 수용할 수 있는 상식의 한계를 넘어서는 영역을 탐구한다. 이성, 노동, 문명이라는 낮의 얼굴에 가려진 광기, 폭력, 야만이라는 밤의 얼굴… 이면의 얼굴을 외면한 채 어떻게 우리가 우리 자신을 온전히 인식했다고 말할 수 있을까?

바타유 생애와 작품에 대해서는 '조르주 바타유 연보'와 '바타유 저작 연표'를 참조하길 바란다. 여기서는 이 책에 실린 세 소설과 관련된 삶의 여울목만 간추려보자. 바타유의 유소년기는 전혀 평범하지 않다. 1897년 9월 10일 오베르뉴 지방의 작은 마을에서 바타유가 태어났을 때, 아버지는 매독 환자로서 이미 시각을 잃은 상태에 놓여 있었다. 1914년 1차 세계대전이 발발하자, (1901년에 이사한) 랭스에 아버지를 버려둔 채 오베르뉴 지방으로 피란했는데, 아버지는 이듬해 사망했다. 같은 해, 오래도록 병든 아버지 곁에서 괴로워하던 어머니가 우울증으로 자살을 기도했다. 바타유의 소설에 고통과 광기가 넘쳐흐르는 것은 이런 불행한 가족사와 무관하지 않을 것이다.

아버지와 어머니의 불행이라는 강박증 때문이었을까? 바타유는 1915년에 사제가 되기로 마음먹었고, 1917년에 생플루르 신학교에 입학했다. 오늘날 역설과 전복의 에로티시즘 작가로 규정되는 바타유가 경건한 신앙에 젖은 청소년기를 보냈다는 사실은 놀라운 일이 아닐 수 없다. 그러나 결국 바타유는 도서관학을 택하여 1918년에 국립고문서학교에 입학했고, 졸업한 후에 줄곧 도서관에서 일했다. 바타유의 신앙심을 완전히 지운 계기는 니체 독서이다. 1923년, 신의 죽음을 선언한 '망치의 철학자' 니체에게서 그는 광기와 비이성의 사유라는 면에서 자신의 거울을 보았다.

1928년, 바타유가 자유분방한 배우 실비아 마클레와 결혼했다는 사실도 기억할 만하다. 왜냐하면 실비아는 유명한 정신분석학자 자크 라캉과의 혼외정사를 통해 딸을 낳았고, 이런 사실이 「나의 어머니」에 투영되어 있기 때문이다. 1946년에 바타유와 이혼한 그녀는 1953년에 딸에게 아버지의 성姓을 주기 위해 라캉과 정식으로 결혼했다.

바타유의 사유는 '비생산적 소비'라는 총론적 개념과 '에로티시즘'이라는 각론적 개념에 기대어 전개된다. 『저주의

몫La Part maudite』(1949)의 중심 주제인 비생산적 소비는 재생
산 활동을 위한 '생산적 소비'와 달리 소비 그 자체를 목적으
로 삼는 소비이다. 예를 들면 축제, 전쟁, 사치, 제례, 기념물
건조, 스포츠, 예술, 에로티시즘 등이 비생산적 소비에 해당
한다. 좌파의 마르크스주의 경제학과 우파의 케인스 경제학
이 똑같이 생산과 성장을 역설하던 시대에, 바타유는 비생산
적 소비만이 지구를 살릴 수 있다고 주장함으로써 다시 한
번 전복과 역설의 철학자가 된다.

바타유가 만년의 열정을 쏟은 분야는 에로티시즘이다. 주
저主著『에로티시즘L'Erotisme』(1957)은 성과 죽음에 대한 그
의 이론적 사유를 집대성하는데, 여기서 바타유는 유명한
'킨제이 보고서'를 피상적인 통계학으로 일축하고, 프로이트
의 정신분석학을 실체 없는 추상적 이론으로 평가절하한다.
1961년,『에로스의 눈물』발표와 더불어 그의 글쓰기도 인생
도 막을 내린다. 1962년 7월 9일, 바타유가 사망했다.

2. 에로티시즘이란 무엇인가?

에로티시즘이 우리의 사유 세계로부터 배제된 채 한낱 욕
설과 음담패설의 영역에 내던져졌음을 한탄했던 바타유는
성과 사유, 성과 과학을 일치시키려고 노력했다. 그가 말하
는 에로티시즘은 인간에게만 존재하는 특별한 현상이다. 동

물의 교미는 발정기가 초래하는 폭발적 본능의 반영일 뿐, 거기에는 의식적 목적이 없다. 하지만 인간은 아기의 탄생, 즉 생식生殖을 위한 성행위와 쾌락을 위한 성행위를 구분할 줄 알았다. 아기의 탄생이 아니라 '즉각적 쾌감'을 '목적'으로 하는 성행위가 바로 에로티시즘이다. 그리고 쾌감을 의식적으로 추구하는 이상, 인간은 발정기 때만 교미를 시도하는 동물과 달리 시도 때도 없이 성적 결합을 시도하게 되었다. 바타유는 에로티시즘을 연속성의 구현, 위반의 관능, 성과 죽음의 일치, 아름다움의 더럽히기라는 네 차원에서 설명한다.

첫째, 인간이 에로티시즘에 모든 것을 거는 이유는 바로 '연속성continuité'을 염원하기 때문이다. 인간은 저마다 다른 몸, 다른 의식을 가진 불연속적 개체이다. 불연속적인 고독한 인간에게 한순간일망정 존재의 연속성을 체험하게 해주는 것, 그것이 바로 에로티시즘이다. 몸과 몸의 경계, 자아와 자아의 경계를 지우고 하나가 되려는 충동은 너무도 강렬해서 그 충동 속에서는 의지도 윤리도 전혀 문제가 되지 않는다. 바타유가 에로티시즘을 "가장 강렬하고 가장 뜻깊은 발작"*이라고 부른 것은 그 광란의 결합 속에서 존재의 연속성이 구현되기 때문이다.

둘째, 에로티시즘은 노동을 방해하기에 문명사회에서 금

✤   Georges Bataille, *L'Erotisme*, Minuit, 1957, p. 114.

기가 되는데, 그럼으로써 에로티시즘은 더 큰 욕망의 대상이 되는 역설이 발생한다. 사드는 이렇게 말했다. "방종자의 욕망을 증폭시키는 가장 좋은 방법은 그 욕망에 한계를 두는 것이다."✤ 인간이 금기로 삼은 것은 동물적 본능으로서 주로 성과 죽음에 관련된다. 알몸을 보이지 않기, 근친상간 금지, 시체 훼손 금지 등은 모두 동물성으로부터 멀어지려는 의도, 뒤집어 말해 인간성을 구현하려는 의도의 산물이다. 금기는 징벌에 대한 공포를 야기하지만, 동시에 위반을 향한 지극한 유혹을 불러일으킨다. 금기가 아니었다면 왜 이브가 에덴동산의 하고많은 과일 중에 그 과일을 땄겠는가. 에로티시즘이 위반의 축제가 되는 것은 바로 그런 맥락에서이다.

셋째, 우리가 에로티시즘을 간절히 욕망한다면, 거기에 죽음의 그림자가 있기 때문이다. 바타유는 그의 에로티시즘 이론이 출발하는 라스코 동굴의 '우물' 그림에서 성과 죽음의 일치를 보았다. 어쩌면 죽음 저편에는 우리가 상상할 수 없는 불가사의가 존재할지도 모른다. 그런데 죽지 않으면서도 죽음의 끝까지 가는 길이 있다면…… 에로티시즘이 바로 그 길이다. 프랑스 사람들이 성행위의 마지막 국면, 즉 오르가슴의 순간을 '작은 죽음'이라고 부른 것은 결코 과장이 아니었다. 황홀하게 의식을 잃고 절멸의 심연으로 빠져드는 순간, 오르가슴이란 그런 것이 아니던가. 죽음은 우리에게 끔

✤　앞의 책, p.55.

찍한 공포인 동시에 지극한 유혹이다.

넷째, 에로티시즘의 비밀은 '인간을 동물로 만들기', 즉 '아름다움을 더럽히기'에 있다. 바타유에 의하면, 아름다움이란 동물성으로부터의 거리에 의해 측정된다. 예컨대 동물처럼 생리적 행위를 공공연히 드러내는 여자나 남자를 아름답다고 여기는 사람은 없을 것이다. 그런데 남자가 더 아름다운 여자를 원한다면, 그것은 성적 행동에서 그 여자가 드러낼 동물성이 더 큰 만족을 주기 때문이다. 평소의 신성한 아름다움과 성행위의 불타는 동물성의 대비가 크면 클수록 에로티시즘은 증폭된다. 바타유가 에로티시즘에서 아름다움이 중요하다고 말하는 것은 이런 의미에서이다.

바타유는 평생 동시대 주류 지식인 사회에 녹아들지 못했다. 예컨대 초현실주의의 수장 앙드레 브르통은 바타유를 오물에 탐닉하는 "신경쇠약 환자"라고 비난했고,[*] 실존주의의 수장 장 폴 사르트르는 바타유를 정신 치료를 받아야 할 "광인"[**]이라고 비판했다. 바타유의 사유가 시대정신으로 받아들여지기 위해서는 '68혁명'을 기다려야 했다. 1969년 미셸 푸코는 이렇게 말했다. "오늘날 우리는 알고 있다, 바타유가 금세기의 가장 중요한 작가 가운데 하나임을."[***] 기실 바타유가 거부의 대상이 된 것도, 유행의 대상이 된 것도 「마담

---

[*] André Breton, *Manifeste du surréalisme*, Gallimard, 2000, pp. 131-136.

[**] Alain Arnaud et Gisèle Excoffon-Lafarge, *Bataille*, Seuil, 1978, p. 21에서 재인용.

에드와르다」,『눈 이야기』,『C 신부』,『하늘의 푸르름』,「나의 어머니」,「시체」 등에서 보여준 극단적 에로티시즘의 글쓰기에 주된 이유가 있으리라.

3. 왜 세 소설을 번역할 것인가?

바타유는 원래『디비누스 데우스Divinus Deus』라는 소설집 아래 자전적인 성격을 지닌 세 소설「마담 에드와르다」,「나의 어머니」,「샤를로트 댕제르빌」을 묶을 예정이었다. 그러나「나의 어머니」와「샤를로트 댕제르빌」은 작가가 생전에 탈고하지 못해 미완성 유작으로 남고 말았다.「마담 에드와르다」는 모리스 블랑쇼, 필립 솔레르스 등 탁월한 문필가들에게 주목받았고, 영화로 만들어졌으며, 특히 소설가 마르그리트 뒤라스에 의해 "여러 세기에 걸쳐 독자를 사로잡을 책"****이라고 상찬받았다. '에로티시즘의 교육소설'로 일컬어지는「나의 어머니」는 바타유의 가족사를 우회적으로 비추는 소설로서 가장 자전적인 성격이 강한 작품으로 꼽힌다. 이런 면에서「마담 에드와르다」와「나의 어머니」를 함께 묶

*** Michel Foucault, "Présentation" in Georges Bataille, *Oeuvres complètes I*, Gallimard, 1970, p. 5.
**** Marguerite Duras, "A propos de Georges Bataille" in *La Ciguë* n° 1, janvier 1958, p. 35.

는 것은 저자의 의도와 소설의 중요성에 비추어 당연한 일이다. 그렇다면 왜 「샤를로트 댕제르빌」이 아니라 「시체」인가?

「샤를로트 댕제르빌」은 작가의 사후에도 오랫동안 독립적으로 출판되지 못했었다. 그 이유는 아마도 미완성의 정도가 상대적으로 심하기 때문이 아닐까 싶다. 요컨대 소설의 중요도나 완성도에 비추어 「샤를로트 댕제르빌」보다 「시체」를 번역 소개하는 것이 요긴한 듯한데, 그것은 옮긴이의 생각일 뿐만 아니라 영국 번역자의 생각이기도 하다. 영국의 '펭귄 북스' 출판사에서 2012년에 발간한 바타유 소설집은 이 책처럼 「나의 어머니」, 「마담 에드와르다」, 「시체」를 담고 있다. 게다가 1999년 프랑스 '10/18' 출판사에서 「마담 에드와르다」, 「시체」, 「눈 이야기」를 묶어 단행본으로 간행했고, 1998년 프랑스의 '블랑슈' 출판사에서 페이지마다 그림을 넣어 「시체」를 단행본으로 간행했다. 이 같은 프랑스 국내외 출판 상황이 「샤를로트 댕제르빌」보다 「시체」를 우선시하는 번역자의 논거를 강화해주리라 믿는다.

세 소설은 출판 연도를 따라 「마담 에드와르다」, 「나의 어머니」, 「시체」의 순서로 이 책에 실렸지만, '해설'에서는 「나의 어머니」를 소개한 다음, 「마담 에드와르다」와 「시체」를 묶어서 논평하고자 한다. 왜냐하면 「나의 어머니」가 분량도 월등히 많고 자전적인 성격도 워낙 강해서 해설할 대목이 적지 않기 때문이다. 「마담 에드와르다」와 「시체」는 분량이

나 주제가 비슷하기에 함께 소개해도 좋을 성싶다.

4. 「나의 어머니」에 대하여

바타유의 미완성 유작 「나의 어머니Ma Mère」(1966)는 몹시 고통스러운 자전적 소설이자 에로티시즘 입문소설로 알려져 있다. 먼저, 자전적 측면을 살펴보자. 「나의 어머니」에는 정신분석학의 주요 가족 강박증이 제시되는데, 어머니에 대한 주인공 피에르의 사랑은 오이디푸스 콤플렉스를, 아버지에 대한 그의 증오는 친부 살해 강박증을, 아들과의 근친상간이 초래하는 어머니의 자살은 페드르 콤플렉스를 가리킨다. 바타유처럼 청소년기에 사제가 되려고 결심했던 피에르는 소설의 종결부에서 근친상간의 문턱에 이른다. (훗날 「샤를로트 댕제르빌」에서 피에르는 어머니와 성관계를 맺었음을 고백한다.❋) 물론 바타유가 현실에서 근친상간을 맺지는 않았지만, 소설에서 아버지에 대한 혐오와 어머니의 자살은 작가의 삶과 무관하지 않다.

또 다른 자전적 요소는 피에르와 앙시의 관계에서 찾아지는데, 피에르는 앙시를 이렇게 기억한다. "우리가 서로 헤어졌을 때 앙시는 나도 알고 있는 훌륭한 남자와 결혼했는데,

❋ Georges Bataille, *Oeuvres complètes IV*, Gallimard, 1971, p. 280.

그는 그녀에게 행복하고 균형 잡힌 삶을 선사했다. 그녀는 그의 아기를 낳았고, 나는 그 아기를 볼 때마다 기쁘기 그지없었다." 여기서 피에르-앙시-'훌륭한 남자'의 관계가 바타유-실비아-라캉의 관계를 반영하고 있다는 사실은 비교적 널리 알려져 있다. 바타유 연구자 파스칼 루브리에는 「나의 어머니」가 보여주는 자전적 성격을 이렇게 규정한다.

> "바타유가 (이렇게 극단적인) 자전적 이야기를 완성할 수 없었던 것은 이해할 만하다. (…) 때로는 환상적이고 때로는 현실적인 그의 자전적 이야기는 프랑스 문학사에서, 나아가 세계 문학사에서도 필적할 만한 작품이 없다."✤

다음으로, 에로티시즘 입문소설 측면을 검토하자. 바타유의 소설을 정신분석학적으로 연구한 브라이언 피치는 「나의 어머니」를 플로베르의 『감정교육 L'Education sentimentale』을 본떠서 '색정교육 l'éducation érotique'이라고 불렀다.✤✤ 1906년에서 1909년까지 이야기가 전개되는 「나의 어머니」는 다섯 장으로 구분되는데, 1장, 2장, 3장에서 피에르의 에로티시즘 입

✤ Pascal Louvrier, *Georges Bataille, La Fascination du mal*, Editions du Rocher, 2008, p. 174.

✤✤ Brian T. Fitch, *Monde à l'envers, Texte réversible : la fiction de Georges Bataille*, Minard, 1982, p. 113.

문을 이끄는 사람은 어머니이다. 앞선 세 장을 합친 분량에 버금가는 분량을 지닌 4장에서는 레아가 입문을 돕는다. 앞선 네 장을 합친 분량과 유사한 길이로서 소설의 절반을 차지하는 5장에서는 앙시가 입문 교사의 역할을 맡는다. 어머니가 아들에게 소개한 레아와 앙시는 모두 그녀의 연인이므로 어머니는 아들의 '색정교육' 전체를 관통하는 축인 셈이다. 이런 의미에서 「나의 어머니」는 '나'의 이야기인 동시에 '어머니'의 이야기일 수밖에 없다.

스토리의 양과 질에 비추어 앙시가 레아보다 더 중요한 인물로 보이는데, 특히 앙시가 룰루와 함께 벌이는 역할 놀이가 눈길을 끈다. 학창 시절 친구인 두 여자는 변장을 통해 앙시가 여주인 역할을, 룰루가 하녀 역할을 맡아 사도마조히즘적인 놀이에 탐닉하며, 피에르를 놀이에 동참시킨다. "피에르, 즐겁게 놀자, 마치 지금까지 결코 즐겁게 논 적이 없는 것처럼, 마치 앞으로도 결코 즐겁게 놀 일이 없는 것처럼." 요한 하위징아는 기념비적 저서 『호모 루덴스Homo Ludens』에서 놀이의 본질적 요소를 두 가지로 요약했다. 첫째, 놀이는 애초에 목적이나 의미가 없는 활동, 유일한 동기가 놀이 자체의 '기쁨'에 있는 활동이다. 둘째, 놀이는 일상생활을 초월하여 참여자들만의 특수세계를 만든다.* 「나의 어머니」에서 에로티시즘이라는 놀이는 피에르, 어머니, 레아, 앙시, 룰

✤   요한 하위징아, 『호모 루덴스』, 이종인 옮김, 연암서가, 2010, 41-52쪽.

루를 더없이 폐쇄적인 과잉의 세계로 안내한다. 바타유의 과 잉이 무엇인지 알기 위해서는 그의 책 『내적 체험 L'Expérience intérieure』을 읽을 필요가 있다.

『내적 체험』에서 바타유는 종교인들의 '신비체험'과의 비 교를 통해 '내적 체험'의 요체를 설명했다. 공통점은 둘 다 '비지非知' 상태의 경험이라는 데 있다. 언어와 지식이 모두 상실되고, 육체와 정신이 남김없이 소진될 때, 우리는 그때 비로소 비지의 상태에 이른다. 양자의 차이점은 결말의 유 무에 있다. 신비체험이 겪는 '비지의 밤'은 궁극적으로 '지의 빛'이라는 결말을 원한다. 반면 내적 체험은 결과나 결말을 전제로 하지 않는다. 그것은 끝없는 '비非의미의 의미'이며, '의미의 비의미'이다. 성적 황홀경을 생각해 보라. 몰아沒我의 왕국이요, 절멸의 축제인 에로티시즘의 절정에서 주체는 자 아를, 언어를, 이성을 완전히 상실한다. 「나의 어머니」도 근 친상간이라는 극도의 과잉을 제시하지만, 에로스의 과잉이 더욱더 구체적으로 묘사되는 것은 「마담 에드와르다」와 「시 체」에서이다.

5. 「마담 에드와르다」와 「시체」에 대하여

「마담 에드와르다 Madame Edwarda」(1941)와 「시체 Le Mort」 (1967)는 형식과 내용 양면에서 비의미의 글쓰기를 보여준다. 여기에는 전통적 의미의 발단이나 결말이 없다. 처음과 끝의 차이가 있어야 의미가 발생하는데, 두 소설의 경우 처음과 끝에 어떤 차이가 있는가? 홍등가에 있는 마담 에드와르다와 택시 안에 있는 마담 에드와르다? 집을 떠나는 마리와 집으로 돌아온 마리? 여주인공들이 실내에 있거나 실외에 있거나 상황에 근본적인 차이가 없다. 이야기의 처음부터 끝까지 쾌락과 고뇌를 동반하는 성적 유희가 논리적인 변형의 맥락 없이 반복적으로 전개될 뿐이다. 간단히 말해 바타유의 글쓰기는 애초에 논리가 아니라 역설, 완성이 아니라 미완성을 운명으로 하기에 고정된 의미의 산출이란 상상할 수 없다.

「마담 에드와르다」는 바타유가 1941년에 피에르 앙젤리크라는 필명하에 45부 한정판으로 지하 출판한 작품이다. 1956년 재간행 '서문'에서 그는 「마담 에드와르다」를 "모든 책 중에서 가장 몰상식한 책", "에로티시즘이 고통스러운 파열의 상처와 함께 노골적으로 표현되는 책"으로 규정한 바 있다. 「마담 에드와르다」의 허구에 대해 '왜'라는 논증적인 질문을 하기 시작하면 이 소설은 더없이 난해한 소설로 변하거나 단순한 포르노 소설로 전락한다. 왜 매춘부 마담 에드와르다는 손님이 원하지 않음에도 그녀의 음부를 보여주는가? 왜 그녀는 자신을 '신'으로 칭하는가? 왜 그녀는 택시 운전사를 유혹하여 성행위를 벌이는가? 왜 손님은 매춘부의 음란한 요구와 명령을 받아들이는가? 이런 질문들에 대한 답변이 될 만한 에피소드는 어디에도 없다.

그렇다면 바타유가 위반의 과잉을 이토록 집요하게 보여주는 이유는 무엇일까? 대답은 「마담 에드와르다」의 서문에서 부분적으로 제시된다. 「마담 에드와르다」는 바타유에게 "비장한 호소의 기회"를 뜻하는데, 그는 위반의 과잉 속에서 왜 쾌감과 고통, 매혹과 공포, 환희와 번뇌, 성과 죽음이 하나로 소용돌이치는지 보기를 호소한다. "우리가 볼 수 없는 대상, 성적 황홀경의 순간에 (…) 참을 수 없이 보고 싶은 대상을 볼 수 없다면, 진실이 도대체 무엇을 뜻하겠는가?" 우리가 금기로써 가리고 있는 진실을 잠시라도 볼 수 있는 방법은 위반 외에 없다. 「마담 에드와르다」가 드러내는 것은 우리가 지닌 위반의 얼굴, 광기의 얼굴, 이면의 얼굴이다. 이런 맥락에서 「시체」 또한 「마담 에드와르다」와 다를 바 없다.

「시체」는 바타유의 소설 세계에서 유일하게 일인칭 소설이 아니다. 일반적으로 바타유 소설에서는 여성 인물이 위반 행위를 주도하고, 일인칭 남성 서술자-주인공이 그 행위를 증언하는 동시에 거기에 참여한다. 「시체」에서도 위반의 과잉을 이끄는 인물은 마리라는 여성이지만, 마리의 상대역 에두아르가 도입부에서 죽었기 때문인지 스토리 밖의 객관적 서술자가 사건을 이야기한다. 또한 「시체」는 적은 분량임에도 무려 28장章으로 나뉜 채 각 장에 제목이 붙어 있는 것도 이채롭다. 스토리의 시간도 선형적으로 진행되기에 독자로서는 장의 제목만 일별해도 이야기의 흐름을 파악할 수 있다. 즉 에두아르가 죽었을 때 마리는 집에서 나와 숲을 헤매다가 술집으로 들어가며, 술집에서 온갖 음란 행위를 벌인 후에 숲을 거쳐 집으로 돌아와 자살한다.

소설의 제목, 소설의 시작, 소설의 끝이 시사하듯, 「시체」의 주요 테마는 (성과 함께) '죽음'인데, 「시체」는 전술한 대로 죽음이 공포인 동시에 유혹임을 알려준다. 무릇 생명에게 죽음이 끔찍한 공포라는 사실은 따로 설명할 필요가 없으리라. 죽음과 관능의 관계는 바타유의 『에로티시즘』에서도 반복적으로 탐구되지만, 죽음의 관능성을 가장 명쾌하게 설명한 사람은 인간 본능을 생명 본능과 죽음 본능, 즉 에로스와 타나토스로 대별한 프로이트일 것이다. 죽음 본능은 유기물이 자신의 내적 긴장을 소멸시키고 자신의 원상태, 즉 무기물 상태, 죽음의 상태로 되돌아가려는 본능이다. 프로이트의 '쾌락 원칙'에 따르면, 불쾌는 긴장의 생성으로부터 발생하고 쾌는 긴장의 소멸로부터 발생한다. 그렇다면 긴장 소멸의 정점, 즉 쾌의 정점, 그것은 바로 열반이나 죽음이 아니고 무엇일까?

「시체」에 '서문'으로 붙일 예정이었던 바타유의 타자 원고는 이런 문장으로 마무리된다. "격정적인 과잉 속에서 살지 않는다면 어떻게 내가 말로 형용할 수 없는 관능을 알 수 있을까? 나는 정신을 잃고 죽는 순간에 이르러서야 비로소 그 관능을 알게 되리라…."* 철학자 장켈레비치의 말대로, 죽음은 경험적이면서도 초경험적인 비극이다.** 말하자면 우리는 자기의 죽음을 단 한 번만 경험하기에 결코 그 죽음을 경험으로 반추할 수 없다. 그러므로 바타유의 말대로 죽음의 순간에 이르러서야 관능의 진실을 알게 된다면, 도대체 누가 그 진실을 설명할 수 있을까? 에로티시즘은 이처럼 성과 죽음 속에서, 환희와 비애 속에서, 모순과 역설 속에서 우리를 동반하는 경험적이면서도 초경험적인 진실이다.

6. 결론을 대신하여

『바타유를 위하여』를 쓴 베르나르 시셰르에 따르면, 헤겔주의자들은 바타유를 읽지 않고, 라캉주의자들은 그를 경원하고, 청교도들은 그를 혐오하고, 가정에서는 그를 배제한다.*** 그러나 미셸 레리스, 모리스 블랑쇼, 미셸 푸코, 롤랑 바르트, 자크 데리다, 장 보드리야르 등 이면의 사유를 지향하는 지식인들에게 바타유가 끼친 영향은 지대하다. 왜 바타유인가? 우리를 함정에 빠뜨리고, 우리의 안전을 뒤흔들고, 우리를 벌거벗게 만드는 것이 바로 바타유이다. 굳이 바타유를 완독하지 않아도 그저 그의 작품 한 권을 읽는 것으로 충

❋   Georges Bataille, *Oeuvres complètes IV*, p. 366.
❋❋   Vladimir Jankélévitch, *La Mort*, Paris, Flammarion, 1977, pp. 6-8.
❋❋❋ Bernard Sichère, *Pour Bataille*, Gallimard, 2006, p. 12.

분하다. 다시 한번 묻자. 왜 바타유인가? 우리 자신을 '진정
으로' 알기 위하여!

모리스 블랑쇼는 『문학의 공간』에서 진정한 글쓰기란 작
가 안에서 말하고 있는 '그'를 형상화하는 것이라고 했다.
'그'는 "비인칭"이 된 작가 자신이며, 타자로서의 "너"가 된
작가 자신이다.[*] 카프카는 '나'라는 말에 '그'라는 말을 대치할
수 있었던 순간부터 놀라움과 기쁨을 느끼며 문학에 돌입했
다고 말했다.[**] 「마담 에드와르다」, 「나의 어머니」, 「시체」를
쓴 작가는 '나' 바타유가 아니라 '그' 바타유이다. 다시 말해
바타유의 자아가 아니라 이름 붙일 수 없는 타자로서의 바
타유, 바타유 자신도 매번 작품의 글쓰기를 통해 다시 만나
는 타자로서의 바타유이다. 자아의 유실, 완벽한 빈손, 바로
그것이 바타유 글쓰기의 본질이 아닐까.

자아의 유실에 관한 한, 바타유 소설의 독자도 안전하지
않다. 바타유의 진가를 세상에 알리는 데 공헌한 소설가 필
립 솔레르스에 의하면, 바타유 소설을 읽는 이는 놀이와 침
묵이 뒤엉키는 '지상권'의 세계 속에 던져진다.[***] 바타유가
말하는 '지상권至上權, souveraineté'의 상태란 지식, 이성, 담론이
더 이상 의미를 지니지 못하는 절멸의 상태를 가리킨다. 바

---

[*]   Maurice Blanchot, *L'Espace littéraire*, Gallimard, 1955, pp. 19-20.
[**] 위의 책, p. 17.
[***] Philippe Sollers, "De grandes irrégularités de langage" in *Critique*, n°
      195-196, Minuit, 1963, p. 797.

타유는 언어와 놀이를 결합함으로써 자아 상실의 무아경을 실현하는 기표를 만들었고, 독자는 그 기표를 읽음으로써 지상권의 세계를 경험한다는 것이 필립 솔레르스의 주장이다.

바타유는 죽기 직전까지 에로티시즘 연구에 몰입했거니와, 착각하지 말아야 할 것은 성의 범람과 성의 자유이다. 이성과 계산이 개입될 때 에로티시즘은 외설이 되고, 에로티시즘 소설은 포르노 소설이 된다. 성의 범람이 성의 해방을 압살한 시대에 성의 진실, 인간의 진실을 알리고자 했던 철학자의 비극은 '에로스의 눈물'만으로 충분치 않았던 것일까. 바타유는『에로스의 눈물』출판 이듬해 바로 그 "시"와 같은, "태양"과 같은 죽음을 맞이한다.[*] 그러나 죽은 바타유는 살아 있는 바타유 못지않게 우리에게 하나의 스캔들, 하나의 매혹으로 다가온다. 왜냐하면 우리가 때로는 공포감으로, 때로는 비겁함으로 말하지 못한 검은 진실을 그는 몹시 집요하게, 몹시 투명하게 말했기 때문이다.

---

[*] Gilles Ernst, *Georges Bataille. Analyse du récit de mort*, Puf, 1993, p. 240 에서 재인용.

마담 에드와르다
Madame Edwarda

서문

"죽음은 세상에서 가장 무서운 것이며, 죽음을 끊임없이 인식하기 위해서는 더없이 강력한 힘이 필요하다."

—헤겔

「마담 에드와르다」의 저자[*]는 자기 책의 심각성에 주목한다. 성생활을 주제로 삼는 글을 경시하는 일반적 관행 때문에 이 점을 강조해 두는 게 좋을 듯하다. 내가 그러한 관행을 바꾸려는 희망이나 의도를 가진 것은 아니다. 그렇지만 나는 이 서문을 읽는 독자들에게 (두 성기의 작용으로 그 강도가 광기의 수준에 이르는) 쾌감과 (죽음이 가라앉히기는 하나 처음에는 오히려 그 강도를 최악의 수준으로 끌어올리는) 고통에 대한 전통적인 태도를 잠시 생각해 보라고 부탁하고 싶다. 일정한 조건이 충족되면 우리는 인간이 (또는 인

---

[*] 바타유 자신을 가리킨다.—옮긴이

27

류가) 당연히 지녀야 하는 이미지, 즉 극단적 쾌감과 극단적 고통에서 멀리 떨어진 이미지를 지니게 된다. 말하자면 세상 어디에나 존재하는 금기가 일부는 성생활을, 다른 일부는 죽음을 어찌나 효율적으로 관리하는지 둘 다 종교적인 신성의 영역이 되었다. 그런데 더없이 큰 어려움이 시작된 것은 존재의 소멸에 관련된 금기가 심각하게 받아들여진 반면, 존재의 탄생에 (즉 일체의 성적 활동에) 관련된 금기가 가볍게 여겨졌을 때이다. 나는 대다수 사람의 깊은 경향성에 항의할 생각이 없다. 왜냐하면 그 경향성은 생식기를 웃음거리로 여기는 인간 운명의 또 다른 표현일 뿐이기 때문이다. 그러나 (고통과 죽음은 존중받아 마땅한 반면, 쾌감은 덧없는 것으로 경멸받아 마땅하기에) 쾌감과 고통의 대립을 부각하는 이 웃음은 또한 둘의 근본적인 친연성을 드러내 주기도 한다. 웃음은 더 이상 존중의 대상이 아니다. 그것은 오히려 공포의 기호이다. 웃음은 특히 혐오감을 유발하나 심각하지는 않은 어떤 양상과 마주칠 때 인간이 취하는 타협적인 태도이다. 그러므로 심각하게, 비극적으로 고려된 에로티시즘은 정상 상태의 완전한 역전을 나타낼 수밖에 없다.

우선 나는 성적 금기가 이제는 파기해야 할 하나의 편견이라는 진부한 주장이 얼마나 쓸모없는 것인가를 분명히 하고 싶다. 쾌감이라는 강한 감각에 동반되는 수치심과 수줍음은 몰이해의 증거일 뿐이라고 말하는 것은 우리가 만사를 백지화하고 동물성의 시대, 자유로운 포식의 시대, 오물을 아무렇지도 않게 생각했던 시대로 되돌아가야 한다고 말하는 것과 마찬가지이다. 인류는 감성과 지성이 작용하는 가운데 공포와 매혹이 교차하는 거대하고 격렬한 충동의 소용돌이에서 태어났음을 잊어서는 안 된다. 아무튼 외설 행위가 불러일으키는 웃음을 부정하지 않으면서 우리는 오직 웃음만이 열어준 하나의 전망으로 (부분적으로) 되돌아갈 수 있을 것이다.

일종의 불명예스러운 비난을 합리화하는 것은 필경 웃음이다. 사실 웃음은 우리를 하나의 경로로 들어서게 하는데, 그 경로에서는 불가피하게 요청되는 정숙의 원칙, 금지의 원칙이 돌이킬 수 없는 위선으로, 현안에 대한 몰이해로 변하기도 한다. 하지만 농담에 깃든 극단적 외설성은 에로티시즘의 진실을 진지하게 (내가 가리키는 뜻으로는 '비극적으로') 받아들이지 못하게 한다.

에로티시즘이 고통스러운 파열의 상처와 함께 노골적으로 표현되는 이 작은 책의 서문은 내게 비장한 호소의 기회를 뜻한다. 정신이 파열의 상처를 외면하는 것, 말하자면 정신이 등을 돌리면서 고집스레 자기 진실의 희화로 변하는 것은 내가 보기에 전혀 놀랍지 않다. 인간이 거짓을 필요로 한다면, 어쩌겠는가, 자유롭게 둘 수밖에! 인간은 익명의 대중 속으로 휩쓸려 들어감으로써 자존감을 유지하려는 듯하다, 아마도… 하지만 동시에 나는 눈을 뜨려는 의지, 실제로 무슨 일이 일어나고 무슨 일이 존재하는지를 직시하려는 의지가 불러일으키는 경이로운 감동을 잊지 않을 것이다. 극단적 쾌감에 대해 아무것도 모른다면, 극단적 고통에 대해 아무것도 모른다면 내가 지금 실제로 무슨 일이 일어나는지 어떻게 알까!

분명히 하자. 피에르 앙젤리크*는 주의를 기울여 이렇게 말한다. 즉 우리는 아무것도 모르고 있고, 어둠의 심연에 빠져 있다. 그러나 적어도 우리는 무엇이 우리를 속이는지, 무엇이 우리로 하여금 우리의 번뇌를 알지 못하도록, 더 정확하게 말하자면 쾌락이 고통이나 죽음과 똑같은 것이라는 사실을 알지 못하도록 가로막는지 볼 수 있다.

외설적 농담이 불러일으키는 그 폭소가 우리로 하여금 보지 못하게 하는 것은 극단적 쾌감과 극단적 고통의 동일성이다. 다시 말해 존재와 죽음의 동일성, 눈부신 전망 위에서 완성되는 지식과 결정적인 어둠의 동일성이다. 우리는 결국 이런 진실을 비웃을 수 있으리라. 이 웃음은 우리에게 깊은 혐오감을 불러일으키는 무엇인가에 대한 경멸로 끝없이 터져 나오는 절대적인 웃음일 것이다.

우리가 쾌락 속에서 자아를 상실하는 황홀경의 끝까지 가

* 「마담 에드와르다」 발표 당시 바타유가 사용했던 필명이다.—옮긴이

기 위해서는 언제나 그 쾌락이 즉각적으로 초래하는 극점, 즉 공포를 받아들여야 한다. 공포가 나를 엄습할수록 타인들의 고통이나 나의 고통이 광란에 가까운 쾌락의 절정으로 나를 밀어 올릴 수 있다. 그뿐만 아니라 내가 보기에 욕망과 관련이 없는 혐오감의 형태란 존재하지 않는다. 공포가 절대로 매혹과 뒤섞이는 것이 아니다. 공포가 매혹을 억제하고 파괴할 수 없을 때, '공포는 매혹을 강화한다!' 위험은 우리를 마비시키지만, 치명적이지 않을 때 위험은 욕망을 자극할 수 있다. 멀리 있을지라도 죽음의 전망, 파멸의 전망이 없다면, 우리는 황홀경에 도달하지 못한다.

인간은 특정한 감각들로 상처를 입고 더없이 내밀한 상태에서 절멸을 경험한다는 면에서 동물과 다르다. 이 감각들은 개인에 따라, 삶의 방식에 따라 차이가 있다. 그러나 우리에게 죽음의 공포를 불러일으키는 낭자한 피나 오물의 악취는 가끔 우리로 하여금 고통보다 더 끔찍한 구토감을 겪게 한다. 우리는 최악의 현기증을 야기하는 이런 감각들을 견디지 못한다. 어떤 사람들은 아무런 위험이 없는 접촉보다 차라리 죽음을 선호한다. 죽음이 소멸을 뜻할 뿐만 아니라 우리가 '어떤 대가를 치르더라도' 소멸하지 말아야 할 때 '우리의 의지와 무관하게' 소멸하는 참을 수 없는 과정을 뜻하는 영역이 있다. 극단적 쾌락의 순간, 이름 지을 수 없으나 경이로운 황홀경의 순간을 부각하는 것은 바로 이 '어떤 대가를 치르더라도', 바로 이 '우리의 의지와 무관하게'이다. 만일 '어떤 대가를 치르더라도' 존재하게 해서는 안 되는 무엇인가, 그럼에도 '우리의 의지와 무관하게' 우리를 초월하는 무엇인가가 이 세상에 없다면, 우리는 온 힘을 다해 우리가 지향하는 동시에 거부하는 '비상식적인' 순간에 도달하지 못하리라.

만일 쾌감이 성적 황홀경으로 이어지는 충격적 초월, 다양한 종교의 신비, 특히 기독교의 신비가 똑같은 방식으로 겪은 충격적 초월이 아니라면, 쾌감은 경멸할 만한 것이리라. 진정한 존재는 죽음만큼 '참을 수 없는' 존재의 초월 속에서 우리에게 주어진다. 그리고 죽음 속에서 존재가 우리에게 주어지는 동시에 우리를 빠져나가는 이상, 우리는 죽음과도 같은 '감정' 속에서, 즉 우리가 죽어가는 듯한 참을 수 없는 순간 속에서 존재를 찾아야 한다. 실제로 존재는 우리의 내면에서 오직 과잉에 의해서만, 다시 말해 완전한 공포와 완전한 쾌락이 일치할 때만 실존하기 때문에 그렇다.

심지어 생각(성찰)조차 우리의 내면에서 과잉에 의해서만 완성된다. 도대체 과잉의 표현이 아니고서야 진실이 무엇을 뜻하겠는가? 우리가 볼 수 없는 대상, 성적 황홀경의 순간에 참을 수 없이 쾌락을 향유하고 싶듯 참을 수 없이 보고 싶은 대상을 볼 수 없다면, 진실이 도대체 무엇을 뜻하겠는가? 우리가 생각할 수 없는 대상을 생각하지 못한다면… 진실이 도대체 무엇을 뜻하겠는가?[*]

절규와 함께 자기 부정 속으로 빠져드는 이 비장한 성찰의 끝에서, 우리는 신을 재회한다. 그것이야말로 이 '비상식적인' 책의 의미요, 극악무도한 주장이다. 다시 말해 이 이야기는 신성과 함께 신을 무대에 올린다. 그런데 그 신은 모든 면에서 여느 매춘부와 다를 바 없는 매춘부이다. 신비주의가 (말해야 하는 순간에 실신해버리기에) 말할 수 없는 것, 그것을 에로티시즘이 말한다. 즉 신이 모든 의미에서 신의 초월이 아니라면, 신은 아무것도 아니다. 이를테면 범속한 존재의 의미에서, 공포와 불순의 의미에서⋯ 결국 아무것도 아닌 것의 의미에서⋯ 우리는 징벌의 위험 없이 우리의 언어에 모름지기 낱말들을 초월하는 낱말, 즉 '신'이라는 낱말을 덧붙일 수 없다. 우리가 이렇게 하는 순간부터 스스로 자기를

✤ 존재와 과잉에 대한 이 정의가 철학적 바탕을 가진 게 아니라는 사실을 나는 유감스럽게도 덧붙이고자 한다. 원래 과잉은 바탕을 초월하는 것이다. 과잉은 존재를 무엇보다 먼저 온갖 한계의 밖에 자리하게 해준다. 하지만 존재는 원천적으로 한계에 종속됨이 틀림없다. 이 한계 덕분에 우리가 말을 할 수 있는 것이다. (나 역시 지금 말하고 있지만, 말하면서 언어가 곧 내게서 빠져나갈 뿐만 아니라 지금 내게서 빠져나가고 있다는 사실을 잊지 않는다.) 이 한계 덕분에 체계적으로 가지런히 정돈된 문장들이 가능해진다. 과잉이 정상이 아니라 예외인 이상, 과잉이 경이이고 기적인 이상, 그런 문장들이 통상적으로 가능해진다. 그리고 과잉은 공포가 아니라면 매혹을, '실제로 존재하는 것보다 더 많은 모든 것'을 가리키지만, 처음에는 그 실현 가능성이 없다. 그러므로 나는 얽매여 있지도 않고 굴종하지도 않지만, 나의 자유로운 지상권(至上權)을 유보하고자 한다. 그것은 죽음만이 내게서 앗아갈 수 있는 지상권인데, 죽음은 나를 과잉 없는 존재로 제한할 수 없다는 사실을 증명해 줄 것이다. 의식이 없이는 글을 쓸수 없기에, 나는 의식을 거부하지 않는다. 그러나 글을 쓰고 있는 이 손은 '죽어가고 있고', 그 예정된 죽음 덕분에 이 손은 글을 쓰면서 받아들인 (글을 쓰는 손이 받아들였으나 죽어가는 손이 거부하는) 한계를 뛰어넘는다.—저자

초월하는 이 낱말이 자신의 한계를 현란하게 파괴한다. 신은 그 어느 것 앞에서도 물러나지 않는다. 신은 어디에나, 심지어 자기의 강림을 기대할 수 없는 곳에서도 존재한다. 한마디로 신은 터무니없는 비상식의 상징이다. 신을 조금이라도 의심하는 자는 누구든지 즉시 말문을 닫게 된다. 혹은 그런 자는 자신이 궁지에 몰렸다는 것을 알고 출구를 모색하면서 그를 소멸시킬 수도 있고 그를 아무것도 아닌 것으로 만들 수도 있는 존재를 그의 내면에서 찾게 된다.*

그렇지만 모든 책 중에서 가장 몰상식한 책을 쓰기 시작하는 이 기묘한 여정에서 우리는 몇몇 새로운 것을 발견할 수도 있으리라.

예컨대 우연히 행복을 발견할 수도…

쾌락은 정히 죽음의 전망 속에서 가능할 것이다. (그리하여 쾌락은 슬픔이라는 대립적 가면을 쓰곤 한다.)

나는 결코 이 세계의 본질이 관능이라고 생각하지는 않는다. 인간은 쾌락의 생식기로 환원될 수 없다. 그러나 이 수치스러운 생식기가 인간에게 인간의 비밀을 가르쳐준다.** 쾌감이 인간 정신에게 열린 유독한 전망에 종속되는 이상, 우리는 속임수를 쓸 수도 있고 공포에서 가능한 한 멀어지면

---

* 그리하여 웃음에서 계시를 얻은 남자, '한계가 무엇인지 모르는 주체'를 제한하지 않는 남자가 기본적인 신학을 제시한다. 철학자들의 텍스트를 읽으며 하얗게 질렸던 당신이 불타는 열정으로 이 책을 읽은 날을 기록하라! 철학자들을 침묵하게 하는 자가 그들이 이해할 수 없는 방식이 아니라면 도대체 어떻게 자기 의견을 표현할 수 있을까?— 저자

서 쾌락에 젖으려 할 수도 있으리라. 욕망을 고조시키거나 마지막 경련을 자극하는 영상들은 수상쩍고 모호하기 이를 데 없다. 이를테면 공포나 죽음을 보여줄 때도 그 영상들은 늘 교활하다. 심지어 사드의 세계에서도 죽음은 사드가 아니라 파트너이자 희생자인 '타자'를 향해 있고, '타자'는 무엇보다 삶의 달콤한 표현으로 설정된다. 에로티시즘의 영역은 이처럼 속절없이 속임수에 경도되어 있다. 에로스의 충동을 자극하는 오브제는 실제와는 다른 모습으로 제시된다. 그러므로 에로티시즘에 대해서는 금욕주의자들의 판단이 옳다. 금욕주의자들은 아름다움이 악마의 함정이라고 말한다. 실제로 아름다움만이 사랑의 뿌리인 혼란과 폭력과 능욕의 욕망을 받아들일 수 있게 한다. 나는 여기서 광란의 세세한 양상을 기술할 수 없다. 광란의 형태는 다양하게 변하고, 순수한 사랑은 음흉하게도 우리로 하여금 생명의 눈먼 과잉을 극한의 죽음으로 몰아가는 더없이 격렬한 광란에 빠져들게 한다. 금욕주의자들의 비난은 거칠고 비겁하고 잔인한 비난

✦✦ 게다가 나는 과잉이 생식의 원리 자체임을 지적하고자 한다. '신의 섭리'는 신의 작품인 인간에게서 인간의 비밀이 읽히도록 설계되었으리라! 인간에게 아무것도 부족하지 않을 수 있을까? 만일 인간이 자신을 받쳐주던 땅이 사라졌다고 느낀다면, 그 땅이 '신의 섭리에 따라' 사라졌다고 말할 수밖에 없으리라! 하지만 인간이 신성모독으로 풍요로워진 것일까, 더없이 가난한 존재가 쾌락을 즐기는 것은 자신의 한계에 침을 뱉으며 신성을 모독한 결과이고, 인간이 스스로 신이 된 것 역시 신성을 모독한 결과이다. 이처럼 사실상 '피조물'은 얽히고설켜 도저히 풀 수 없는 존재, 또 다른 정신 운동으로 환원될 수 없는 존재, 과잉을 겪는 동시에 과잉을 행하는 존재임이 틀림없다.— 저자

35

이지만 전율적 공포를 효율적으로 함축하는데, 그 전율적 공포 없이 우리는 어둠의 진실을 인식할 수 없다. 총체적인 삶만이 가질 수 있는 광휘를 성적인 사랑에 부여할 이유는 없지만, 만일 우리가 어둠이 내린 곳에 빛을 비출 수 없다면… 만일 성적인 사랑이 '어떤 대가를 치르더라도' 피해야 할 역겨운 공허 속에 빠져버린다면 어떻게 실제 그대로의 우리 자신을, 공포와 전율 속에 내던져진 우리 자신을 알겠는가?

결단코 아무것도 더 이상 두렵지 않다! 교회 현관에 새겨진 지옥의 형상이 얼마나 우리에게 덧없어 보이는가! 지옥은 신이 의도적으로 우리에게 제시하는 보잘것없는 자화상일 뿐이다! 게다가 한계 없는 상실의 사다리에서 우리는 '존재'의 승리를 발견하는데, 존재는 지금까지 필멸의 운동에 저항해왔다. 존재는 실신을 리듬으로 삼는 끔찍한 댄스에 스스로 휩쓸려 들어가며, 우리는 그 댄스에 어울리는 공포를 알고 있기에 댄스를 실제 그대로 받아들여야 한다. 우리가 실신한다면, 그보다 더 고통스러운 건 아무것도 없으리라. 그리고 고통의 시간은 어김없이 닥쳐올 것이다. 우리가 실신한다면 어떻게 그것을 극복할 것인가? 하지만 죽음과 고통과 쾌락에 활짝 '열린 존재', 가슴이 활짝 열린 동시에 죽어가는 존재, 고통스러운 동시에 행복한 존재는 벌써 베일에 가려진 빛 속에서 모습을 드러내고 있다. 이 빛은 신성하다. 그리고 입이 뒤틀린 채 그 존재가 쥐어짜듯 토하는 절규는 무한한 침묵 속으로 사라져가는 장엄한 할렐루야이다.

그대여, 모든 게 두렵다면 이 책을 읽으라, 하지만 먼저 내 말을 들으라. 그대가 웃는 것은 그대가 두려워하기 때문이다. 한 권의 책은 그대에게 시시해 보일지도 모른다. 그럴 수 있다. 하지만 혹시 그대가 글을 읽을 줄 모른다면? 정녕 그대는 두려워해야 할까…? 그대는 혼자인가? 그대는 추위를 느끼는가? 그대는 얼마나 인간이 '그대 자신'이라는 사실을 알고 있는가? 어리석은 자라는 사실을? 그리고 벌거벗은 자라는 사실을?

요컨대 나의 고뇌는 지상ㅉㅗ의 절대이다. 나의 죽어버린 지상권ㅉㅗㅏ權이 거리를 헤매고 있다.

다시 붙잡을 수 없는 나의 지상권 ― 그 주위에는 무덤과도 같은 침묵 ― 무엇인가 끔찍한 일을 기다리며 웅크린 나의 지상권 ― 하지만 거기에 깃든 슬픔이 모든 것을 비웃는다.

1

길모퉁이에서 고뇌가, 더러운 취기로 얼룩진 고뇌가 나를 해체했다. (화장실 계단에서 두 매춘부가 남몰래 시시덕거리는 걸 본 탓일까.) 바로 그때, 구역질이 느껴졌다. 내가 옷을 벗든가 내가 탐하는 매춘부들의 옷을 벗기든가 해야 하리라. 미지근한 온기일망정 뒤엉킨 육체가 나의 고통을 덜어줄 테니까. 그러나 나는 가장 초라한 수단을 택했다. 즉 술집 카운터에서 페르노 주酒 한 잔을 시켜 단숨에 들이켰고, 그다음엔 이 술집에서 저 술집으로 옮겨 다녔다… 마침내 밤이 이슥해졌다.

푸아소니에르 네거리에서 생드니가街로 가는 이 선정적인 길에서 나는 방황하기 시작했다. 고독과 어둠이 나의 취기를 고조시켰다. 밤이 인적 없는 거리에서 벌거벗고 있었고, 나도 그처럼 벌거벗고 싶었다. 나는 바지를 벗어 팔에 걸쳤다. 나는 두 다리 사이로 신선한 밤공기를 느끼고 싶었다. 정신을 혼미하게 하는 해방감이 몰려왔다. 나의 뿌리가 커지는 게 느껴졌다. 나는 빳빳하게 일어선 음경을 손에 쥐었다.

(이야기의 시작이 거칠었다. 이야기의 시작을 그처럼 거칠게 하지 않고 '그럴듯하게' 만들 수도 있었을 텐데. 나는 우회적으로 표현하는 데 흥미가 있었다. 하지만 그런 것이다, 시작에는 우회로가 없는 법이다. 나는 계속한다… 더욱 거칠게…)

무엇인가 소리가 들려 불안해진 나는 바지를 다시 입고 글라스 홍등가를 향해 걸었다. 거기서 나는 불빛을 찾아 들어갔다. 한 무리의 매춘부 가운데서 벌거벗은 마담 에드와르다가 나를 향해 혀를 내밀었다. 내가 보기에 그녀는 매혹적이었다. 나는 그녀를 선택했고, 그녀는 내 곁에 앉았다. 종업원이 묻는 말에 대답할 틈도 없이 나는 마담 에드와르다를 와락 껴안았고, 그녀는 내게 몸을 맡겼다. 우리의 두 입술은 미친 듯한 키스로 뒤엉켰다. 홀은 남자와 여자로 가득 차 있었고, 우리의 유희는 그런 사막에서 계속되었다. 한순간 그녀의 손이 미끄러지듯 들어왔다. 갑자기 나는 유리처럼 부서지며 바지 속에서 전율했다. 나의 두 손이 그녀의 엉덩이를 잡아당기자 그녀가 부서졌고, 나는 마담 에드와르다를 온몸으로 느꼈다. 그녀의 부릅뜬 눈, 뒤집힌 눈에는 공포가 어렸고, 그녀의 목구멍에서는 질식의 숨결이 지나갔다.

나는 천박한 인간이 되고 싶었던 기억, 아니 전력을 다해
천박한 인간이 되어야 했으리라는 기억을 떠올렸다. 떠들썩
한 목소리, 불빛, 연기 너머로 웃음소리가 얼핏 들리는 듯했
다. 그러나 아무것도 중요하지 않았다. 내가 마담 에드와르
다를 다시 꽉 껴안자, 그녀는 내게 미소를 지었다. 그 순간
온몸이 오싹해지는 전율에 휩싸인 나는 내 안에서 새로운
충격을 느꼈고, 일종의 침묵이 저 높은 곳에서 내게로 떨어
져 나를 얼어붙게 했다. 나는 육신도 머리도 없는 천사들, 부
드러운 날개만을 가진 천사들의 비행 속으로 고양되어 올라
갔다. 상황은 간단했다. 나는 불행해졌고, 마치 **신** 앞에 섰을
때처럼 버림받은 느낌이 들었다. 그것은 취기보다 더 나쁘고
더 광적이었다. 그리고 무엇보다 내게로 떨어진 이 거대한
위엄이 내가 마담 에드와르다와 함께 맛볼 쾌감을 앗아가리
라고 생각하자 슬픔이 밀려들었다.

나 자신이 부조리하게 여겨졌다. 왜냐하면 마담 에드와르
다와 나는 한마디도 나누지 않았기 때문이다. 나는 한순간
몹시 불안해졌다. 지금 나의 상태에 대해 무슨 말을 할 수 있
을까, 소란과 불빛 속에서 밤이 나를 덮쳤으니 말이다! 나는
테이블을 밀어젖히고 모든 걸 뒤엎고 싶었다. 하지만 테이블
은 바닥에 고정되어 옴짝달싹하지 않았다. 이보다 더 희극적
인 것은 아무것도 없으리라. 모든 것이 사라졌다, 홀도, 마담
에드와르다도. 오직 밤만이…

너무도 인간적인 목소리가 정신이 혼미한 나를 깨웠다. 마담 에드와르다의 목소리는 그녀의 날씬한 몸매처럼 음란했다.

　"내 누더기를 보고 싶어요?" 그녀가 말했다.

　두 손으로 테이블을 잡고서 나는 그녀를 향해 몸을 돌렸다. 그녀는 자리에 앉은 채 한쪽 다리를 벌려 높이 쳐들었다. 그런 다음, 음부의 갈라진 틈이 더 잘 열리도록 두 손으로 양쪽 피부를 당겼다. 그러자 마담 에드와르다의 '누더기'가 나를 바라보았는데, 털투성이의 장밋빛 음부는 징그러운 낙지처럼 생명력으로 가득 차 있었다. 나는 천천히 더듬거리며 말했다.

　"왜 이런 짓을 하는 거지?"

　"알겠죠, 난 **신**이에요…." 그녀가 말했다.

　"미치겠군…."

　"그렇지 않아요, 보세요, 자, 똑바로 보세요!"

　그녀의 쉰 목소리가 부드러워졌다. 그녀는 어린애 같은 몸짓을 하며 지친 표정으로, 자유로운 방임의 끝없는 미소와 함께 내게 말했다. "아, 정말 좋았어요!"

　하지만 그녀는 그 도발적인 자세를 유지하고 있었다. 그녀가 명령했다.

　"키스해요!"

　"그렇지만…" 내가 말했다. "다른 사람들 앞에서?"

44

"물론이죠!"

나는 몸이 떨렸다. 그녀가 꼼짝하지 않고 얼마나 부드럽게 미소 지었던지 나는 다시 몸이 떨렸다. 결국 나는 비틀거리며 무릎을 꿇었고, 그 선명한 음부에 입술을 댔다. 그녀의 벌거벗은 허벅지가 내 귀를 애무했다. 파도 소리가 들리는 듯했다. 커다란 조가비에 귀를 대면 그런 소리가 울린다. 사창가의 몰상식한 분위기와 나를 둘러싼 혼란 속에서 (나는 질식할 듯했고, 얼굴이 발갛게 달아올랐으며, 진땀을 흘리고 있었다.) 나는 정신이 아득해졌다, 마치 마담 에드와르다와 내가 바람 부는 밤에 바다 앞에서 의식을 잃은 것처럼.

또 다른 목소리가 들렸는데, 그것은 점잖게 옷을 차려입은 강하고 아름다운 여자에게서 나온 목소리였다.

"애들아" 남자 같은 목소리가 말했다. "위층으로 올라가야 해." 여자 지배인이 내 돈을 가져갔고, 나는 자리에서 일어나 조용히 홀을 가로지르는 마담 에드와르다의 나체를 뒤따랐다. 매춘부와 손님으로 가득 찬 테이블들 사이로 지나가는 단순한 행동도, 잠시 후 성관계를 맺을 남자와 함께 '계단을 오르는 여인'의 상스러운 웃음도 그 순간에는 내게 환각적인 제전祭典일 뿐이었다. 타일 바닥 위를 걸어가는 마담 에드와르다의 하이힐 소리, 그 길고 음란한 육체가 흔드는 엉덩이, 그 하얀 환락의 육체에서 내가 들이마신 자극적인 냄새… 마담 에드와르다는 내 앞에서 걸어갔다, 무리 속으로…

그녀의 행복이나 그녀의 침착한 발걸음에 전혀 무관심한 홀의 소란은 거룩한 봉헌이요, 화려한 축제였다. 죽음까지도 축제의 손님이었다, 사창가의 나체가 도살자의 칼을 부른다는 점에서.

....
....
....
....
....
....
....
....
....
....
....
....
....
....
....
....
...................벽과 천장을 장식한 거울이 교미의 동물적 이미지를 증폭시켰다. 더없이 가벼운 움직임에도 사방에 끝없

이 비치는 이미지로 인해 우리의 부서진 가슴은 텅 빈 공허로 깊이 빠져들었다.

마침내 쾌감이 우리를 전복시켰다. 우리는 일어났고, 심각한 표정으로 서로를 바라보았다. 마담 에드와르다는 나를 매료시켰다. 나는 그녀보다 더 예쁜 매춘부, 더 벌거벗은 매춘부를 본 적이 없었다. 내게서 시선을 거두지 않은 채 그녀는 서랍에서 흰색 실크 스타킹을 꺼냈고, 침대에 걸터앉아 그것을 신었다. 알몸이 주는 광적인 흥분이 그녀를 사로잡았다. 다시 한번 그녀는 두 다리를 벌렸고, 몸을 열었다. 두 육체의 적나라한 벌거벗음이 우리의 가슴을 기진맥진하게 했다. 그녀는 흰색 볼레로 가디건을 걸쳤고, 검은색 수도사 후드 외투 속에 알몸을 감추었다. 외투에 달린 두건으로 머리를 덮었고, 나비형 레이스 눈가리개 가면으로 얼굴을 가렸다. 옷을 모두 입은 그녀는 내 곁을 떠나며 말했다.

"함께 나가요!"

"하지만… 이 상태에서 외출할 수 있겠어?" 내가 그녀에게 물었다.

"자, 빨리, 아가야." 그녀가 쾌활하게 대답했다. "옷을 벗은 채 나갈 순 없지!"

내게 옷을 건네준 그녀는 내가 옷 입는 것을 도왔지만, 그렇게 하는 중에 변덕이 일어 틈틈이 살과 살의 은밀한 교환

을 시도했다. 우리는 좁다란 계단을 내려오면서 하녀를 마주
치기도 했다. 갑작스레 거리의 어둠 속으로 들어선 나는 검
은색 수도사 옷을 헐렁하게 두른 마담 에드와르다가 빠르게
걷는 바람에 흠칫 놀랐다. 그녀는 발걸음을 서두르며 내게서
조금 멀어졌다. 얼굴에 쓴 눈가리개 가면이 그녀를 짐승처럼
보이게 했다. 날씨가 춥지 않았으나 나는 몸이 떨렸다. 낯선
마담 에드와르다, 우리의 머리 위로는 별이 총총하지만 공허
하고 미친 듯한 하늘… 다리가 휘청였으나 나는 앞으로 걸
어갔다.

2

밤의 이 시각에는 거리가 황량했다. 별안간 심술이 났는지 마담 에드와르다는 말도 없이 혼자서 뛰어갔다. 생드니 개선문에 이르자, 그녀는 발걸음을 멈추었다. 나는 더 이상 움직이지 않았다. 개선문의 아치 아래에 선 그녀는 나처럼 꼼짝하지 않은 채 기다렸다. 그녀는 하나의 구멍처럼 완전히 검은색이었고, 단순했으며, 고뇌하고 있었다. 나는 그녀가 웃고 있지 않다는 것을, 정확하게 말하자면, 심지어 자신을 가리고 있는 옷 안에 그녀가 부재한다는 것을 깨달았다. 그때 취기가 완전히 사라졌고, 나는 그녀가 거짓말하지 않았다는 것을, 그녀가 **신**이라는 것을 알아차렸다. 그녀의 현존은 이해할 수 없을 정도로 돌처럼 단순했다. 도시 한복판에서, 나는 생명 없는 고독에 빠진 채 칠흑같이 어두운 산속에 서 있는 느낌이 들었다.

그녀로부터 해방되는 듯했다, 그 검은 돌 앞에서 나는 혼자였으니까. 세상에서 가장 황량한 무엇인가가 내 앞에 있다고 느끼면서 나는 몸을 떨었다. 내가 처한 상황의 희극적인 공포는 조금도 나를 놓아주지 않았다. 그것은 이제 나를 얼어붙게 했다, 하지만 조금 전에는⋯ 변화가 자연스럽게 이루어졌다. 마담 에드와르다의 내면에서는 깊은 슬픔이, 고통도 눈물도 없는 깊은 슬픔이 공허한 침묵을 불렀다. 그렇지만 나는 알고 싶었다, 조금 전에는 벌거벗은 알몸으로 나를 맞이했던 이 여자, 나를 '아가야'라고 불렀던 이 여자⋯ 나는 길을 건넜다. 나의 고뇌가 내게 걸음을 멈추라고 했지만, 나는 앞으로 나아갔다.

그녀는 말없이 왼쪽 기둥을 향해 미끄러지듯 뒷걸음쳤다. 나는 개선문에서 두 걸음쯤 떨어져 있었다. 내가 돌로 만든 아치 아래로 들어갔을 때, 검은 수도사 옷이 소리 없이 사라졌다. 나는 숨을 멈춘 채 귀를 기울였다. 그때 놀랍게도 모든 게 명료해졌다. 왜냐하면 그녀가 개선문으로 뛰어갔을 때 전력을 다해 뛰었음이 틀림없다는 것을, 그녀가 멈춰 섰을 때 웃음의 가능성을 넘어 저 멀리 일종의 부재 상태로 들어갔다는 것을 내가 깨달았기 때문이다. 더 이상 그녀가 보이지 않았다. 죽음과도 같은 어둠이 아치의 둥근 궁륭에서 떨어졌다. 한순간도 생각해 본 적이 없었음에도 나는 격심한 고통의 시간이 시작되었다는 것을 '알아차렸다'. 나는 그 상황을 받아들였고, 고통받기를, 더 멀리 가기를, 쓰러져 죽을지라도 '공허' 속으로 들어가기를 원했다. 죽음이 그녀의 내면에 군림하고 있다는 사실을 조금도 의심하지 않은 채, 나는 그녀의 비밀을 간절히 알고 싶었다.

둥근 궁륭 아래에서 신음하면서, 나는 공포에 질려 웃음을 터뜨렸다.

"인간 중에서 오직 한 사람만이 이 아치의 무無를 지나가리라!"

나는 그녀가 달아날 수 있고, 영원히 사라질 수 있다는 생각에 전율했다. 나는 전율하면서 그 사실을 받아들였지만, 그 사실을 상상만 해도 미칠 듯했다. 나는 달려가서 기둥을 둘러봤다. 오른쪽 기둥도 급히 한 바퀴 돌았다. 그녀는 사라졌다. 하지만 나는 그 사실을 믿을 수 없었다. 개선문 앞에서 지칠 대로 지친 나는 금방이라도 쓰러질 것 같았다. 내가 절망에 빠져들고 있을 때, 대로 건너편에서 어둠에 묻혀 꼼짝하지 않는 검은 수도사 옷자락이 얼핏 보였다. 마담 에드와르다는 깔끔하게 정돈된 카페테라스 앞에 명백한 부재의 모습으로 서 있었다. 나는 그녀를 향해 걸어갔다. 그녀는 분명히 다른 세계에서 온 존재로서 미친 것처럼 보였고, 유령이라기보다는 때늦은 안개 같았다. 내 앞에서 그녀는 천천히 뒷걸음치다가 텅 빈 카페테라스의 테이블에 부딪혔다.

내가 그녀를 깨운 듯, 그녀는 생기 없는 목소리로 물었다.

"내가 어디에 있는 거죠?"

절망에 빠진 나는 그녀에게 우리 머리 위의 텅 빈 하늘을 가리켰다. 그녀는 하늘을 바라보았다. 한순간 나비형 눈가리개 가면 속에서 초점 잃은 두 눈이 반짝이는 별밭에 잠기는 듯했다. 나는 그녀를 부축했다. 그녀는 자기 앞의 검은 수도사 옷자락을 두 손으로 잡아 병적으로 여미고 있었다. 그녀의 몸이 발작적으로 뒤틀리기 시작했다. 그녀는 괴로워했고, 나는 그녀가 울고 있다고 생각했다. 그러나 세계와 그녀 내면의 고뇌는 그녀를 질식시킴으로써 흐느끼지도 못하게 했다. 어렴풋이 염증을 느낀 듯 그녀는 나를 떠밀며 내 곁을 떠났다. 문득 정신이 나간 것처럼 그녀가 황급히 달리더니 갑자기 멈춰 섰고, 수도사 옷자락을 들어 올려 하얀 엉덩이를 드러내더니 보란 듯 흔들었다. 그러고서 곧장 내게로 돌진했다. 야만의 바람이 그녀를 휩쓸었다. 마치 싸울 때처럼 거친 기세로, 그녀는 격분한 듯 내 얼굴을 마구 때렸다. 나는 비틀거리며 쓰러졌다. 그녀가 뛰어서 달아났다.

내가 몸을 완전히 일으키지도 못한 채 무릎을 꿇고 있을 때, 그녀가 돌아왔다. 그녀는 쉰 목소리로 믿을 수 없을 정도로 크게 소리쳤고, 하늘을 향해 고함을 지르면서 공포에 질려 두 팔을 허우적거렸다.

"숨이 막혀 죽을 것 같아." 그녀가 소리쳤다. "당신 뭐야, 신부처럼 재수 없어, **내가 죽여버릴 거야…**"

목소리가 일종의 헐떡거림으로 변하면서 그녀는 두 팔을

뻗어 내 목을 조르려고 하다가 땅바닥에 쓰러졌다.

호흡기에 경련이 일어 그녀는 마치 토막 난 지렁이처럼 요동쳤다. 나는 그녀에게로 몸을 기울였고, 그녀가 이빨로 물어뜯어 삼키는 눈가리개 레이스 조각을 입에서 빼내야 했다. 그녀가 혼란스럽게 몸을 뒤트는 가운데 음부의 털까지 드러났다. 이제 그녀의 나체는 죽은 사람의 수의인 양 의미의 부재와 동시에 의미의 과잉을 지니고 있었다. 가장 기이한 것, 가장 고통스러운 것은 마담 에드와르다가 갇힌 침묵이었다. 그녀의 고통으로 인해 더 이상의 의사소통은 불가능했다. 나는 그 출구의 부재 속으로, 텅 빈 하늘만큼 황량하고 적대적인 그 가슴의 어둠 속으로 빨려 들어갔다. 물고기처럼 팔딱거리는 그녀의 육체, 일그러진 얼굴에 드러난 그녀의 상스러운 분노가 내 안의 생명을 까맣게 태웠고, 메스꺼울 정도로 잘게 분해했다.

(이제야 알겠다, 마담 에드와르다가 **신**이라고 내가 생각했을 때 그 아이러니한 사실을 누군가에게 전하려 하는 것은 헛된 일임을. 어쨌든 **신**이 윤락가의 매춘부이자 미친 여자라는 사실은 합리적인 의미가 없다. 엄밀히 말하자면, 사람들이 나의 슬픔을 비웃으리라는 생각에 행복을 느낀다. 치유할 수 없는 상처, 결코 치유되기를 바라지도 않는 상처로 고통받는 가슴만이 나를 이해하리라… 과연 어느 누가 이런

상처가 아닌 다른 상처로 '죽기'를 받아들일까?)

3

그날 밤에 내가 마담 에드와르다 옆에서 무릎을 꿇었을 때, 치유될 수 없는 자의 의식은 지금 내가 글을 쓰고 있는 이 순간만큼이나 명료하고 냉정했다. 그녀의 고통은 내 안에서 진실의 화살처럼 작용했다. 즉 그 고통은 가슴을 파고들되 죽음과 함께 파고드는 것이다. 절멸의 무無를 기다릴 때 나의 내면에 존속하고 있는 것은 무엇이든 나의 삶을 헛되이 지체시킨 찌꺼기의 의미를 지닌다. 그토록 어두운 침묵 앞에 놓이자, 나의 절망 속에는 무엇인가 갑작스러운 비약이 생겼다. 온몸이 뒤틀리는 마담 에드와르다의 경련이 나 자신에게서 나를 뽑아 어두운 저세상으로 던져버린 것이다, 마치 죄수를 사형집행인에게 넘기듯 무자비하게.

곧 사형에 처해질 사람이 햇살을 받으며 끔찍한 형장에 도착하면, 그는 끝없는 기다림 속에서 준비 과정을 관찰한다. 심장이 터질 듯 요동친다. 그의 좁혀진 지평 위에서 물건

하나하나가, 얼굴 하나하나가 무거운 의미를 띠며, 그가 더 이상 빠져나가지 못하도록 바이스를 더욱더 옥쥔다. 마담 에 드와르다가 땅바닥에서 몸을 뒤트는 걸 보았을 때, 나는 사 형수에 비할 만한 몰입의 상태로 들어갔다. 그러나 나의 내 면에서 이루어진 변화는 나를 가두지 못했다. 마담 에드와르 다의 불행으로 내가 맞이한 지평은 고뇌의 대상처럼 덧없는 것이었다. 갈래갈래 찢어지고 조각조각 해체된 나는 나 자신 을 증오하는 조건으로 내 것이 된 모종의 힘이 내 안에서 솟 구치는 걸 느꼈다. 나로 하여금 길을 잃게 한 현기증 나는 혼 돈이 내게 무심의 경지를 열어주었을까. 더 이상 근심도 욕 망도 문제가 되지 않았다. 절정의 열기는 이제 와서 새삼스 럽게 중단할 수 없다는 단순한 사실에서 탄생했다.

(여기서 내 생각을 적나라하게 털어놓아야 한다면, 말장 난을 하거나 우회적인 문장을 사용하는 것은 매우 실망스러 운 일이 되리라. 또한 내가 하는 이야기에서 옷과 형태를 벗 겨냄으로써 아무도 그 이야기를 적나라하게 이해할 수 없다 면, 나는 헛되이 쓰고 있는 셈이리라. [사실상 나도 그런 사 실을 이미 알고 있기에, 나의 노력은 절망적이다. 나를 눈부 시게 만든 번개, 나를 벼락으로 내리친 번개는 아마도 내 눈 을 멀게 했으리라.] 그렇지만 마담 에드와르다는 꿈속의 유 령이 아니다. 그녀의 땀이 내 손수건을 적시지 않았던가. 그 녀에게 이끌려 도달한 이 지점에서 이번에는 내가 그녀를

56

이끌고 싶다. 이 책은 그 자신의 비밀을 가지고 있다. 나는 그것을 밝히지 않을 텐데, 그것은 이 모든 낱말보다 더 먼 곳에 감춰져 있다.)

마침내 발작이 가라앉았다. 잠시 경련이 계속되었지만, 그녀는 더 이상 격분하지 않았다. 숨결도 되돌아왔고, 표정도 편안해지면서 더 이상 흉측해 보이지 않았다. 온몸에 힘이 빠진 나는 길바닥에 길게 누운 그녀 곁에 잠시 몸을 뉘었다. 그러고서 내 옷으로 그녀의 헐벗은 몸을 덮어주었다. 그녀가 무겁지 않았기에 나는 그녀를 안고 가려고 마음먹었다. 대로의 택시 정류장은 가까운 곳에 있었다. 그녀는 내 품에서 축 늘어진 채 꼼짝하지 않았다. 그런 탓에 택시 정류장까지 가는 데 시간이 걸렸고, 세 번이나 멈춰 서야 했다. 다행히 그녀는 생기를 되찾았고, 택시 정류장에 이르러서는 일어서고 싶어 했다. 하지만 한 걸음을 옮기더니 다시 비틀거렸다. 나는 그녀를 부축해서 정차 중인 택시에 태웠다.

그녀가 힘없이 말했다.

"…아직… 잠시 기다려 줘요…."

나는 택시 운전사에게 움직이지 말라고 했고, 피로에 지친 나는 차에 오르자마자 마담 에드와르다 곁에 쓰러졌다.

마담 에드와르다, 택시 운전사, 그리고 나는 자리에서 꼼짝하지 않고 오래도록 말없이 앉아 있었다, 차가 달리고 있을 때처럼.

마침내 마담 에드와르다가 내게 말했다.

"레 알로 가 달라고 하세요!"

나는 시동을 걸고 있는 택시 운전사에게 그렇게 전했다.

그는 어두컴컴한 거리로 우리를 데리고 갔다.

천천히 그리고 조용히 마담 에드와르다는 흐트러진 수도
사 옷의 허리끈을 풀었다. 검은 눈가리개 가면은 이미 사라
졌다. 볼레로 가디건까지 벗은 그녀는 나지막한 목소리로 혼
잣말처럼 이렇게 말했다.

"발가벗었어, 짐승처럼."

그녀는 유리창을 두들겨 차를 세웠다. 차에서 내린 그녀
가 운전사에게 닿을 듯 가까이 다가가서 말했다.

"자, 봐요… 난 완전히 알몸이야… 이리 와요."

운전사는 꼼짝하지 않고 그 짐승을 바라보았다. 조금 뒤
로 물러선 그녀는 운전사에게 음부의 갈라진 틈이 잘 보이
도록 한쪽 다리를 높이 쳐들었다. 서두르지도 않고 말없이
그 사내는 운전석에서 내렸다. 그는 단단했고 상스러웠다.
마담 에드와르다는 그를 포옹하면서 입을 맞추었고, 한 손으
로 바지를 풀어 헤쳤다. 바지가 그의 두 다리를 따라 떨어지
자, 그녀가 그에게 말했다.

"차 안으로 들어가요."

택시 운전사는 차 안으로 들어와서 내 옆에 앉았다. 그를
뒤따른 마담 에드와르다는 관능적인 자세로 사내 위에 올

라앉았고, 그의 음경을 잡아 자기 속으로 미끄러져 들어오게 했다. 나는 힘없이 그들을 바라보았다. 그녀는 느리고 은밀한 동작을 취했는데, 거기서 강렬한 쾌락을 느끼는 게 선명히 보였다. 사내도 그녀에게 온몸으로 난폭하게 응답했다. 두 존재의 적나라한 교합으로 그들의 섹스는 가슴이 무너지는 과잉에 조금씩 도달했다. 택시 운전사는 숨을 헐떡이며 전복되었다. 나는 차의 실내등을 켰다. 마담 에드와르다는 말을 탄 자세로 몸을 곧추세운 채 머리를 뒤로 젖혔고, 그바람에 머리칼이 아래로 쏟아졌다. 그녀의 목덜미를 손으로받치면서, 나는 허옇게 뒤집힌 그녀의 눈동자를 보았다. 그녀는 자신을 받치고 있던 내 손 위에서 몸을 더욱 팽팽하게뻗었는데, 그런 동작이 그녀의 헐떡이는 숨결을 더욱 거칠게했다. 바로 그 순간 그녀의 눈동자가 제자리로 돌아왔고, 그녀의 흥분도 다소 가라앉는 듯했다. 그녀는 나를 보았다. 바로 그 순간 나는 그녀가 불가능의 영역에서 되돌아오고 있음을 알았고, 그녀 존재의 아래쪽 깊은 곳에서 현기증 나는부동성을 보았다. 그녀의 뿌리에서 넘쳐흐르던 무엇인가가눈물로 솟구쳐 올랐다. 눈물이 그녀의 눈을 흥건히 적셨다. 그 눈에는 사랑이 죽어 있었고, 여명의 냉기만이 거기서 발산되었다. 나는 그 투명한 여명의 냉기에서 죽음을 읽었다. 벌거벗은 몸, 살을 벌리는 손가락, 나의 고뇌, 입술에 묻은점액의 추억 등 모든 것이 그 꿈결 같은 시선 속에 묶여 있었다. 그 가운데 죽음으로 들어가는 맹목적 미끄러짐을 자극하지 않는 것은 아무것도 없었다.

마담 에드와르다의 쾌감, 가슴을 넘쳐흐르는 샘물은 이상 야릇하게 지속되었다. 관능의 물결이 그녀의 존재를 끊임없 이 눈부시게 만드는 동시에, 그녀의 나신을 더욱더 벌거벗게 하고 그녀의 음란함을 더욱더 수치스럽게 했다. 말로 표현할 수 없는 감미로운 교합으로 온몸과 얼굴이 모두 황홀경에 빠진 채, 그녀는 달콤한 표정으로 일그러진 미소를 지었다. 왜냐하면 그녀가 불모의 감정에 빠진 나를 보았기 때문이다. 그녀를 휩쓴 환락의 물결이 내 슬픔의 밑바닥을 빠져나가는 게 느껴졌다. 나의 고뇌는 내가 원했음이 틀림없는 쾌감에 대조되었다. 마담 에드와르다의 고통스러운 쾌감은 나를 더 없이 기적 같은 감정에 빠져들게 했다. 나의 비탄과 신열은 아무것도 아닌 듯했지만, 사실 그것은 내가 차가운 침묵 속 에서 '내 사랑'이라고 불렀던 여자의 황홀경에 조응하는 내 안의 유일한 위대함이었다.

마지막 전율이 천천히 그녀를 엄습했고, 뒤이어 땀에 젖 은 그녀의 육체가 축 늘어졌다. 택시 운전사는 뒷좌석에서 쾌락의 경련과 함께 쓰러졌다. 마담 에드와르다의 목덜미를 받치고 있던 나는 그녀를 부축해서 조심스럽게 눕혔고, 땀을 닦아주었다. 눈에서 생기가 사라진 그녀는 가만히 몸을 맡기 고 있었다. 나는 이미 차의 실내등을 껐었다. 그녀는 어린애

처럼 설핏 잠이 들었다. 똑같은 졸음이 우리를 짓눌렀다, 마
담 에드와르다, 택시 운전사, 그리고 나를.

　(계속하라고? 나는 그렇게 하고 싶지만, 개의치 않는다.
그건 중요하지 않다. 나는 글을 쓸 때 무엇이 나를 억압하는
지 말하고 있다. 모든 게 부조리한 걸까? 아니면 의미가 있
는 걸까? 나는 병이 들 정도로 집요하게 그것을 생각한다.
나는 아침에 잠을 깬다, 수백만 명의 여자와 남자, 아기와 노
인과 마찬가지로 아침에 잠을 깬다, 영원히 되풀이되는 수
면… 나와 그 수백만의 사람, 우리의 기상은 어떤 의미를 지
니는 걸까? 숨겨진 의미? 물론 의미가 있다면, 숨겨져 있으
리라! 그러나 아무것도 의미가 없다면 내가 아무리 애써 봐
야 소용없다. 나는 속임수를 써서 뒤로 물러날 것이다. 나는
손을 놓을 것이고, 비의미에 매달릴 것이다. 내가 보기에 나
를 고문하고 죽이는 것은 희망의 그림자가 아니라 사형집행
인이니까. 하지만 의미가 있다면? 오늘 나는 그것을 모른다.
내일은? 도대체 내가 아는 게 무엇일까? 나로서는 '나'의 처
형이 아닌 의미를 상상할 수 없다. 그것만은 잘 알고 있다.
그러니 지금 당장으로서는 비의미에 매달릴 수밖에! '비의
미 선생'이 글을 쓰고 있다. 그는 자기가 미쳤다는 사실을 잘
아는데, 그것은 끔찍한 일이다. 그의 광기, 그 비의미가―별
안간 그의 태도는 몹시 '진지하게' 변한다―바로 '의미'일
까? [아니다, 헤겔은 미친 여자의 '신격화'와는 아무런 관계

가 없다…] 나의 삶은 오직 내가 의미를 결여하고 있다는 조건에서만, 내가 미쳤다는 조건에서만 의미가 있다. 누가 그렇게 할 수 있는지 이해하기를, 누가 죽어가는지 이해하기를… 그렇다, 존재가 여기에 있다, 이유도 모르는 채, 추위에 몸을 떨면서… 무한無限이, 밤이 그를 둘러싸고 있고, 일부러 그가 여기에 있다… '알지 않기' 위해서. 그러나 **신**은? '웅변가 선생님들', '신자 선생님들', 여기에 대해 어떻게 생각하시는지? 어쨌든 '신'은 알고 있을까? **신**이 알고 있다면, **신**은 돼지이리라.[*] 주님이시여, [나는 비탄에 잠겨 '내 사랑'에게 호소한다.] 저를 구원하소서, 그들을 눈멀게 하소서! 이야기, 내가 이야기를 계속할 것인가?)

끝났다.

택시 뒷좌석에서 우리가 잠시 빠졌던 수면으로부터 내가 가장 먼저 깨어났다, 병이 든 채… 나머지는 아이러니요, 죽음의 기나긴 기다림일 뿐이다….

---

[*] 나는 이렇게 말했다. "'신'이 알고 있다면, '신'은 돼지이리라." 이 말의 뜻을 속속들이 이해하는 사람이 있다면 (나는 아마도 잘 씻지도 않고 '머리칼도 헝클어진' 사람일 거라고 짐작한다) 그가 가진 인간적인 면이 과연 무엇일까? 저 너머로, 모든 것에서… 멀리, 더 멀리 떨어진 채… **그 자신**, 텅 빈 허공 위로 올라가서 황홀하게… 그리고 지금은? **나는 몸을 와들와들 떨고 있다.**— 저자

"가장 몰상식한 책이 궁극적으로 가장 아름
다운 책, 어쩌면 가장 사랑스러운 책이 되는
것, 그것은 더없이 충격적인 일이다."

—모리스 블랑쇼

조르주 바타유는 피에르 앙젤리크Pierre Angélique라는 필명으
로 1941년과 1945년에 『마담 에드와르다Madame Edwarda』를 지
하 출판물 형태로 약 50부씩 발표한 바 있다.* 1956년에 우리
에게 처음으로 공식 출판을 맡겼을 때도 똑같은 필명을 사용했
는데, 다만 서문에만 자신의 본명을 쓰는 데 동의했다. 당시에
조르주 바타유는 여전히 오를레앙 도서관장이었고, 그가 보기
에 도서관 공무원이라는 신분은 "도서 출판에 의한 풍속 문란"
시비와는 어울리지 않는 듯했다.

---

* 번역 대본이자 정본인 갈리마르 출판사 『전집 III』(1971)에는 없지만, 같은 작
  품 다른 판본에 실린 「편집자 노트」를 소개한다. 이 글은 바타유가 「마담 에드
  와르다」를 왜 필명으로 발표했는지를 설명하고 있다.— 옮긴이

10년이라는 시간이 지났다. 조르주 바타유는 사망했고, 『마담 에드와르다』 1,500부가 차례로 독자의 손에 들어갔다. 이제 이 작은 책의 표지에, 영향력이 점점 커가는 작가의 실명을 쓰는 일을 가로막는 것은 아무것도 없다.

『마담 에드와르다』 재판再版과 동시에, 별도의 독립적인 책으로 우리는 미간행 유작, 즉 조르주 바타유가 『마담 에드와르다』에 이어 「샤를로트 댕제르빌Charlotte d'Ingerville」, 「에로티시즘에 관한 역설Paradoxe sur l'érotisme」과 함께 한 권의 책에 넣을 예정이었던 『나의 어머니Ma Mère』를 출판하고자 한다.

나의 어머니
Ma Mère

노화는 공포를 무한히 새롭게 한다. 노화는 존재를 끝없이 출발점으로 다시 데려간다. 무덤가에서 얼핏 보이는 출발점은 나의 내면에서 죽음도 모욕도 도살할 수 없는 '돼지'이다. 무덤가의 공포는 신성하며, 공포의 아들로서 나는 다시 공포 속으로 빠져든다.

1

"피에르!"

한없이 부드럽고 나지막한 목소리였다.

옆방에서 누군가가 나를 부른 걸까? 혹시 내가 잠들어 있
다면 나를 깨우지 않기 위해서 그토록 부드럽게? 하지만 나
는 깨어 있었다. 어린 시절에 어머니가 신열에 들뜬 나를 걱
정스러운 목소리로 불렀을 때처럼 내가 그 목소리에 잠이
깼던 걸까?

이번에는 내가 가만히 불렀다. 그러나 내 근처에는 아무
도 없었고, 옆방에도 아무도 없었다.

결국 나는 꿈속에서 누군가가 내 이름을 부르는 소리를
들은 것임을 깨달았다. 그것이 내게 불러일으킨 감정이 무엇
인지 나로서는 이해할 수 없었다.

나는 슬픔도 기쁨도 없이 다시 침대에 파묻혔다. 하지만
나는 어린 시절에 오래도록 고열에 들떴을 때 들었던 그 목

소리가 조금 전에 똑같은 방식으로 나를 불렀다는 사실을 알고 있었다. 그 당시 나를 짓누른 죽음의 위협이 어머니로 하여금 더없이 부드러운 목소리로 나를 부르게 했었다.

나는 머리가 무거웠고 신경이 날카로워졌으나 고통을 느끼지 않아 몹시 놀랐다. 이번에는 내밀하게 불타오르는 어머니에 대한 기억이 나의 심신을 찢어놓지 않았다. 그 기억은 내가 종종 들었던 그 음란한 웃음소리에 대한 공포와 더 이상 뒤섞이지 않았다.

1906년, 아버지가 죽었을 때 나는 열일곱 살이었다.

몸이 아팠던 나는 시골 할머니 집에서 오랫동안 살았었는데, 가끔 어머니가 나를 보러 오곤 했었다. 하지만 아버지가 죽었을 때, 나는 3년 전부터 파리에서 살고 있었다. 집에서 나는 아버지가 술에 빠져 산다는 사실을 금세 알아차렸었다. 가족은 침묵 속에서 식사하곤 했다. 드물게 아버지는 내가 따라가기 힘든 복잡한 이야기를 시작했는데, 그럴 때면 어머니는 말없이 듣기만 했다. 아버지는 혼자 끝없이 이야기하다가 마침내 조용해지곤 했다.

저녁 식사 후에, 방에 있던 내 귀에 종종 나로서는 이해할 수 없는 시끄러운 소리가 들렸다. 그 소리는 즉시 어머니를 도우러 가야 한다는 감정을 내게 불러일으켰다. 침대에서 나는 가구들이 넘어지는 소리와 폭발하듯 터져 나오는 고성에 귀를 기울였다. 때때로, 침대에서 일어나 밖으로 나간 나는 복도에서 소란이 잦아들기를 기다렸다. 어느 날 문이 열렸고, 내 눈에 변두리의 주정뱅이처럼 벌겋게 달아오른 얼굴로 비틀거리는 아버지, 집의 호사스러운 분위기와 전혀 어울리지 않는 아버지가 보였다. 아버지는 마치 어린애처럼 이리저리 흔들리듯 서투른 동작을 취하며 더없이 부드럽게 내게 말했다. 그런 모습이 나를 겁에 질리게 했다. 또 한 번은 거실로 들어가다가 갑자기 아버지와 맞닥뜨렸다. 아버지는 의자들을 이리저리 밀쳤고, 옷이 반쯤 벗겨진 어머니는 아버지를 피해 달아났다. 아버지도 셔츠 자락이 밖으로 빠져나와 있었다. 아버지가 어머니를 붙잡았고, 그들은 고함을 지르며 함께 넘어졌다. 나는 자리를 피했으나 집에 머물러 있어야 한다고 생각했다. 또 다른 어느 날, 정신이 나간 듯한 아버지가 내 방문을 열었다. 그는 술병을 손에 든 채 문턱에 서 있었다. 아버지는 물끄러미 나를 보았는데, 술병이 손에서 스르르 미끄러지더니 방바닥에서 깨졌다. 술이 흘렀다. 잠시 나는 아버지를 바라보았다. 술병이 깨지는 소리가 나자, 그는 두 손으로 머리를 감싸 쥐었다. 그는 아무런 말도 하지 않았지만, 나는 온몸을 와들와들 떨고 있었다.

아버지가 얼마나 싫었던지 나는 모든 일에서 그와 정반대되는 입장을 취하곤 했다. 그 무렵, 나는 훗날 종교인이 되어야겠다고 생각할 정도로 깊은 신앙심을 지니고 있었다. 그 당시 아버지는 열렬한 반교권주의자였다. 아버지가 죽고 나서야 나는 찬미의 대상인 어머니와 함께 살기 위해 종교적 소명을 버렸다. 나는 어리석게도 어머니가 여느 여자와 다름 없다고, 아버지의 남성적 허영이 어머니를 억지로 종교에 매달리게 한다고 생각했었다. 일요일이면 나는 어머니와 함께 미사를 보러 가지 않았던가? 어머니는 나를 사랑했다. 내 생각에 어머니와 나 사이에는 생각과 감정의 일치가 있었는데, 그것을 교란하는 존재는 침입자인 아버지밖에 없었다. 사실 어머니의 끊임없는 외출이 나를 괴롭게 했지만, 온갖 수단으로 자신이 혐오하는 존재를 피하려는 어머니의 노력을 어떻게 내가 인정하지 않을 수 있었겠는가?

그런데 아버지가 부재하는 동안에도 어머니가 외출을 멈추지 않는 것을 보고 나는 놀랐다. 아버지는 니스에서 오랫동안 머물곤 했다. 나는 거기서 아버지가 대개 도박과 술을 즐기며 방탕하게 논다는 사실을 알고 있었다. 아버지의 임박한 출발을 알았을 때마다 내가 얼마나 기뻤는지를 어머니에게 말하고 싶었다. 어머니는 묘하게 슬픈 표정을 지으며 대화를 피했지만, 나는 어머니가 나만큼 큰 기쁨을 느끼고 있으리라고 확신했다. 아버지의 마지막 여행지는 고모가 그를 초대한 브르타뉴였다. 어머니는 그와 동행해야 했으나 집에 머물기로 결정했다. 아버지가 떠난 후 저녁 식사를 하면서, 나는 너무나 즐거워 단둘이 지내는 게 정말 기쁘다고 어머니에게 말했다. 놀랍게도 어머니는 내 말에 만족한 듯 지나친 농담을 던지며 즐거워했다.

그때 나는 훌쩍 커지는 느낌이 들었다. 별안간 어른이 된 것이었다. 어머니는 머잖아 나를 즐거운 레스토랑으로 데려가겠다고 말했다.

"너와 어울려도 이상하지 않을 정도로 내가 아직은 젊잖아." 어머니가 내게 말했다. "네가 너무 잘생겨서 모두가 너를 내 연인으로 생각할 거야."

어머니가 웃었기에 나도 웃었지만, 내심 나는 깜짝 놀랐다. 어머니가 그런 말을 했다는 걸 나는 믿을 수 없었다. 내 생각에 어머니가 술을 너무 많이 마신 듯했다.

그때까지, 나는 어머니가 술을 마신다는 사실을 전혀 몰랐다. 나는 날마다 어머니가 어김없이 술을 마신다는 사실을 금세 알아차렸다. 하지만 어머니는 그때처럼 쉴 새 없이 소리 내어 웃거나 외설적인 삶의 기쁨을 내비치지 않았다. 그 반대로 어머니는 슬프고 정답고 부드럽게 행동하며 자신의 내면으로 숨어들었다. 나는 어머니의 깊은 우울감의 원인이 아버지의 악의적인 언행이라고 생각했고, 그 우울감이 나로 하여금 어머니에게 평생 헌신하게 했다.

어머니가 디저트 시간에 자리를 떠나서 나는 기운이 빠졌다. 내가 슬픈 표정을 지어 어머니는 마음이 상한 걸까? 나의 낙담은 며칠 동안 계속되었다. 어머니는 끊임없이 웃고 마시다가 갑자기 떠나버린 것이었다. 나는 혼자 남아 공부했다. 그 무렵 나는 학교에서 강의를 들었고, 열심히 책을 읽었으며, 술에 취하듯 공부에 취했다.

어느 날, 어머니는 점심 식사 후에 여느 때와 달리 외출하지 않았다. 어머니는 나와 함께 웃고 있었다. 어머니는 약속을 지키지 못해서, 즉 일전에 말한 대로 '즐거운 파티'에 데려가지 못해서 미안하다고 말했다. 예전에는 너무나 심각한 표정을 짓고 있어 누구나 어머니에게서 괴로운 감정, 폭풍 전야의 감정을 읽었었는데, 갑자기 어머니가 완전히 다른 사람이 되었다. 어머니는 마치 덜렁이 아가씨처럼 더없이 가벼웠다. 나는 어머니가 아름답다는 사실을 알고 있었다. 사람들이 그렇게 말하는 것을 오래전부터 수없이 들었었다. 그렇지만 어머니에게 이런 도발적인 애교가 있는 줄은 몰랐다. 어머니는 서른두 살이었다. 나는 어머니를 바라보았다. 어머니의 우아함, 어머니의 몸짓이 나를 압도했다.

"내일 너를 데려갈게." 어머니가 말했다. "이리 오렴, 키스해 줄게. 내일 저녁에 보자, 나의 아름다운 연인!"

그러면서 어머니는 웃음을 터뜨렸고, 모자를 쓰고 장갑을 끼더니 내 품에서 벗어나 금세 사라졌다.

어머니가 떠났을 때, 나는 어머니의 미모와 웃음이 악마적이라고 생각했다.

그날 저녁, 어머니는 집에서 저녁 식사를 하지 않았다.

이튿날, 아침 일찍 일어나 나는 강의를 들으러 갔다. 집으로 돌아와서도 공부하느라 여념이 없었다. 그때, 하녀가 방문을 열고 어머니가 방에서 나를 기다리고 있다고 알려주었다. 어머니는 어두운 표정으로 내게 말했다.

"아빠에 대한 나쁜 소식이 있어."

나는 말없이 서 있었다.

"갑작스러운 일이야." 어머니가 말했다.

"돌아가셨나요?" 내가 물었다.

"그래." 어머니가 말했다.

어머니는 잠시 침묵을 지키다가 다시 입을 열었다.

"잠시 후에 반*으로 가는 기차를 타자. 우리는 반역驛에서 마차를 타고 세그레로 갈 거야."

나는 아버지가 왜 그렇게 급작스럽게 죽었는지 물었다. 어머니는 내게 사망 원인을 말한 후 자리에서 일어났다. 어머니는 어쩔 수 없다는 듯한 동작을 취했다. 어머니는 피곤했고 어깨가 무거웠으나 감정을 전혀 드러내지 않았다. 다만 이렇게 말했다.

"로베르나 마르트와 이야기할 때는 깊은 슬픔에 빠진 듯이 보여야 한다는 걸 잊지 말아라. 훌륭한 하인들은 우리가 눈물에 젖어 있다고 생각하기 마련이야. 그렇다고 울 필요는 없지만 시선을 낮추거라."

❋　Vannes. 프랑스 북서부 브르타뉴 지방의 도시 이름.—옮긴이

어머니의 목소리가 날카로워진 걸 보니 아마도 나의 안도감에 신경이 쓰이는 듯했다. 나는 어머니를 물끄러미 바라보았다. 어머니가 갑자기 늙어버린 듯해서 깜짝 놀랐다. 나는 당혹스러웠다. 뜻밖의 죽음에 동반되는 관행적인 슬픔을 거슬러 은밀하게 솟구치는 기쁨을 내가 어떻게 숨길 수 있었을까? 나는 어머니의 노화를 원하지 않았다. 나는 어머니가 가해자로부터 해방되고, 그녀의 얼굴에 거짓의 가면을 씌우던 피난처, 즉 비이성적인 유희로부터 해방되는 모습을 보고 싶었다. 나는 행복해지고 싶었다. 나는 심지어 우리가 운명적으로 당한 초상初喪으로 인해 생긴 이 매혹적인 슬픔, 죽음마저 달콤하게 만드는 이 매혹적인 슬픔이 우리의 행복으로 연결되기를 바랐다.

그러나 나는 고개를 숙이고 시선을 낮추었다. 어머니의 말은 나를 단지 부끄럽게 만든 것이 아니었다. 나는 호되게 야단을 맞은 기분이었다. 나는 터무니없이 분하고 화가 나서 금방이라도 눈물이 날 듯했다. 그리고 죽음이란 것이 어떻게든 어리석은 눈물을 부르기 마련이기에, 하인들에게 우리의 불행을 이야기했을 때 나는 울었다.

삯마차 소리, 그다음에 기차 소리가 다행히 우리를 침묵하게 했다.

잠시 후, 졸음이 엄습해서 나는 모든 것을 잊었다.

나는 더 이상 어머니의 신경을 건드리지 않으려고 애썼

다. 그렇지만 나는 반에서 밤을 보내자고 어머니에게 말했
다. 잠자코 나의 제안을 받아들인 어머니는 전보로 이튿날
우리가 도착한다고 알려야만 했다. 레스토랑에서, 뒤이어 역
에서 우리는 이런저런 이야기를 나누었다. 아무리 애를 써도
어색한 기분이 들었고, 내가 미숙하다는 생각이 들었다. 나
는 어머니가 술을 마시고 있는 줄 몰랐다. 어머니가 술 한 병
을 더 주문했을 때 그 사실을 깨달았다. 불안을 느낀 나는 시
선을 떨구었다. 눈을 다시 들었을 때 어머니의 시선이 냉정
해서 나는 깜짝 놀랐다. 어머니는 요란하게 술잔을 채웠다.
어머니는 나의 어리석은 행동이 불러일으키곤 하는 가당찮
은 상황을 기다리는 듯했다. 하지만 어머니는 더 이상 참지
못했다.

피로에 지친 어머니의 시선에 눈물이 반짝였다.

어머니는 울었고, 눈물이 뺨을 타고 흘러내렸다.

"엄마" 내가 소리쳤다. "아빠를 위해서 차라리 잘된 일 아
녜요? 엄마를 위해서도?"

"조용히 해!" 어머니가 거칠게 말했다.

어머니는 분통을 터뜨리듯 내게 적대적인 태도를 취했다.

나는 더듬거리며 다시 말했다.

"엄마도 알잖아요, 아빠를 위해서 잘된 일이라는 걸."

어머니는 급히 술을 들이켜며 보일 듯 말 듯 희미하게 미
소 지었다.

"이렇게 말해야 해. 내가 아빠의 삶을 망쳐놓았어."

무슨 말인지 몰랐던 나는 항의하듯 말했다.

"아빠가 돌아가셨으니 아빠 이야기는 하지 말아야 하지만, 엄마의 삶이 정말 힘들었잖아요."

"네가 뭘 안다고 그래?" 어머니가 다시 말했다.

어머니는 계속 미소 지었고, 더 이상 나를 보지 않았다.

"넌 엄마의 삶에 대해 아무것도 몰라."

어머니는 술에 취하려고 작정한 듯했다. 어느새 두 번째 술병이 비어 있었다.

웨이터가 우리에게 음식을 가져다주었다. 실내에는 어딘지 모르게 음울하고 상스러운 분위기가 감돌았고, 식탁보에는 붉은 얼룩이 묻어 있었다. 공기가 무겁고 더웠다.

"한바탕 폭우라도 쏟아질 것 같습니다." 웨이터가 말했다.

우리는 아무런 대꾸도 하지 않았다.

나는 이렇게 생각했다. (어머니 앞에서 몸이 떨렸다.) '어떻게 내가 엄마를 비난할 수 있을까?'

나는 한순간일지언정 어머니를 의심했다는 사실이 괴로웠다. 나는 얼굴을 붉혔고, 이마에 맺힌 땀방울을 닦았다.

어머니의 표정이 굳어졌다. 별안간 어머니의 얼굴이 허물어지는 듯했다. 얼굴은 밀랍이 흘러내리듯 흐물흐물해졌고, 한순간 아랫입술이 입속으로 빨려 들어갔다.

"피에르" 어머니가 말했다. "나를 봐!"

불안정한데다 아득히 멀어져가는 그 얼굴은 점점 어두워졌다. 마치 공포의 감정이 거기서 발산되는 듯했다. 어머니는 자신을 사로잡는 착란에 저항하려 했으나 소용없었다. 어머니는 주의 깊게, 천천히 말했다. 표정에는 이미 광기가 어려 있었다.

어머니의 이야기는 가슴을 찢는 듯 나를 몹시 괴롭게 했다. 어머니가 취한 정숙한 태도, 특히 그보다 더 끔찍한 태도, 즉 가증스러울 정도로 고결한 태도가 나를 짓눌렀다. 나는 압도된 채 어머니의 이야기를 들었다.

"너는 아직 너무 어려." 어머니가 말했다. "이런 이야기를 네게 하지 말아야 하지만, 결국에는 엄마가 지금과 같은 존경을 너한테 받을 자격이 있는지 네가 자문하는 날이 올 거야. 이제 아빠가 돌아가셨고, 나는 거짓말하는 데 지쳤어. 난 아빠보다 더 나쁜 사람이야!"

어머니는 쓰디쓴 미소, 괴로운 미소를 지었다. 어머니는 두 손으로 목덜미의 옷깃을 잡더니 그것을 좌우로 벌렸다. 그 몸짓에 외설적 의도는 전혀 없었고, 오히려 비통한 슬픔만이 읽혔다.

"피에르" 어머니가 다시 말했다. "내가 받을 자격도 없는 존경심을 아직도 내게 보이는 사람은 너밖에 없어. 언젠가 거실에서 네가 마주쳤던 그 남자들, 그 꼴사나운 젊은이들이 누구라고 생각했니?"

그들에게 아무런 주의를 기울이지 않았었기에 나는 대답하지 못했다.

"아빠는 그들이 누구인지 알고 있었어. 그리고 아빠는 동의했지. 네가 집에 없었을 때, 그 얼간이들은 더 이상 네 엄마를 존중하지 않았어… 자, 엄마를 봐!"

어머니의 흉측한 미소, 넋 나간 미소는 불행의 미소였다.

어머니는 나를 사랑했다. 그렇지 않다면, 나의 효심과 어머니의 거짓이 어우러져 만든 나의 어리석은 언행을 어머니가 어떻게 참을 수 있었을까?

훗날, 어머니는 아버지가 했던 말을 내게 들려주었다. "모든 걸 내 탓으로 돌려." 무슨 일이 있어도 아들에게 어머니가 흠잡을 데 없는 여자로 남아야 한다는 걸 깨달았기에, 아버지는 모든 허물을 자신이 뒤집어쓰려고 한 것이었다. 하지만 아버지의 죽음은 그 약속을 참을 수 없는 것으로 만들었다. 아버지의 죽음에 뒤따른 혼란과 동요 속에서, 어머니는 이전에 자포자기 상태에 이르렀을 때마다 불결해 보이고 싶어 했듯 내게도 불결해 보이고 싶은 유혹에 굴복했다. 나중에 어머니가 독약을 마시면서 내게 남긴 글은 이런 내용을 담고 있었다.

"내 바람은 네가 죽음 속에서도 나를 사랑하는 거야. 지금이 순간, 나는 죽음 속에서도 너를 사랑해. 하지만 내가 역겨운 여자라는 사실을 알고 또 그런 사실을 알면서도 나를 사랑하는 게 아니라면, 너의 사랑은 내게 필요 없어."

그날, 정신적으로 완전히 무너진 나는 호텔 식당을 떠나 울면서 방으로 올라갔다.

폭우가 쏟아지는 가운데 열린 창문을 통해 나는 잠시 수증기가 분출되는 소리, 호루라기 소리, 기관차가 덜커덩거리며 지나가는 소리를 들었다. 나는 내 가슴을 갈가리 찢어 놓은 신, 더 이상 산산이 부서진 가슴에 품을 수 없었던 신을 원망했다. 참담한 고뇌 속에서 텅 빈 공허만이 내 가슴을 채우는 느낌이었다. 나는 너무나 작고 초라했다. 나는 나를 짓누르는 존재에 대해서도, 공포에 대해서도 감히 대적할 상대가 되지 못했다. 천둥이 치는 가운데 벼락이 떨어지는 소리가 들렸다. 나는 카펫 위로 쓰러졌다. 잠시 후, 몸을 돌려 바닥에 등을 대고 누운 나는 애원하듯 두 팔을 크게 벌렸다.

한참 후, 어머니가 방으로 들어가는 소리가 들렸다. 나는 어머니 방과 내 방을 잇는 사잇문을 열어 놓았다는 사실을 떠올렸다. 발걸음 소리가 다가왔고, 사잇문이 부드럽게 닫혔다. 문이 닫히자 나는 고독 속에 갇힌 느낌이었고, 앞으로 아무것도 나를 거기서 꺼낼 수 없을 듯했다. 여전히 방바닥에 누워, 나는 소리 없이 눈물을 흘렸다.

천둥소리가 길게 울렸음에도 졸음이 나를 엄습했다. 귀청을 찢는 듯한 벼락이 번쩍하고 내리쳐서 나는 화들짝 놀라며 잠에서 깼는데, 별안간 사잇문이 열렸다. 폭우 소리에 얼이 빠지는 듯했다. 어머니가 맨발로 내 방으로 들어오는 소리가 들렸다. 어머니가 머뭇거렸으나 나는 몸을 일으킬 시간이 없었다. 방에서도 침대에서도 내 모습이 보이지 않자 어머니가 소리를 질렀다.

"피에르!"

어머니가 내 몸에 발부리를 부딪쳤다. 나는 일어나서 두 팔로 어머니를 껴안았다. 우리는 공포에 질린 채 함께 울었다. 우리는 서로의 얼굴을 입맞춤으로 뒤덮었다. 어깨에 걸친 어머니의 속옷이 흘러내리는 바람에, 나는 반쯤 벌거벗은 몸을 품에 안고 있었다. 창문을 통해 들어온 세찬 빗방울이 어머니의 몸을 적셨다. 머리가 헝클어지고 술에 취한 어머니는 더 이상 자신이 무슨 말을 하는지도 몰랐다.

나는 어머니가 의자에 앉도록 도왔다.

어머니는 미친 듯이 말을 계속한 뒤 속옷을 여미며 다시 정숙한 태도를 보였다.

어머니는 눈물을 흘리면서도 내게 미소를 지었다. 그러다가 괴로운 표정으로 몸을 숙이더니 금방이라도 토할 것처럼 가슴을 움켜쥐었다.

"너는 정말 착한 아들이야. 나는 자격이 없어. 나를 모욕할 후레자식이 태어났어야 했는데… 그편이 나아. 네 엄마는 흙탕물 속에 있어야만 편안해져. 내가 얼마나 끔찍한 짓을 감당할 수 있는지 너는 모를 거야. 네가 그걸 알았으면 해. 나는 흙탕물이 좋아. 오늘 나는 결국 토할 거야, 너무 많이 마셨거든. 토하고 나면 편안해지겠지. 네 앞에서 아무리 나쁜 짓을 해도 네 눈에는 내가 순수해 보인다니…"

그러고서 어머니는 '음란한 웃음'을 터뜨렸는데, 그 때문에 나는 미칠 것 같았다.

나는 두 어깨와 머리를 떨구고 서 있었다.

어머니는 일어서서 자기 방 쪽으로 걸어갔다. 그러나 여전히 작위적으로 보이는 웃음을 터뜨리며 문득 나를 향해 돌아섰다. 발걸음이 불안정했음에도 어머니는 내 어깨를 붙잡고 이렇게 말했다.

"미안해!"

어머니는 목소리를 더 낮추었다.

"나를 용서해야 해. 내가 가증스러워 보이겠지만, 오늘 너무 많이 마셨어. 하지만 나는 너를 사랑하고 존중하기에 더 이상 거짓말하고 싶지 않았어. 그래, 엄마가 역겨워 보이겠지. 그걸 극복하기 위해서는 너도 많이 노력해야 할 거야."

끝으로, 그녀는 안간힘을 쓰며 간신히 이렇게 말했다.

"나도 계속해서 너를 속이고 거짓말하면서 너를 멍청이로 취급할 수 있었겠지. 나는 나쁜 여자고, 방탕한 여자야. 술도 마시지. 하지만 너는 겁쟁이가 아니잖아. 너한테 모든 걸 털어놓기 위해 내가 얼마나 용기를 냈는지 생각해 봐. 오늘 밤에 계속 술을 마신 건 나를 돕고, 어쩌면 또한 너를 돕기 위해서였어. 이제 나를 도와줘, 나를 내 방으로, 침대로 데려다 줘."

그날 밤에 내가 데려다준 사람은 삶에 짓눌린 늙은 여자였다. 나 또한 얼음처럼 차가운 세상에서 넋이 나간 채 비틀거렸다.

그렇게 할 수만 있었다면, 나는 목숨을 끊고 말았으리라.

집에서 교회까지, 뒤이어 세그레 묘지까지 가면서 진행된 아버지의 장례식, 나는 그것을 마치 실체 없이 텅 빈 시간처럼 기억한다. 기다란 과부 베일을 쓴 어머니, 죽은 이가 신앙자가 아니기에 찬송가를 부를 필요가 없었던 사제들의 거짓된 언행… 그런 건 중요하지 않았다. 어머니의 불결한 행동을 가려주었기에 내가 쓴웃음을 짓지 않을 수 없었던 어머니의 베일도 중요하지 않았다. 나는 참담하기 그지없었고, 머리가 돌아버릴 것만 같았다.

나는 저주가, 공포가 내면에서 점점 커짐을 깨달았다.

아버지의 죽음이 내게 생명을 돌려주리라고 생각했었다. 그러나 내 상복 속에 깃든 그 가장된 생명은 이제 내 몸을 떨리게 했다. 나의 내면에는 충격적인 혼란만이 존재했는데, 그 외 어떤 것도 나의 관심을 끌지 못했다. 나의 혐오감 저 깊은 곳에서 나는 내가 **신**을 닮았다고 느꼈다. 어머니를 품에 안았을 때 내 눈을 멀게 했던 번개를 잊는 일이 아니라면, 이 죽은 세상에서 내가 할 일이 뭐가 있을까? 하지만 나는 벌써 알고 있었다, 내가 결코 잊지 못하리라는 사실을.

'신'은 너무나 '혐오스러웠고 혐오스럽고 혐오스러울' 행위에 대한 내 마음속 공포를 가리키는데, 나는 그 행위를 무슨 일이 있어도 부정해야 하리라. 그리고 그 행위가 존재했고 존재하고 존재할 것이라는 사실을 부정한다고 사력을 다해 외쳐야 하리라. 하지만 그것은 거짓말이리라.

2

세그레에서 돌아왔을 때, 슬픔이 너무나 커서 나는 아프다고 말하며 침대에 누워버렸다. 의사가 와서 나를 진찰했다. 어머니가 내 방으로 들어왔다. "심각한 게 아무것도 없다"는 소견과 함께 어깨를 으쓱하는 의사의 결론적인 몸짓이 나의 건강을 확인해 주었다. 그러나 나는 내 방에서 식사하며 침대에 머물렀다.

그러고서 나는 이렇게 고집을 부려봐야 약간의 시간만 얻을 수 있을 뿐이라고 생각했다. 나는 옷을 입고 어머니의 방문을 노크했다.

"아프지 않아요." 나는 어머니에게 말했다.

"알고 있었어." 어머니가 말했다.

어머니를 도전적으로 노려보았지만, 내가 어머니의 눈에서 찾은 것은 나를 공포에 질리게 하는 격노와 적의뿐이었다.

"이제 침대에서 일어날게요. 식당에서 점심을 먹어야죠."

어머니는 나의 얼굴을 응시했다. 어머니의 완벽한 품위, 어머니의 여유는 내가 느꼈던 끔찍한 감정에는 어울리지 않는 반응이었다. 그러나 어머니의 마음속에는 자신을 흥분하게 만든 격노의 감정과 함께 나에 대한 참을 수 없는 경멸의 감정이 있었다.

아마도 어머니는 반에서 자학적으로 드러냈었던 수치심을 이런 식으로 상쇄하려는 듯했다. 하지만 그 이후에도 나는 실제 그대로의 어머니를 받아들이지 못한 사람들에게 어머니가 내보이곤 했던 극도의 경멸감을 몇 번 더 느껴야 했다.

어머니는 더없이 침착하게 내게 말했으나 불안감을 완전히 숨기지는 못했다.

"네가 일어나서 기쁘구나. 의사가 확인해 주기 전에 꾀병이라는 걸 알고 있었어. 내가 이미 말했잖아. 피해서 달아난다고 극복할 수 있는 게 아니라고. 우선 나를 피할 생각부터 하지 마. 네가 더 이상 나를 존중하지 않는다는 걸 알지만 우리 관계가 엉망으로 뒤틀어지는 건 받아들일 수 없어. 예전처럼 예의 바르게 대하기를 부탁할게. 내가 엄마 자격이 없다는 걸 너도 알게 되었지만 그래도 계속해서 착한 아들로 남아주길 바란다."

내가 대답했다.

"내가 엄마 앞에서 느끼는 불편함을 무례함으로 오해하지 마세요. 더 이상 견딜 힘이 없습니다. 너무 불행해요. 미칠 것만 같아요."

두 눈에서 천천히 눈물이 흘러내렸다. 나는 말을 계속했다.

"불행하다는 말로는 충분하지 않아요. 너무 무서워요."

어머니는 좀 전에 내가 방으로 들어왔을 때 내게 보였던 표정, 적의와 격노로 가득 찬 엄격한 표정, 무엇인가 사람을 불안하게 만드는 표정을 다시 지으며 대답했다.

"네 말이 옳아. 유일한 해결책은 너를 두렵게 하는 현실에 용감히 맞서는 것뿐이야. 다시 공부를 시작해. 우선 날 좀 도와줘. 아빠가 돌아가셨으니 이제 아빠가 남긴 물건을 정리해야겠어. 아빠 서재에 어지럽게 널려 있는 책과 서류를 깨끗하게 치워주겠니? 난 엄두가 나지 않아. 그렇지만 더 이상 참고 볼 수가 없구나. 내가 지금 외출해야 하니까 네가 좀 정리해주렴."

어머니는 내게 포옹해 달라고 했다.

어머니는 두 볼이 발갛게 상기되었고, 얼굴은 그야말로 불타는 듯했다.

내 앞에서 어머니는 과부의 베일이 달린 모자를 정성스럽게 썼다. 그때 나는 어머니가 음란하고 가식적이라고 생각했고, 상복이 어머니의 미모에 외설성을 더하고 있다고 생각했다.

"지금 네가 뭘 생각하는지 알고 있어." 어머니가 다시 입을 열었다. "하지만 나는 더 이상 너한테 숨기지 않기로 했어. 내 욕망을 감추지 않을 거야. 지금 이대로의 나를 존중해 주렴. 이제 네 앞에서 아무것도 감추지 않을 거야. 너를 피해서 숨지 않아도 되니까 얼마나 좋은지 모르겠구나."

"엄마" 나는 열에 들떠 소리쳤다. "엄마가 뭘 하든 내가 가진 존경심은 변하지 않아요. 몸을 떨면서 말하고 있지만 엄마도 알 거예요, 내가 진심으로 이렇게 말한다는 걸."

어머니는 서둘러 떠났는데, 그 서두름이 잠시 후에 향유할 쾌락에 조바심이 났기 때문인지, 아니면 그때까지 내가 보여준 사랑에 가책을 느꼈기 때문인지는 알 수 없었다. 나는 습관적 쾌락이 어머니의 가슴을 피폐하게 했는지 아닌지 가늠하지 못했다. 그러나 그때부터 나의 내밀한 감정은 극과 극 사이를 오고 갔다. 어머니를 사랑하고 성녀처럼 숭배하기를 멈추지 않았던 만큼, 나는 어머니에 대한 분노를 점점 누그러뜨렸다. 어머니를 숭배할 이유가 더 이상 없음을 알고 있었으나 그렇게 하지 않을 수 없었다. 하지만 그리하여 나는 아무것도 잠재울 수 없는 고통, 오직 죽음과 결정적 불행만이 나를 꺼내줄 수 있는 고통 속에서 살게 되었다. 내가 알게 된 어머니의 방탕에 공포를 느끼자마자, 곧바로 어머니에 대한 나의 존경심이 어머니가 아니라 나 자신을 공포의 대상으로 만들었다. 반면 내가 숭배의 감정으로 되돌아가자마자, 곧바로 나는 어머니의 방탕이 구토를 불러일으킬 정도로 역겹다고 생각하지 않을 수 없었다.

그러나 그날 어머니가 밖으로 나갔을 때, 그리고 그토록 서둘러 어머니가 어디로 갔을까 궁금해했을 때, 그때만 해도 나는 어머니가 지옥 같은 함정을 파놓았다는 사실을 전혀 모르고 있었다. 나는 훨씬 더 늦게서야 그 사실을 알아차렸다. 그 당시에는 타락과 공포의 도가니에서 나는 어머니를 사랑하기를 멈추지 않았다. 이를테면 나는 일종의 정신착란 상태에 돌입했는데, 정신이 혼미한 가운데 **신**의 품에서 자아가 사라져가는 듯했다.

나는 아버지 서재에 있었다. 방이 끔찍할 정도로 난장판이었다. 아버지의 초라함, 어리석음, 거만함이 떠올라 숨이 막혔다. 그 당시 나는 아버지가 실제로 어떤 사람이었는지 잘 몰랐다. 어쩌면 병든 기벽으로 가득 찼으나 뜻밖에 매력적이고, 재미있고, 늘 자기가 가진 것을 주려고 하는 어릿광대가 아니었을까.

나는 아버지가 열네 살의 어머니와 가졌던 혼전 관계에서 태어났다. 가족은 두 어린 괴물을 결혼시킬 수밖에 없었고, 아기는 혼돈이 지배한 어린 부부의 집에서 자랐다. 집이 부유했기에 물질적으로는 어려움이 없었다. 아버지의 서재는 늘 뒤죽박죽으로 어질러져 있었는데, 아버지의 부재로 상태가 악화되어 여기저기 먼지가 자욱했다. 나는 아버지의 서재가 그 정도로 난장판이 되어 있는 모습을 본 적이 없었다. 산더미처럼 쌓인 광고 전단과 회계 서류, 약병들, 회색 중절모자들, 장갑들, 수많은 장식 단추, 술병들, 더러운 머리빗들이 더없이 다양하고 더없이 재미없는 책들과 뒤섞여 나뒹굴고 있었다. 덧창을 열자, 햇빛을 받은 중절모자에서 좀벌레가 기어 나왔다. 나는 빗자루와 대걸레로 대청소를 해야 서재의 아수라장을 정리할 수 있다고 어머니에게 말하려고 했다. 하지만 그렇게 하기 전에 꼼꼼히 살펴볼 필요가 있었다. 만일 가치 있는 물건이 있다면 따로 챙겨둬야 했다. 실제로 나는 아주 멋진 책들을 꽤 많이 찾아냈다. 책장에서 그것들을 꺼내자 갑자기 책의 정렬 상태가 무너져버렸고, 자욱한 먼지와 뒤죽박죽의 혼란 속에서 나는 정신이 아득해졌다. 바로 그때, 이상한 물건이 눈에 띄었다. 아버지가 늘 잠가 두었으나 어머니가 좀 전에 열쇠를 주었던 그 유리문 달린 책장에서, 그 무너진 책들 뒤에서 몇 무더기의 사진이 보였다. 사진은 대부분 먼지에 덮여 있었다. 그러나 나는 상상을 뛰어넘을 정도로 음란한 사진임을 금세 알아차렸다. 나는 얼굴을 붉히며 이를 악문 채 자리에 털썩 주저앉았다. 그러나 두 손에는 그 역겨운 사진 몇 장이 들려 있었다. 나는 달아나고 싶었지만, 어머니가 돌아오기 전에 사진을 없애버려야만 했다. 가능한 한 빨리 그것들을 하나로 묶어서 불태우지 않으면 안 되었다. 몹시 흥분한 채, 나는 사진을 쌓아 무더기로 만들었다. 그러나 테이블 위에 너무 높이 쌓은 탓에 사진이 다시 무너져 내렸고, 그 바람에 나는 난감한 상황에 놓이게 되었다. 카펫 위로 사진이 수십 장씩 흩뿌려졌는데, 그 모두가 말할 수 없이 천박하면서도 강렬한 흥분을 불러일으켰다. 내가 어떻게 그 밀려드는 흥분의 물결에 저항할 수 있었을까? 먼저 나는 반쯤 벌거벗은 어머니가 내 품에 뛰어들었을 때 느꼈던 그 본의 아니게 불타오르던 내밀한 감정, 나의 내면을 송두리째 뒤흔든 그 전복적인 감정을 다시 느꼈다. 나는 와들와들 떨면서 사진을 보았는데, 전율은 멈출 줄을 몰랐다. 나는 무기력한 몸짓으로 사진 무더기를 허공으로 던져버렸다. 하지만 나는 다시 주울 수밖에 없었다. 아버지, 어머니 그리고 이 음란한 늪… 절망적으로 나는 그 공포의 끝까지 가보기로 했다. 나 자신이 벌써 원숭이가 된 듯했다. 나는 자욱한 먼지 속에서 바지를 내렸다.

쾌감과 공포가 나의 목을 조르는 끈을 죄었다. 나는 관능에 질식되어 숨을 헐떡거렸다. 이 사진들이 내게 공포를 주면 줄수록, 나는 그 사진들을 보면서 더 큰 쾌감을 느꼈다. 요 며칠 동안의 공포와 신열과 질식 상태에 뒤이어 나를 엄습한 이 수치스러운 행위가 어떤 면에서 내게 반감을 불러일으킬 수 있었을까? 나는 그 행위를 갈망했고, 그 행위를 축성했다. 그것은 나의 불가피한 운명이었다. 이를테면 오래도록 고통이라는 선입견으로 삶을 바라본 내가 쾌락에 젖은 채 나 자신을 모욕과 타락으로 밀어 넣은 만큼 나의 쾌감은 더욱더 컸다. 아버지를 (그리고 아마도 어머니를) 뒹굴게 했던 그 음란한 오물 앞에서 나는 정신없이 나를 더럽혔다. 그것은 수퇘지와 암퇘지의 교미에서 태어난 상놈에게 더할 나위 없이 어울리는 일이었다.

어머니라는 존재는 자식들을 이처럼 *끔찍하게* 몸부림치도록 하는 게 무엇인지 알고 있어야 한다고 나는 생각했다.

다채로운 음란 행위가 내 눈앞의 방바닥에 펼쳐져 있었다.

콧수염이 무성한 키 큰 남자들이 밴드로 고정한 여성용 줄무늬 스타킹*을 신고 다른 남자들과 젊은 여자들에게 달려들고 있었는데, 여자들 가운데 몸집이 큰 몇몇이 나를 무섭게 했다. 그러나 여자들은 대부분 매혹적이었다. 여자들의 불경스러운 자세조차 내게는 매력적으로 보였다. 내 손에 놓인 사진 속의 한 여자는 (나는 한쪽 팔꿈치로 얼굴을 괸 채 카펫에 옆으로 누워 괴로워하고 있었다. 내 몸은 먼지로 더럽혀져 있었다.) 경련과 불행에 휩싸인 상태에서도 얼마나 아름답게 보였던지 (머리를 뒤로 젖히고 남자에게 깔린 여자는 눈에 초점이 없었다.) '죽음의 아름다움'이라는 말이 나의 뇌리를 스치면서 끈적끈적한 전율을 자아내는 동시에 이를 악문 내게 자살 충동을 불러일으켰다. (나는 자살하리라고 다짐했다.)

나는 오랫동안 카펫에 누워 있었다. 음란한 사진들 한복판에서 반쯤 벌거벗은 채, 움직이지도 않고서, 음란하게. 나

✤ 스타킹의 줄무늬는 때로는 가로줄이었고 때로는 세로줄이었다. 그 당시의 자유롭고 음란한 사진은 이런 이상한 장치를 즐겨 사용했는데, 그 목적은 우스꽝스럽고 혐오스러운 모습을 통해 최대한의 효율성을 (어쩌면 최대한의 외설성을) 구현하는 데 있었다.—저자

는 설핏 잠이 들었다.

사방이 어두운 가운데 어머니가 방문을 노크했다.

나는 화들짝 놀랐다. 잠깐만 기다리라고 황급히 소리쳤다. 다시 옷을 입으면서 최대한 빨리 사진들을 모아 숨긴 다음, 방문을 열었다. 어머니가 불을 켰다.

"깜박 잠이 들었네요." 어머니에게 내가 말했다.

나 자신이 형편없는 인간처럼 느껴졌다.

나는 이보다 더 고통스러운 악몽을 기억하지 못한다. 그때 나의 유일한 희망은 치욕을 안고 살기보다 차라리 죽는 것이었다. 어머니의 표정에도 동요의 빛이 역력했다. 오늘날에도 내가 그 상황에 연결할 수 있는 유일한 기억은 신열에 들떠 이를 딱딱 부딪치는 소리이다. 훗날, 어머니는 자기도 무서웠으며 아들에게서 멀리 떨어져 나가는 듯한 감정을 느꼈다고 말했다. 그럼에도 어머니는 자살을 상상하며 혼란스러운 마음을 가라앉혔다. 하기야 아들에게 아버지의 서재를 정리하게 하려는 생각을 불러일으킨 그 흉측한 욕망 때문에 몸서리치는 게 아니라면 그때 어머니가 달리 무엇을 할 수 있었을까? 왜냐하면 손수 서재 정리를 시도했었던 어머니는 끔찍한 공포가 엄습하는 가운데서도 아들에게 그 일을 시킬 사디즘적인 결정을 망설이지 않았으니까 말이다.

어머니는 나를 사랑했다. 어머니는 자신이 내던져진 추잡스러운 관능과 불행의 세계로부터 나를 지켜주고자 했었다.

하지만 내가 과연 그 무시무시한 행위의 암시에 저항했었던 가? 나는 이제 관능을 알게 되었다. 어머니는 자기도 모르게 우리가 똑같이 혐오하는 행위를 나로 하여금 공유하게 만들려고 했는데, 우리가 그 행위를 똑같이 혐오한다는 사실이 어머니를 정신착란에 이를 정도로 황홀하게 했다.

그때 어머니는 내 앞에서 (나처럼) 고뇌에 사로잡혀 있었다.

그 고뇌로부터 기이한 침착성을 끌어낼 줄 알았던 어머니는 한참 후에 내 마음을 가라앉혀 주는 뜨겁고 매력적인 목소리로 이렇게 말했다.

"내 방으로 오너라. 너를 혼자 두면 안 되겠어. 내 말대로 해라. 너 자신을 가엾게 여기기 힘들다면, 나를 가엾게 여기길 부탁할게. 하지만 네가 원한다면, 내가 우리 둘 다를 위해서 더 강해질게."

그 목소리는 깊은 고통을 겪은 나로 하여금 다시 일상적인 삶을 살게 했다. 내가 모든 걸 잃으리라고 생각했던 만큼, 하지만 갑자기 치욕의 수렁에서 솟아올라 최악의 상황을 물리치며 뜻밖의 평온을 느꼈던 만큼, 나는 그 목소리를 더욱더 사랑했다.

어머니는 앞장서서 방으로 갔다. 나는 어머니가 가리킨 의자에 털썩 주저앉았다.

좀 전에 서재를 떠날 때, 나는 어머니의 출현으로 서둘러

치우는 바람에 놓친 사진 몇 장이 바닥에 굴러다니는 것을 보았었다.

나는 사진을 응시했고 사태가 확실해졌다는 사실에 마음이 놓였었다. 다시 말해 나는 저속한 사진의 존재를 알고 있는 내 앞에서 어머니가 느꼈을 수치심에 더 큰 수치심으로 대응했다는 사실에 마음이 놓였었다. 타락을 받아들이면서 나는 스스로 저열한 수준으로 내려갔는데, (만일 내가 살아남는다면) 내 삶은 이제부터 그 수준에 머물 터였다. 지금 어머니는 내 푸르스름한 눈자위에서 나의 추잡한 행위를 읽을 수 있었다. 그것이 내게 욕지기를 불러일으켰지만, 나는 내가 어머니의 행위를 부끄러워할 권리를 상실했음을 어머니가 알기를 바랐다. 이제 나는 절대로 그런 권리를 가질 수 없으리라. 어머니도 더 이상 자신의 약점을 역겨운 것으로 만들고 자신과 나 사이에 깊은 심연을 파놓았던 미덕을 내게서 느끼지 못하리라. 나는 이제 실체 없는 존재에 지나지 않는다는 생각에 적응해야 했다. 이를테면 나는 향후 나의 소망에 화답할 유일한 이득을 확보했다. 즉 끔찍하게 불행하고 절대로 발설하지 않아야 할 소망이겠지만, 나는 하나의 공범 의식이 어머니와 나를 단단히 묶어주기를 간절히 바랐다.

나는 오래도록 그런 생각에 빠졌다. 그런 생각의 물결 속에서, 나는 마치 가파른 비탈길에서 미끄러지며 정지 지점을 찾는 사람처럼 집요하게 휴식을 찾았으나 헛된 일이었다.

어머니의 얼굴에는 늘 이해할 수 없는 이상한 표정이 있었다. 이를테면 즐거움에 가까우나 가끔 선정적인 일종의 격노, 음란의 고백이 그것이었다. 지금 어머니는 내 앞에서 멍한 표정을 짓고 있지만, 나는 어머니에게서 분노, 무분별한 즐거움 또는 부끄러운 도발을 느꼈다. 어머니는 마치 언제라도 무대로 뛰어나갈 준비가 되어 있는 극장 막후의 배우와도 같았다.

게다가 어머니가 내게 불러일으킨 불가능한 행위에 대한 기대 속에는 어떤 의미에서 일종의 환상이 있었다. 왜냐하면 매력적인 침착성과 기품을 잃지 않았던 어머니의 목소리가 금세 그러한 기대를 무산시키고 기대를 실망으로 바꿔놓았기 때문이다. 어머니의 목소리는 이번에는 삶이 잊히는 듯한 고통스러운 꿈에서 나를 깨웠다.

"내가 굳이 설명할 필요는 없겠지." 어머니가 내게 말했다. "하지만 반에서 나는 이성을 잃을 정도로 취했었어. 네가 그 일을 잊어주기를 바란다."

"나를 이해해 줘." 어머니가 다시 말했다. "너는 내가 해준 이야기를 잊지 못할 테지. 만일 너의 어린 나이와 나의 취기가 (그리고 아마도 고통이) 정신을 앗아가지 않았더라면, 나는 너한테 그 이야기를 털어놓을 힘이 없었을 거야."

어머니는 내가 대답하기를 기다리는 눈치였지만, 나는 고개를 떨구었다. 어머니가 말을 계속했다.

"나는 **지금** 너에게 이야기하고 싶구나. 내가 너를 도울 수 있을지 모르겠어. 하지만 네가 갇혀버릴까 걱정되는 고독 속으로 너를 밀어 넣기보다는 차라리 너를 더 밑으로 내려가게 하는 게 나을 것 같아. 네가 끔찍하게 불행하다는 걸 알고 있어. 너는 약한 아이야. 아빠도 너처럼 약한 사람이었지. 너도 알잖아, 그날 이후로 내가 어느 정도로 허약해졌는지를. 이제는 너도 욕망이 우리를 취약하게 했다는 사실을 알 거야. 하지만 너는 아직도 몰라, 내가 알고 있는 것을…"

내가 어떻게 대담하게도 (혹은 단순하게도) 이렇게 말했을까.

"엄마가 알고 있는 것을 나도 알고 싶어요."

"안 돼, 피에르." 어머니가 말했다. "나한테서 그걸 들으면 안 돼. 그러나 만일 네가 그걸 알게 된다면, 부디 나를 용서하거라. 그리고 아빠도 용서하거라. 그리고 특히…"

"…"

"너 자신도 용서하거라."

오랫동안 나는 침묵을 지켰다.

"이제 너는 삶을 살아 나가야 해." 어머니가 말했다.

바로 그때 어머니는 시선을 아래로 떨구었고, 어머니의 아름다운 얼굴이 굳게 닫혔다. 그런 다음, 어머니는 희미하게 미소 지었다.

"기분이 좋지 않은 모양이구나." 어머니가 말했다.

"…"

"나도 그래."

저녁 식사를 하기 위해 식당으로 가야 할 시간이었다. 어머니는 학업 이야기를 해달라고 고집했다. 마치 아무 일도 없었던 것처럼.

나는 공부 이야기를 했다.

어머니가 다시 외출했을 때, 나는 침대에 누워 있었다. 종종 본의 아니게 빠져드는 파렴치한 상상 속에서, 나는 어머니가 쾌락을 좇으러 갔다고 생각했다. 그러나 집을 떠나기 전에, 어머니는 내 방으로 와서 내가 어릴 때 그렇게 해주었던 것처럼 시트 가장자리를 매트 밑으로 접어 넣었다. 사실 그날, 어머니가 일부러 나를 음란 사진의 유혹에 노출시켰다고 생각한 적이 단 한 번도 없지 않았던가! 나는 어머니의 내면에서 부드러운 애정과 끔찍한 방탕이 교차하는 모습을 보면서 찬탄을 금하지 못했다. 내가 보기에 어머니는 그 방탕의 희생자였고, 내가 오후에 본의 아니게 겪었던 일로 불행했듯 어머니도 그 방탕으로 인해 불행했다. 나는 사고를 당한 희생자처럼 어머니가 정돈해 준 침대에 가만히 누워 있었다. 상상하건대, 피를 많이 흘려 고통스러워하는 심각한 부상자가 붕대를 감은 채 병원의 평화로운 분위기에서 문득 잠이 깼을 때 지금의 나와 비슷한 감정을 느끼지 않을까.

내가 침잠해 들어간 고독 속에서도 이 세계의 절도節度가 존속한다면, 그것은 우리의 내면에서 과도過度의 현기증 나는 감정을 변함없이 유지하기 위함이리라. 요컨대 그 고독이 바로 '신'이다.

3

삶이 다시 시작되었다. 천천히 흘러가는 시간이 상처를 치유하고 있었다. 어머니는 내 앞에서 침착하게 행동했다. 나는 내 마음을 진정시켜 주는 어머니의 자제력에 감탄했다. 나는 결코 지금보다 어머니를 더 사랑한 적이 없었다. 나는 결코 지금보다 어머니를 더 존경한 적이 없었다. 나의 존경심은 우리가 똑같은 저주에 하나로 묶인 채 나머지 세계로부터 절연되어 있었던 만큼 더욱더 폭발적이었다. 어머니와 나 사이에는 새로운 관계가 형성되었는데, 그것은 파렴치한 방탕의 관계였다. 관능에 굴복했다는 걸 후회하기는커녕, 나는 내 **죄악**을 계기로 어머니의 불행처럼 보였던 행위에 가슴을 열었음을 알아차렸다. 어머니의 불행은 내게 충격을 주었듯 어머니에게도 충격을 주었으리라. 우리 모두 고통을 겪으면서 나중에 알게 된 일이지만, 어머니의 불행은 고통을 조건으로 우리를 단 하나의 행복으로 안내했음이 틀림없었다. 그 행복은 무의미하지 않았는데, 왜냐하면 그 행복이 불행의 소용돌이 속에서 우리를 황홀하게 매혹했기 때문이다.

그러나 나는 지옥과 천국의 비밀스러운 결합을 처음에는 받아들일 수 없었다. 내가 알기로 아버지 때문에 내던져진 시궁창에서 어머니가 즐거워하는 듯해서 괴롭기 그지없었다. 저녁마다, 그리고 가끔 오후에도 어머니는 외출했다. 어머니가 집에서 저녁 식사를 할 때 나는 어머니가 술을 마신 상태라는 걸 거의 매번 알아차렸다. 나는 말문을 닫았고, 눈물을 흘릴 시간을 가지기 위해서 어머니가 다시 밖으로 나가기를, 어머니가 타락의 세계로 되돌아가기를 기다렸다. 나는 아버지의 음주벽에 분개하면서, 심각한 표정으로 미루어 어머니도 나와 같은 감정을 가졌다고 믿었던 시절을 떠올렸다. 이번에 나는 어머니가 (아버지와 함께는 아닐망정) 아버지와 같은 시간에 술을 마셨었다는 사실을 깨달았다. (그러나 어머니는 아버지와 달리 늘 품위를 유지했었다. 다만 반에서는 어머니가 그렇게 하지 못했었다.) 명백한 증거에도 불구하고 내가 아버지만을 비난했던 것은 어리석기 짝이 없는 일이었다. 후안무치한 언행으로 온갖 가증스러운 재앙을 초래했던 아버지, 어머니를 술과 기나긴 타락에 젖어 살게 했다고 내가 확신했던 아버지, 죽은 후에도 음란물로 나를 탈선하게 했던 아버지.

나는 훗날 어머니가 죽기 전 나에게 어쩔 수 없이 보게 한 진실을 온 힘을 다해 인정하지 않으려 했다. 열네 살 때 어머

니가 아버지를 따라다녔고, 나를 가진 임신으로 가족이 둘을
결혼시키지 않을 수 없었으며, 지금 내게 보여주는 것과 같
은 엄청난 집요함으로 어머니가 아버지를 완전히 타락시키
고 방탕을 일삼았다는 진실 말이다. 요컨대 어머니는 늘 선
정적인 도도함을 유지했으나 천성적으로 엉큼한 여자였다.
이따금 폭풍 전야의 불안을 집안에 드리웠음에도 어머니가
대체로 유지한 지극히 부드러운 태도가 나를 진실에 눈멀게
했다. 나는 나병癩病이 점점 우리를 갉아먹는 듯한 느낌 속에
서 살았다. 어머니와 나, 우리는 치명적으로 나병에 걸렸고,
우리는 결코 이 병에서 회복되지 못하리라. 나의 유치한 상
상력은 어머니가 나와 함께 겪고 있는 불행을 끝없이 곱씹
고 있었다.

　그렇지만 이 난파는 나의 공모共謀 없이 이루어질 수 없었
다. 나는 이 피할 수 없는 질병 속에 단단히 자리를 잡았다.
어느 날, 나는 어머니의 부재를 이용해 다시 죄를 저질렀다.
고통스러운 유혹을 느끼며 나는 서재로 들어갔다. 우선 사진
두 장을 꺼냈고, 곧바로 다시 두 장을 더 꺼냈다. 천천히 현
기증이 밀려왔다. 나는 순수한 불행과 탈진을 즐겼다. 나를
유혹하고, 절망에 이를 정도로 나를 쾌락으로 몸부림치게 하
는 죄악을 과연 나 자신만의 탓으로 돌릴 수 있었을까?

　나는 그것을 의심하면서 고뇌 속에서 살았지만, 고뇌 속
에서도 나 자신이 내 공포의 대상이 되려는 욕망에 끝없이

굴복했다. 그것은 아름다운 얼굴에 가려진 충치와도 같은 것이었다. 나는 내가 저지른 파렴치한 행위를 고해해야 하리라고 끊임없이 생각했다. 그러나 고백할 수 없는 몰상식한 행위를 고백하는 것이 두려웠을 뿐만 아니라, 점점 더 고해가 어머니에 대한 배신행위로, 우리의 공통된 치욕이 만든 돌이킬 수 없는 관계의 와해로 여겨졌다. 내 생각에 나의 진정한 파렴치 행위는 어머니를 알고 있고, 또 나와 함께 아버지의 악랄한 행위를 알고 있던 고해신부에게 내가 이제 어머니의 죄악을 **사랑하게** 되었노라고, 야만인처럼 그런 사실을 자랑스러워하노라고 고백하는 일이었으리라. 나는 고해신부가 내뱉을 진부한 언어를 미리 상상했다. 그의 진부한 설교가 내 크나큰 고통에, 신의 분노로 내가 겪는 치유할 수 없는 참상에 무슨 도움이 될 것인가?

내게는 어머니의 정다운 (그리고 언제나 비극적인) 언어만이 신만큼 압도적이고 눈부신 하나의 불가사의, 하나의 드라마에 어울리는 언어였다. 어머니의 흉측한 타락과 나의 역겨운 타락이 하늘을 향해 소리치는 듯했고, 완전한 어둠만이 빛과 유사하다는 의미에서 둘의 타락은 신을 닮은 듯했다. 라 로슈푸코의 간명한 문장이 떠올랐다. "우리는 태양도 죽음도 정면으로 응시할 수 없다." 내가 보기에 죽음도 태양만큼 신성했고, 죄악에 물든 어머니는 교회의 창을 통해 바라본 그 무엇보다 더 신에 가까웠다. 고독과 죄악 속에서 살았던 그 끝없는 나날 동안 전기 충격처럼 나를 끊임없이 자극

102

했던 것은 신이라는 현기증 나는 개념과 공포가 동일시되는 바로 그 의미에서, 어머니의 죄악이 신의 경지로 올라선다는 느낌이었다. 신을 만나기를 바라면서, 나는 진흙탕에 빠지고 흙탕물을 뒤집어씀으로써 어머니처럼 그런 자격을 갖추려 했다. 내가 보기에 사진의 음란한 장면들이 오히려 눈부신 빛과 숭고한 권능을 품고 있었는데, 이 빛과 권능이 없다면 삶은 황홀한 도취를 잃을 것이며 태양도 죽음도 응시하지 못할 것이다.

동물적 타락의 감정이 피로에 지친 내 두 눈에 방탕의 이미지를 투사한들 그게 뭐 그리 중요할까. 나의 방탕은 어머니의 벌거벗은 삶에, 어머니가 살려고 (혹은 숨을 쉬지도 살지도 않으려고) 선택한 지옥에 나를 더 가깝게 데려갔다. 이따금 나는 아버지의 사진 가운데 가장 역겨운 사진들을 다시 보았고, 옷을 모두 벗었으며, 이렇게 외쳤다. "공포의 신이여, 네가 어머니를 데려갔고 또 나를 데려가는 곳은 이리도 저속하구나…." 나는 결국 내가 그런 행위를 자랑스러워하고 있다는 사실을 깨달았고, 오만이라는 죄가 가장 나쁜 죄라고 생각하면서 당당하게 몸을 우뚝 세웠다. 실제로 나는 내 고해신부가 설명하는 정숙이 눈부신 태양의 신에 대한 부정이요, 내가 어머니의 불행한 길을 따라 찾아가는 죽음의 신에 대한 부정이라는 사실을 알고 있었다.

그때 나는 술에 취한 아버지의 모습을 떠올렸다. 바야흐로 나는 아버지를 저주할 나의 권리를 의심했다. 말하자면 아버지를 통해 나는 도취와 광란의 영역, 세상에 존재하는 모든 죄악의 영역에 발을 들인 것이었다. (신은 가장 나쁜 죄악조차 절대로 외면하지 않는다.) 나의 아버지, 때로는 경찰이 집으로 데려다준 그 술에 취한 어릿광대를 떠올리자 별안간 눈시울이 뜨거워졌다. 나는 울었다. 반의 역에서 보낸 밤이 생각났고, 어머니의 절망적인 냉정과 (어머니의 표정을 일그러뜨리는) 갑작스러운 미소의 교차가 생각났다.

나는 몸을 떨었다. 나는 불행했다. 그러나 나는 세상의 모든 방탕에 가슴을 열어서 기뻤다. 어머니를 질식시킨 죄악에 내가 어찌 굴복하지 않을 수 있었을까? 며칠 동안, 어머니가 집을 비웠다. 나는 나 자신을 파괴하거나 눈물을 흘리거나 어머니를 기다리며 시간을 보냈다.

웃음은 눈물보다 더 신성하고, 심지어 더 불
가해한 것이다.

4

집으로 돌아온 어머니는 움푹 꺼진 내 눈을 보았다. 어머니는 미소를 지었다.

"건강에 신경 쓰도록 하자." 어머니가 내게 말했다. "오늘 밤에는 내가 지칠 대로 지쳤어. 침대로 가서 좀 쉬어야겠다."

"우리는 서로 닮았네요, 엄마. 거울을 보세요, 둘 다 피곤해서 눈이 푸르스름해요."

"정말 그렇구나." 어머니가 말했다. "나는 네 초췌한 얼굴보다 네 짓궂은 장난을 더 좋아해."

그렇게 말하면서 어머니는 소리 내어 웃었고, 나를 포옹하며 입을 맞추었다.

이튿날 점심 식사 때 어머니를 다시 만났다. 어머니는 큰 소리로 이렇게 말했다.

"더 이상 그렇게 초췌한 얼굴을 보고 싶지 않구나. 레아가 너를 뭐라고 부르는지 아니?"

"레아?"

"아, 그래, 넌 아직 레아가 누구인지 모르지. 계단에서 서로 마주친 적은 있지만 말이야. 아주 예쁜 아가씨인데, 넌 예쁜 아가씨들을 무서워하잖아. 레아는 널 본 적이 있고 또 내가 가끔 이야기하기 때문에 이 잘생긴 청년이 누구인지 금세 알아봤어. 이제 레아는 나한테 네 소식을 묻기도 해. "우리의 '슬픈 얼굴 기사님'은 어떻게 지내나요?" 내 생각에 너도 이제 좀 덜 외롭게 살 때가 됐어. 네 나이의 청년들은 여자들을 만나잖아. 오늘 저녁에 레아를 만나서 함께 외출하자. 나는 상복을 입지 않을 거야. 너도 멋지게 차려입으렴. 아, 참, 내가 잊고 있었네, 레아는 내 절친이야. 정말 사랑스러워. 프로 댄서인데 세상에서 가장 열정적인 여자지. 5시에 레아와 함께 집으로 올게. 그때 서로 인사를 나누도록 해. 그리고 저녁 식사하러 나가기 전에 집에서 간단히 목을 축이자."

어머니는 즐거운 억양으로 말하며 소리 내어 웃었다.

"알았어요, 엄마." 내가 우물우물 대답했다.

나는 웃음소리에 놀랐다. 내 생각에 웃음은 어머니에게 얼굴을 가리는 가면이었다.

그때 어머니가 자리에서 일어났다. 우리는 식당으로 갔다.

"대답이 마음에서 우러나온 것 같지 않구나. 내가 우리 둘을 위해서 무엇인가 불량한 일을 꾸며야겠어."

어머니는 웃음을 터뜨렸다. 하지만 (내가 좋아한) 슬픈 진실이 웃음의 가면 밑에서 끊임없이 모습을 드러냈다.

"엄마!" 내가 소리쳤다.

"엄마가 너를 좀 거칠게 다뤄야겠어." 어머니가 내게 말했다.

두 손을 내밀어 어머니는 내 뺨을 잡았다.

"보여줄게."

"..."

"엄마를 사랑하고, 총명하고, 잘생기고, 더없이 진지한 게 다는 아냐… 진지하고 심각한 태도는 날 불안하게 해. 진지함이 다른 사람들의 즐거움을 망쳐놓는다면, 그게 네 인생에 무슨 도움이 되겠니?"

나의 뇌리에 죄악, 죽음 같은 낱말들이 떠올랐다. 나는 얼굴을 들 수가 없었다.

"엄마도 심각하고 진지하게 살잖아요."

"맹추 같으니라고! 표정만 그렇게 짓는 거잖아! 좀 더 가볍게 살지 않으면 넌 바보 멍청이가 될 거야."

내가 만들어 그 안에 피신했던 체계가 무너지고 있었다. 어머니는 가끔 기분이 좋아 보였다. 그러나 어머니의 기쁨과 즐거움에는 늘 함정과 가시가 있었다.

어머니는 기분 좋게 점심을 먹으며 나의 심각한 표정을 비웃거나 나도 모르게 웃음을 터뜨리게 했다.

"잘 봐" 어머니가 말했다. "술을 안 마셔도 이렇게 쾌활하잖아. 그래, 얼마든지 심오한 태도를 자랑하렴. 그건 정말 눈이 시어서 못 봐주겠어. 솔직히 말해보렴. 무섭니?"

"아…뇨."

"어쨌든 유감이구나."

어머니는 다시 웃음을 터뜨리더니 자리를 떠났다.

식당을 떠나지 않은 나는 고개를 떨구고 한쪽 구석에 앉아 있었다.

나는 내가 어머니의 말을 따르리라는 사실을 이미 알고 있었다. 심지어 나는 어머니가 나를 놀릴 필요조차 없음을 보여줄 수 있으리라. 의심의 여지 없이 내가 먼저 가벼움을 입증할 수도 있지 않을까… 바로 그때, 내가 가벼움을 가장하면, 어머니는 자신이 느끼지도 않은 감정을 내비칠 수 있겠다는 생각이 문득 들었다. 어쨌든 나는 이런 식으로 내가 틀어박히고자 했던 어머니와 나의 건물을 보존할 수 있었다. 또한 그리하여 점점 더 아래로, 밑바닥까지 침몰하기를, 어머니가 안내하는 곳으로 내려가기를, 어머니가 원하는 즉시 어머니와 함께 취하도록 술을 마시기를 내게 요구하는 운명의 유혹에 응답할 수 있었다. 어머니의 환락은 나를 매혹했다. 그 환락이 내 고통을 덜어주면서, 가장 위험한 짓을 저지르려는 내 욕망에 가장 어울리는 행위, 즉 내게 가장 황홀한 현기증을 일으키는 행위를 예고한다는 사실을 내가 어떻게 인정하지 않을 수 있었을까? 결국에는 어머니가 자신이 가고 있는 곳으로 나를 데려가리라는 사실을 내가 어떻게 몰랐을까? 그것은 진정 더없이 저열한 짓이었다. 만일 어머니가 나를 유혹한다면, 그것은 어머니가 겉으로 내보이는 품격으로 인해 더욱더 지옥처럼 보이는 방탕을 통해서이리라. 어머니가 수치에서 위엄으로, 애교에서 엄숙으로 끝없이 오간 것처럼, 내 생각도 상상 속 레아의 가벼운 언행이 불러일으키는 산만하고 불안한 전망으로 인해 극도의 혼란에 빠졌다. 나는 이렇게 생각했다.

'엄마는 자기 여자 친구를 내게 소개해 주고 싶어 해. 그런데 엄마가 그녀에게 나의 파멸을 부탁했으리라고 결론짓다니 내가 미친 게 아닐까?'

또한 나는 어머니의 여자 친구인 댄서가 어머니와 함께 타락한 짓을 저질렀으리라고 추정했다. 그처럼 열에 들떠 나는 기다렸다. 레아는 벌써 나를 끌어당기고 있었다. 무슨 말을 할까, 나를 두렵게 하면서도 내 생각을 온통 사로잡은 세계로 나를 입문시킬 수 있는 레아, 그녀는 나를 매혹했다.

그것은 불행한 생각들이었지만, 그 생각들이 내게 가한 위협은 나의 공포에서 나올 과도한 쾌락이라는 위협이었다. 그리하여 내가 레아에 대해 품은 광포한 이미지는 나를 완전히 뒤흔들었다. 나는 정신착란 상태에 이르렀다. 예컨대 내가 말을 걸자마자 그녀가 옷을 벗는 모습이 보였다. 상스러운 욕설로 어머니를 도망치게 한 그녀는 나를 문어에게 맡겼는데, 수많은 다리로 나를 붙든 문어는 아버지의 음란물에서 나의 상상력을 자극했던 젊은 여자들을 닮아 있었다. 유치하게도 나는 이런 몽상에 젖어들었다. 물론 그 몽상을 믿지 않았지만, 나는 이미 너무나 심하게 탈선했기에 더없이 구체적인 장면을 만들어 나를 흥분시키고 수치스러운 진흙탕에서 관능적으로 뒹굴고자 했다.

나의 반항심이 무시무시한 쾌락의 욕망으로 이어지고, 내가 목이 졸리고, 목이 졸렸던 만큼 더욱더 깊은 희열에 빠졌던 그 열광의 순간을 오늘 내가 재현하는 것은 어려운 일이다. 결국 내가 시도한 가장된 행위와 난관에 봉착할 때마다 발휘한 기지와 요령 덕분에 하나의 게임을 잘 치러냈다고 생각한다. 처음에는 온몸이 마비되는 느낌이었다. 넓은 응접실로 들어가 호화로운 벽지와 장막을 배경으로 둘 다 붉은 드레스를 입고 웃고 있는 어머니와 레아를 보았을 때, 나는 한순간 말문이 막혔다. 온몸이 얼어붙었다, 하지만 경탄으로. 나는 미소 지으며 앞으로 나아갔다. 어머니의 시선에서 잘하고 있다는 동의의 뜻이 읽혔다. 나는 평소와 달리 옷을 제대로 차려입고 머리를 정성스럽게 손질했었다. 가까이 다가갔을 때, 내 몸은 더이상 떨리지 않았다. 심지어 나는 꽤 오래 예쁜 레아의 손에 키스했는데, (윙크를 포함하여) 그녀의 향기, 어깨와 가슴의 눈부신 피부가 일전에 내 방에서 상상했던 대로 나를 매료시켰다.

"죄송합니다, 부인" 내가 레아에게 말했다. "어떻게 말씀드려야 될지 모르겠습니다. 온종일 정신이 혼미한데 부인 앞에 서니까 더 당황하게 되네요, 머리도 어지러운 것 같고…."

"정말 재미있는 분이야!" 레아가 사랑에 속는 듯한 표정을 지으며 말했다. "이토록 젊은 분이 벌써 여자들에게 이토록 말을 잘하고, 이토록 달콤하게 거짓말을 하네…."

확실히, 나는 레아가 내게 열어줄 세계를 위해 태어난 사람인 듯했다. 그러나 갑자기 어머니가 웃음을 터뜨리는 바람에 나는 어머니를 향해 고개를 돌렸다. 내가 잠시 잊고 있었던 어머니의 존재와 그 무례한 웃음소리가 내게 충격을 주었다. 나는 문득 끔찍하게 불편한 느낌에 사로잡혔다.

"제 말에 화가 났군요." 레아가 말했다. "피에르, 그런데 아드님을 편하게 이름으로 불러도 되겠죠, 엘렌? 난 기분 좋아요, 피에르, 당신이 거짓말한 게 아니라면."

레아가 오해한 것 같아 당혹스러웠다.

"피에르, 내 친구 옆에 앉으렴." 어머니가 끼어들었다. "내가 보기에 레아는 이미 네 친구이기도 해."

어머니가 소파의 빈자리를 가리켰다.

어머니와 레아의 태도가 너무나 자연스러워서 나는 한 남자를 공유한 두 방종한 여자를 상상했다. 레아는 자리를 만들어서 나를 자기 옆에 앉힌 다음, 다시 가까이 다가왔다. 벌써 샴페인에 취한 듯 나는 달콤한 취기를 느꼈다.

레아의 반쯤 벌거벗은 어깨와 가슴에 정신이 아득해졌다.

"그런데 피에르" 레아가 말했다. "당신은 즐겁게 노는 걸 싫어하세요? 어머니는 좋아하시는데…"

"부인…"

"우선 나를 레아라고 부르세요. 반드시, 알겠죠?"

그녀는 내 손을 잡고 어루만지더니 자기 허벅지에 올려놓았다. 이건 너무 심하잖아! 소파가 푹 꺼져 있지 않았더라면, 나는 달아나고 말았으리라. 그러나 이미 그녀에게 흠뻑 빠진 나는 결코 그녀의 품을 벗어나지 못했으리라…

레아의 목소리에서 다정한 분위기가 사라졌다.

"그래요" 그녀가 말했다. "반듯한 가정에서 태어났지만 내 생활은 방탕해요. 하지만 보다시피 단 한 번도 후회한 적은 없답니다. 피에르, 방탕한 여자들을 무서워하지 말아요. 당신의 어머니는 우리보다 더 훌륭한 분이에요…"

"내가 더 훌륭하다고?" 어머니가 말을 끊었다. 갑자기 웃음이라는 가면을 벗어던진 어머니는 다시 본래의 상태로 되돌아갔다. "나보다 더 나쁜 사람이 누가 있다는 거지? 피에르도 내가 어떤 사람인지 알아야 해…"

"엘렌, 왜 그를 힘들게 하는 거죠?"

"레아, 저 아이도 이제 세상 물정에 익숙해질 때가 됐어. 피에르, 샴페인 좀 줘!"

나는 병을 들고 어머니의 상태를 걱정하면서 술잔을 채웠다. 키가 컸으나 몸이 약한 어머니는 갑자기 지칠 대로 지친 듯했다. 반짝이는 눈은 증오로 가득 차 있었고, 얼굴은 벌써 표정이 일그러져 있었다.

"나는 네가 모든 걸 알았으면 해."

어머니는 레아를 끌어당기더니 별안간 거칠게 키스했다.

어머니는 나를 향해 얼굴을 돌렸다.

"기분이 좋아!" 어머니는 내게 말했다. "나는 네가 알았으면 해, 내가 세상의 어미 중에서 가장 나쁜 어미라는 사실을…."

어머니는 얼굴을 찌푸렸다.

"엘렌" 레아가 신음하듯 말했다. "당신은 정말 지독한 사람이야…."

나는 소파에서 일어났다.

"피에르, 내 말을 잘 들어봐." 어머니가 내게 말했다. (어머니는 다시 침착해졌다. 흥분한 어조였으나 사뭇 진지했고, 문장이 차분하게 이어졌다.) "물론 이것 때문에 오늘 너를 여기에 오라고 한 건 아니었어. 하지만 네 행동을 더 이상 참을 수가 없구나. 네 눈에서 경멸을 보고 싶어, 경멸을, 공포를 말이야. 엊그제 새로운 널 보게 돼서 기뻤어. 넌 그런 짓을 견디지 못했잖아. 넌 내가 아빠를 어떻게 잊는지 잘 알고 있어. 나한테서 행복해지는 법을 배워라. 내게 악행을 저지르도록 강요하는 건 아무것도 없어."

나도 술에 취했지만, 좀 전에 내가 들어왔을 때 이미 술에 취해 있었던 어머니가 더 이상 심신을 지탱할 힘이 없음을 알아차렸다.

"엄마, 이제 내 방으로 갈게요." 내가 어머니에게 말했다.

"내가 미처 몰랐구나." 어머니가 나를 보지도 않고 말했다. "내 아들이 제 엄마의 악행을 현장에서 보고서 버릇없이 행동하리라는 걸."

그러다가 갑자기 나를 안심시키려는 듯 어머니가 표정을 누그러뜨리며 말했다.

"여기에 있으렴. 엄마는 널 정말로 사랑해. 그러니까 이렇게 나를 째려볼 권리를 네게 주잖아."

어머니의 미소는 억지로 짓는 불행한 미소였다. 아랫입술을 빠는 듯한 그 미소가 이제 낯설지 않았다.

"엘렌!" 실망한 기색이 역력한 레아가 소리쳤다.

그녀가 소파에서 일어났다.

"레아, 너는 저 아이와 저녁 식사하고 싶은 게 아니지? 곧바로 자고 싶은 거지?"

"엘렌!" 레아가 어머니에게 소리쳤다. "난 갈게요. 안녕, 피에르, 곧 다시 만나기를."

레아가 상냥하게 내 입술에 키스했다. 그녀는 자리를 떠나는 체했다. 나는 깜짝 놀랐다. 나는 완전히 술에 취해 있다.

이번에는 어머니가 소파에서 일어났다. 어머니는 금방이라도 달려들어 때릴 듯이 레아를 노려보았다.

"이리 와!" 어머니가 말했다.

어머니는 레아의 손을 잡고 옆방으로 데려갔다. 그들의 모습이 보이지는 않았지만, 응접실과 그 방은 서로 연결되어 있었다. 그때 내가 샴페인 때문에 잠들지만 않았더라면, 나는 그들의 숨소리를 들을 수 있었으리라.

내가 잠에서 깼을 때, 어머니는 술잔을 손에 든 채 나를 바라보고 있었다.

레아 역시 나를 바라보고 있었다.

"우리는 둘 다 반짝이는 눈을 가졌어." 어머니가 말했다.

레아가 웃었다. 나는 그녀의 눈이 반짝이는 것을 보았다.

"자, 나가자, 마부가 우리를 기다리고 있어." 어머니가 말했다.

"그렇지만 먼저 슬픈 표정을 지워야죠." 레아가 말했다.

"술병을 비우자." 어머니가 말했다. "네 잔을 들고, 우리에게도 술을 따라줘."

"자, 잔을 들어요." 레아가 말했다. "건배!"

모두에게 흥겨운 기분이 넘쳐흘렀다. 별안간 내가 레아에게 입을 맞추며 열정적으로 키스했다.

우리는 계단을 뛰어 내려갔다. 나는 이처럼 술을 마시면서 흥청망청 살기로 마음먹었다.

평생토록.

승합마차 좌석에서 우리는 서로 포개어 앉았다. 어머니의 팔이 레아의 허리를 감싸 안았고, 레아는 어머니의 어깨를 가볍게 깨물었다. 레아는 내 손을 잡아 자신의 벌거벗은 허벅지 위에 올려놓았다. 나는 어머니를 쳐다보았는데, 어머니는 눈부시게 빛나는 듯했다.

"피에르" 어머니가 말했다. "나를 잊어줘, 나를 용서해줘, 난 행복해."

나는 아직도 무서웠다. 하지만 이번에는 그렇게 보이지 않으리라고 다짐했다.

레스토랑에서, 어머니는 술잔을 들고 말했다.

"잘 봐, 나의 피에르, 난 취했어. 날마다 이런 식이야. 레아, 애한테 말 좀 해줘."

"그래*, 피에르!" 레아가 내게 말했다. "날마다 이런 식이야. 우리는 인생을 즐기고 싶어. 그런데 당신 어머니는 남자들을 좋아하지 않아, 그다지. 하지만 난 남자들을 좋아해, 우리 둘 다를 위해서. 당신 어머니는 정말 사랑스러워."

불빛으로 환하게 빛나는 레아가 어머니를 바라보았다. 그들은 둘 다 표정이 진지했다.

어머니는 내게 부드럽게 말했다.

"내가 너한테 더 이상 불행하게 보이지 않아서 행복해. 난 너무나 변덕이 심한데, 너한테 변덕을 부려도 돼서 얼마나 행복한지 몰라."

어머니의 눈빛이 더 이상 흐릿하지 않았다.

"나는 내가 뭘 원하는지 알고 있어." 어머니가 짓궂게 말했다. 그러나 숨이 가쁜 듯 가볍게 떨리는 도톰한 입술 위로

---

* 레아는 여기서부터 경어체(vouvoyer)를 지양하고 예사말(tutoyer)을 사용하고 있다.—옮긴이

미소가 나타나자마자 곧바로 사라졌다. "나는 내가 뭘 원하는지 알고 있어." 어머니가 되풀이했다.

"엄마" 내가 어리둥절한 표정으로 말했다. "엄마가 뭘 원하는지 알고 싶어요. 그걸 알고 싶고, 나도 그걸 원하고 싶어요."

레아가 우리를 바라보았고, 어머니를 유심히 살펴보았다. 그러나 어머니와 나는 이 소란스러운 레스토랑 한복판에서 일종의 고독한 사막을 이루는 듯했다.

"내가 원하는 것?" 어머니가 내게 말했다. "그건, 설령 그 때문에 내가 죽을지라도 내 **모든** 욕망에 굴복하는 거지."

"엄마, 가장 무분별한 욕망에도?"

"그렇고말고, 피에르, 가장 무분별한 욕망에도."

어머니는 미소 지었다, 혹은 웃음이 어머니의 입술을 비틀었다. 마치 웃으면서 나를 삼키기라도 할 것처럼.

"피에르!" 레아가 말했다. "내가 술을 너무 많이 마셨나 봐. 당신 어머니는 너무나 무분별해서 그녀를 보면 내가 죽을 것만 같아. 이런 말은 하지 않아야 하지만, 난 무서워. 당신도 알고 있어야 해. 내가 너무 많이 마시긴 했지만, 그게 어떻다는 거야? 보다시피 피에르, 난 당신 어머니와 사랑에 빠졌어. 하지만 내가 그녀를 파괴하고 있지. 당신이 그녀가 웃는 걸 막고 있어. 당신 어머니는 웃지 않으면 살 수가 없는데."

"그렇지만 레아" 내가 말했다. "엄마는 지금도 나를 보고 웃잖아. 엄마, 내가 어떻게 해야 하죠? 내가 원하는 건… 우리가 너무 많이 마셨나 봐요."

어머니가 별안간 정신을 차렸다.

"레아와 네가 너무 많이 마셨어. 피에르, 네가 잠을 자던 어린 시절을 떠올려 봐. 내가 네 이마에 가만히 손을 얹으면, 너는 열에 들떠 파르르 몸을 떨었지. 나의 불행은 네가 내게 주었던 떨림의 행복을 내 광포한 방종에서는 결코 찾을 수 없다는 데 있어. 피에르, 레아는 나를 이해하지 못했어. 어쩌면 너는 그녀의 말에 귀를 막게 될 거야. 그래, 넌 내가 웃는 걸 봤지. 웃으면서 나는 네가 죽을지도 모른다고 생각했던 시절을 떠올렸어. 피에르? 아! 아무것도 중요치 않아, 난 울고 싶어. 왜냐고 묻지 마, 아무것도 묻지 마!"

어머니는 아무리 애를 써도 멈추지 못할 정도로 흐느꼈다.

"레아" 어머니가 말했다. "네 말이 옳았어. 바로 지금, 제발 날 웃게 해줘!"

레아는 내게로 몸을 숙였다. 그녀가 내게 얼마나 외설적인 제안을 했던지 우리 셋 모두 정신이 혼미한 가운데서도 나는 터져 나오는 웃음을 참지 못했다.

"무슨 이야기야? 나한테도 전해줘." 어머니가 내게 말했다.

"이쪽으로 몸을 기울이세요." 레아가 어머니에게 말했다. "내가 이야기할게요."

어머니가 레아 쪽으로 몸을 숙였다. 어릴 때처럼 웃음이 우리를 너무나 자극하고 레아의 외설적인 제안이 너무나 몰상식해서 우리는 다 함께 배가 뒤틀리도록 폭소를 터뜨렸다. 레스토랑의 다른 손님들이 영문을 몰라 어리둥절한 시선으로 웃으며 우리를 바라보았다.

몇몇 손님은 무슨 일인가 해서 웃기를 망설였다. 아무리 애를 써도 이미 고삐 풀린 우리의 폭소는 주변의 망설임에 더욱 자극받아 걷잡을 수 없이 증폭되었다. 그러자 레스토랑 전체가 이유도 모르는 채 웃기 시작했다. 손님들은 웃음에 자극받은 웃음이 허탈하고 서글프게 느껴질 때까지 웃었다. 마침내 그 이유 없는 웃음이 멈추었지만, 조용한 가운데 한 아가씨가 더 이상 참지 못하고 다시 웃음을 터뜨렸다. 그러자 손님들이 다시 웃기 시작했다. 결국 손님들은 고개를 숙인 채 음식을 씹으면서야 비로소 마법의 주문에서 깨어났다. 그들은 더 이상 서로를 쳐다보지 못했다.

나는 불쌍하게도 여전히 웃고 있었다. 레아가 나지막한 목소리로 내게 말했다.

"나를 생각해 봐, 어쩔 수 없는 상황도…"

"맞아" 어머니가 말했다. "어쩔 수 없는 상황!"

"내가 당신을 데려갈 거야, 그런 상황으로." 레아가 수수께끼 같은 표정을 지으며 말했다.

그녀는 이번에는 나를 웃게 하는 게 아니라 나의 욕망을 자극하는 제안을 했다.

"난 당신의 갈보야." 그녀가 덧붙였다. "나는 음란하고 몸이 뜨거워. 여기가 레스토랑만 아니라면 알몸으로 당신 품에 안길 텐데."

어머니가 우리에게 술을 따라주면서 말했다.

"난 너를 레아에게 주고, 레아를 너에게 줄 거야."

나는 마셨다. 우리 셋 모두 얼굴이 새빨개졌다.

"못된 짓을 하고 싶어." 레아가 말했다. "테이블 밑으로 손을 넣어. 그리고 나를 봐."

나는 레아를 바라보았다. 테이블 아래에서 그녀가 한쪽 손으로 내 손의 음란한 짓을 가려주었다.

다시 내 술잔이 찼고, 나는 다시 술잔을 비웠다.

레아가 내게 말했다.

"피에르, 숲에서 날 덮쳐줘."

"더 이상 견딜 수가 없어." 내가 레아에게 말했다.

"내가 미친 것 같아." 레아가 말했다.

"술을 더 마시고 싶지만 그럴 힘이 없어. 나를 집으로 데려다줘."

나는 넋이 나간 표정으로 천천히 울었다.

어머니가 말했다.

"우리 모두 미쳤어. 레아, 우리가 정신이 나갔나 봐. 셋 다 취했어. 이건 아냐. 이제 됐어, 피에르, 울지 마. 집으로 돌아가자."

"그래요, 엄마! 더 이상 못 참겠어요! 이건 아냐, 너무 끔찍해요."

문득 우리에게 쏠리는 시선들이 무서워 온몸이 얼어붙는 듯했다.

어머니는 매우 침착했고, 단호하게 행동했다. 내가 사태를 이해하기도 전에, 나는 벌써 승합마차에 실려 있었다. 나는 잠이 들었다. 레아와 어머니는 이런 하찮은 일로 자신들의 광기가 멈추지 않으리라는 사실을 잘 알고 있었다.

그러나 나는 얌전히 (나는 더 이상 아무것도 보지 못했다) 그들이 나를 침대에 눕히도록 내버려 두었다.

이튿날, 어머니가 점심시간이라고 알려주었다. 어머니는 검은 상복을 입고 있었지만, 내가 보기에 흥분을 애써 감추고 있었다. 여느 때처럼, 어머니는 응접실 소파에서 나를 기다렸다. 나는 가까이 다가가서 어머니에게 입맞춤하면서 포옹했다. 나는 거의 병이 난 듯했고, 몸을 떨었다.

우리는 꼼짝하지 않고 앉아 있었다. 이윽고 내가 침묵을 깨뜨렸다.

"난 행복해요." 내가 어머니에게 말했다. "그렇지만 이 행복이 오래갈 수 없다는 걸 잘 알아요."

"어제 말이니?" 어머니가 내게 말했다. "그러고 나니 행복하다고?"

"예, 그런 엄마가 경탄스러워요. 하지만…"

"하지만 뭐?"

"모든 게 엉망이 될 것 같아요…."

"그렇겠지…."

어머니는 나를 꼭 껴안았다. 아주 부드러운 포옹이었지만, 나는 어머니에게 이렇게 말했다.

"엄마도 알잖아요. 우리가 이렇게 꼭 껴안고 있지만 내가 느끼는 행복이 독처럼 괴롭다는 것을."

"식당으로 가야지." 어머니가 말했다.

우리는 자리를 잡았고, 식당의 정돈된 분위기와 잘 준비된 식탁이 내 마음을 가라앉혔다. 얼음통에 포도주 한 병이 꽂혀 있었다.

"이제 이해가 되니?" 어머니가 다시 말했다. "쾌락이란 과일 속에 벌레가 있어야 비로소 시작되는 거야. 우리의 행복이 달콤한 것은 거기에 독이 들어 있기 때문이야. 나머지 모든 것은 어린애 장난 같은 거지. 너를 혼란스럽게 해서 미안하구나. 네가 혼자서 그런 걸 천천히 익힐 수도 있었을 거야. 하기야 어린애 장난보다 더 감동적이고 눈물겨운 게 또 어디에 있겠니? 그렇지만 네가 너무나 세상 물정을 모르고 나는 너무나 타락해서 어쩔 수 없이 선택해야 했어. 내가 너를 포기할 수도 있어, 그게 아니라면 내가 너한테 이야기를 해 줘야 해… 나는 네가 나를 감당할 힘을 갖추리라고 생각했었어. 너는 특출나게 총명해서 엄마가 어떤 사람인지를 금세 파악했지. 그 덕분에 너는 공포에 질릴 권리를 가지게 됐어. 네가 총명하지 않았더라면, 나는 마치 부끄러운 것처럼 행동하면서 진실을 감추었을 거야. 하지만 나는 나를 부끄러워하지 않아. 술병을 좀 따렴, 빨리… 냉정하게 말하자면 상황은 아마도 견딜 만하고, 너는 나만큼 비겁하지 않아… 냉정은 맹목적인 열정보다 낫지… 하지만 술에 취하면 우리는 잘 알게 돼, 왜 최악의 사태가 바람직한지를…"

우리는 술잔을 들었고, 나는 추시계를 바라보았다.

"시곗바늘은 한시도 쉬지 않고 움직이지." 어머니가 말했다. "유감스럽게도…"

우리가 사는 알쏭달쏭한 세계에서는 모든 것이 빠르게 변화하고, 빠르게 사라진다는 사실을 우리 둘 다 알고 있었다.

어머니는 샴페인을 좀 더 달라고 했다.

"딱 한 병만." 어머니가 내게 말했다.

"예, 딱 한 병. 그렇지만…"

점심 식사가 끝나자, 우리는 응접실 소파로 가서 다시 포옹했다.

"레아와 너의 사랑을 위해 마실게." 어머니가 말했다.

"그런데 난 레아가 무서워요." 내가 대답했다.

"레아가 없으면 우리는 길을 잃을지도 몰라." 어머니가 말했다. "그나마 내가 정신을 차리는 건 레아 덕분이야. 레아는 정말 대단해. 너도 오늘 레아 품에 안겨 있으면 마음이 평온해질 거야. 지금 2시잖아. 7시에 돌아올게. 셋이 함께 식사하자. 그리고 넌 레아와 함께 밤을 보내도록 해."

"지금 나가려고요?"

"그래, 갔다 올게. 알고 있어, 너는 시곗바늘을 멈추게 하고 싶은 거야. 그렇지만? 너는 나를 불타오르게 해, 나는 너를 행복하게 해줄 수가 없어. 내가 집에 있으면, 나는 너를 불행하게 만들면서 쾌감을 느낄 거야. 나는 네가 나를 잘 알기를 바란다. 나는 나를 사랑하는 모든 남자를 불행하게 만들어. 그래서 내가 여자들한테서 쾌락을 구하는 거야, 여자들에게는 별로 신경 쓸 게 없으니까. 나는 남을 고통스럽게 하는 걸 꺼리지 않지만, 그건 정말 소모적인 쾌락이야. 너를 위해서는…"

"엄마, 이미 엄마가 나를 고통스럽게 만들잖아요."

어머니가 웃었다. 그런데 이 뜻 모를 웃음은 어젯밤 레스토랑에서 어머니가 죽음에 대해 말할 때 보인 웃음과 비슷했다. 그것은 금방이라도 눈물을 터뜨릴 듯한 웃음이었다.

"갔다 올게." 어머니가 말했다.

어머니가 두 뺨에 키스를 퍼붓는 바람에 나는 숨이 막힐 뻔했다.

"키스해 줄게, 죽도록!" 어머니가 덧붙였다. "엄마가 미쳤다는 걸 너도 알잖아."

나는 울었다.

나는 나의 고통에 대한 해결책을 금세 찾아냈다.

그것은 고통을 증폭시키고, 고통에 굴복하는 것이었다.

나는 레아의 숨결을 다시 들이마셨다. 그리고 레아가 빠겨들었던 외설적 행위와 관능을 떠올렸다. 음란 사진들이 생각났다. 레아가 내 귀에 속삭인 말들은 나를 숨 막히게 했고, 나를 발갛게 달아오르게 했으며, 이제 끊임없이 내 음경을 고통스럽게 발기시켰다. 레아는 내 손을 음경이 들어갈 수 있는 습지로 이끌었었고, 내게 키스할 때는 커다란 혀를 내 입속에 밀어 넣었었다. 두 눈이 반짝반짝 빛났던 레아, 어머니와 함께한 고백할 수 없는 쾌락과 술에 취해 터뜨리는 웃음소리가 아직도 귀에 쟁쟁한 레아. 그 아름다운 여자의 생활을 상상하면 음란 사진에 나오는 여자들의 숨 막히고 광적인 성교가 떠올랐다. 그러나 레아는 더없이 아름다웠고, 내가 빠져들고자 했던 쾌락의 끝없는 소란을 상징했다. 나는 넋이 나간 표정으로 되풀이했다. "레아의 엉덩이". 그 상스러운 엉덩이는 나의 젊은 성욕을 끝없이 자극했다. 내가 직접 보고 싶었고 그녀의 부추김에 끌려 탐하고 싶었던 육체의 그 부분이 눈앞에 선명한 형상으로 그려졌다. 그녀가 내게 열어젖힌 것은 죽음의 냄새가 깃든 광기 어린 웃음의 신전이었다. 나는 그 웃음소리를 들으면서도 웃지 않았다. 그것은 광기 어린 웃음이었으나 단조롭고 음울하고 엉큼한 웃음, 한마디로 불행한 웃음이었다. 레아가 내게 제안했던 육체의 장소, 끊임없이 우리를 부끄럽게 했던 희극적인 악취의 장소는 행복이라는 감정을 내게 불러일으켰다. 더없이 소중한 행복, 그러나 아무도 원하지 않을 부끄러운 행복 말이다. 그러나 파렴치한 레아는 내가 간절히 맛보고 싶어 하는 만큼 그 행복을 기쁘게 내게 줄 것이었다. 나는 그녀가 내게 줄 우스꽝스러운 선물에 미리 마음으로 감사드렸다. 나의 키스에 그녀는 어머니와 달리 깨끗한 이마 대신에 음란한 육체를 내밀 것이었다. 나는 정신착란이 절정에 달했고, 신열에 들떠 이렇게 중얼거렸다.

"난 당신에게서 뭐라고 이름 붙일 수 없는 쾌감을 원해. 당신이 **이름 붙이면서** 내게 선물해 줄 쾌감을…."

그 순간, 나는 레아의 입이 내뱉었던 낱말들을 되풀이했고, 그 낱말들을 음절마다 분절했으며, 그 낱말들의 외설성을 음미했다.

그 낱말들을 되풀이하는 동안 (나는 얼굴이 붉어졌다) 문득 나는 레아가 어머니에게도 똑같은 제안을 했으리라는 사실을 의식했다. 또한 어머니도 레아에게 똑같은 제안을 했으리라는 사실을. 그런 생각이 내게 불러일으키는 모든 것 때문에 나는 목이 졸리는 듯 고통스러웠지만, 그 고통이 나의 쾌감을 배가했다. 나는 죽을 듯이 괴로우면서도 실컷 웃고 싶은 이중의 감정을 느꼈고, 몸을 덜덜 떨게 하고 관능을 불러일으키는 경련으로 죽을 것만 같았다. 내가 실제로 레아의 외설적인 제안을 하나하나 발음했을 때, 나는 온몸에 힘이 빠지면서 큰 목소리로 죽음을 청했다. 그러나 나는 죽지 않고 살아서 금세 이 오물의 세계로 되돌아오리라는 사실을 알고 있었다. 왜냐하면 우리의 쾌감이 지닌 도저히 고백할 수 없는 양상이 우리를 가장 단단히 묶어주기 때문이다. 그리하여 나는 어리석게도 그 당시 어머니와 맺은 묵계를 포기하고 고해를 하려고 마음먹었다. 신의 관념이 타락의 관념에 비추어 흐릿하다는 사실을 나는 미처 눈치채지 못한 것이었다. 내가 제안받았던 (그리고 내 짐작에 어머니가 좋아했던) 이름 붙일 수 없는 육체관계만이 내 몸을 전율하게 할 수 있었다. 그 육체관계만이 비극적인 것이었다. 다시 말해 그것은 수상쩍은 맛과 무시무시한 번갯불을 지니고 있었다. 나는 내 고해가 기만적이라는 사실과 이제부터 아무것도 내가 어젯밤에 가졌고 지금 가지고 있는 욕망, 즉 수치스러운 욕망으로부터 나를 지켜주지 못하리라는 사실을 알고 있었다. 그 맛 또는 죽음에 대해 용기가 없어서 말하지 못한 것이 무엇인지 이제는 알게 되었다. 즉 내가 죽음을 선호한다는 사실, 내가 죽음의 소유물이라는 사실, 가증스럽고 우스꽝스러운 섹스의 욕망에 가슴을 열면서 내가 죽음을 부르고 있다는 사실이 그것이었다.

정신이 혼미한 가운데 첫 번째로 마주치는 신부에게 고해하자고 마음먹고 교회로 가면서, 나는 내 의지가 얼마나 불확실한지 알아차렸다. 심지어 곧장 집으로 돌아가서 어머니가 귀가하자마자 레아와의 만남을 의논할까 생각하기도 했다. 나의 내면에서 모든 게 흔들렸다. 그러나 타락이 임박했음을 어떻게 의심할 수 있을까? 어머니의 격노가 두려웠기에 고해와 타락을 서둘러야겠다고 생각했다. 나는 황급히 고해실로 가서 내가 이 참회를 잊어버릴 수도 있고, 이 참회에 등을 돌릴 수도 있으며, 사제에게 참회한다고 말하지만 실은 참회하지 않으리라는 사실을 알면서도 죄를 고백하려 했다. 그런데 어머니가 공범자인 그 모든 행위를 참회하려 하자, 갑자기 거리낌이 생기면서 고해를 멈추었다. 나는 밖으로 나가고 싶었지만, 신성모독을 하지 않으려는 마음과 어머니를 배신하지 않으려는 의지가 비겁하게 뒤섞인 가운데 고해를 끝냈다. 고뇌의 현기증 속에서 나는 유혹의 향기에 도취했고, 레아의 알몸을 황홀하게 상상했다. 한순간도 나의 뇌리에 신이 떠오르지 않았고, 내가 신을 찾는다면 그것은 오히려 유혹의 광증과 환희 속에서였다. 내가 찾는 것은 오로지 공포에 휩싸인 죄악, 내 안에서 안식의 바탕을 뒤흔드는 격정이었다. 나는 내가 키워온 의심, 즉 마음의 평화를 희구하고 타락을 두려워하는 거리낌에서 해방되는 듯했다. 어머니의 고백할 수 없는 역할에 대해 내가 무엇인가 고해한 게 있었던가? 나는 치명적인 죄악을 저지르고 있었고, 그것을 즐겼다. 잠시 후 나는 어머니를 보러 갔는데, 가슴이 환희로 벅차오르고 온몸에 관능의 물결이 흘러넘쳤다. 어머니가 즐겼던 수치심이 떠올랐다. 나는 고뇌, 아마도 광란의 고뇌 속에서 그 수치심을 생각했지만, 나의 열락이 바로 그 고뇌에서 꽃피리라는 사실을 이제는 알고 있었다. 어머니를 향한 나의 존경심은 조금도 의심스럽지 않았다. 그러나 이 고뇌의 열락은 어머니의 부드러운 애무를 떠올리게 하면서 숨이 가쁘도록 내 목을 죄었다. 어머니의 정다운 공모를 이제 내가 어떻게 의심할 수 있을까? 온몸이 떨리는 만큼 더욱더 강렬하게 느껴지는 나의 행복은 절정에 이르렀다. 악덕을 저지르는 데서 어머니는 당연히 나를 능가했었다. 악덕은 가장 자극적이고 가장 접근하기 어려운 자산이었다. 그런 생각이 내 행복한 머릿속에서 술처럼 부글부글 끓으며 발효했고, 행복이 내 안에서 주체할 수 없을 정도로 넘쳐흘렀다. 세상을 다 가진 듯한 느낌이 들어서 나는 이렇게 외쳤다.

"내 행복에 더 이상 한계는 없어! 내가 엄마를 닮지 않았다면, 내가 엄마와 달리 파렴치한 행위에 도취할 줄 몰랐다면 과연 행복할까?"

강렬한 욕망이 벌써 나를 취하게 했다. 술을 마신들 나의 행복에 새로운 취기가 더해졌을까. 나는 웃으면서 집으로 들어갔다. 내가 교회에서 돌아오는 길이라고 말하자 어머니는 깜짝 놀라는 듯했다. 나는 이렇게 결론지었다.

"레아가 나한테 뭘 제안했는지 엄마도 알죠? 엄마, 봐요, 내가 웃고 있잖아요. 기도하면서 레아의 제안을 받아들이자고 결심했어요."

"하지만 피에르, 예전에는 결코 저속한 짓을 저지른 적이 없잖아! 나에게 키스해줘, 나를 꼭 안아줘."

"아, 엄마! 우린 공범이야!"

"그래, 피에르! 우린 공범이야! 마시자, 공범을 위하여!"

나는 말을 더듬거렸다.

"엄마, 엄마!"

나는 어머니를 포옹했다.

"샴페인이 준비되어 있어." 어머니가 내게 말했다. "오래 전부터 내 기억에 이보다 더 기쁜 일은 없어. 준비를 해야지. 마시자! 레아를 데려오도록 마차를 보냈어. 지금은 너와 함께 술을 마시지만, 마차 소리가 들리면 방에 가서 가장 아름다운 옷을 입을 거야. 붉은색으로! 잠시 후 우리는 레스토랑 별실에서 저녁 식사하게 될 거야. 나도 너희 또래의 젊은 여자처럼 즐겁게 웃고 떠들며 놀고 싶어. 하지만 저녁 식사가 끝나면 나는 혼자 떠날 거야."

"사랑해요, 엄마! 하지만 만류해 봐야 소용없겠죠…"

"그래 봐야 소용없어…"

"엄마가 떠나면 난 슬플 거예요."

"그렇지만 보다시피 나는 네 나이가 아냐… 내가 네 나이였을 때는, 피에르, 가시덤불에 옷이 찢기곤 했었어. 그땐 내가 숲에서 살았거든."

나는 술잔을 둘 다 채웠다.

"엄마와 함께 숲에서 살고 싶어요. 자, 마셔요."

"피에르, 나는 숲에서 혼자 달리곤 했어. 미친 계집애였지. 그래, 지금도 똑같이 미쳐 있지만… 나는 말을 타고 달렸어, 안장도 풀어버리고 옷도 벗어 던진 채. 피에르, 잘 들어, 나는 숲속에서 말을 타고 질주하곤 했어. 내가 네 아빠와 관계를 맺은 건 바로 그 무렵이야. 그땐 네 나이도 아니었어, 열세 살이었으니까, 단단히 미친 계집애였지. 네 아빠가 숲속에서 나를 봤어. 나는 발가벗은 상태였고… 말과 내가 마치 야생의 동물처럼 보였을 거야."

"그렇게 해서 내가 태어났군요!"

"맞아! 하지만 이 이야기에서 네 건달 아빠는 내게 아무것도 아냐. 나는 혼자 있기를 더 좋아했어. 그래서 숲속에서 혼자 발가벗은 채 안장 없이 말을 탔어. 죽기 전에 다시 그렇게 해볼 수는 없겠지. 나는 아가씨들이나 호색한들을 꿈꾸곤 했어. 그들이 나를 타락시킬 거라는 예감이 들었었지. 그런데 네 아빠가 나를 타락시켰어. 하지만 나는 혼자서 말에 앉아 쾌감으로 온몸을 비틀곤 했지, 난 흉측한 괴물이었거든…"

갑자기 어머니는 눈물에 젖어 흐느꼈다. 나는 어머니를 두 팔로 껴안았다.

"내 아들" 어머니가 말했다. "내 숲의 아들! 나를 안아줘. 너는 내가 좋아한 숲의 나뭇잎, 숲의 이슬에서 태어났어. 하지만 난 네 아빠를 원망하지는 않았어, 내가 불량했으니까. 내가 벌거벗고 있는 모습을 보고 네 아빠는 나를 강간했어. 하지만 내가 손톱으로 할퀴어서 그의 얼굴이 피범벅이 되었지. 그의 눈을 뽑아버리고 싶었으나 그럴 수는 없었어."

"아, 엄마!" 나는 소리쳤다.

"네 아빠는 나를 감시했었어. 내 생각에 그는 나를 사랑했던 것 같아. 그 당시 나는 이모들과 살고 있었어, 그 늙은 바보들, 너도 어렴풋이 기억할 텐데…"

나는 그렇다는 몸짓을 했다.

"그 바보들이 내 마음대로 하라고 해서 너를 낳기 위해 우리는 스위스로 갔었어. 하지만 돌아오는 길에 나는 네 아버지와 결혼할 수밖에 없었지. 그는 네 나이였어, 피에르, 스무 살이었어. 내가 네 아빠를 지독히도 불행하게 만든 것 같아. 첫날부터 가까이 못 오게 했으니까. 그는 술을 마시기 시작했는데 이해할 만한 일이야. 그는 내게 이렇게 말했어. "아무도 내가 겪는 악몽을 짐작하지 못할 거야. 당신이 내 눈을 뽑도록 내버려 뒀어야 했는데…." 그가 나를 짐승처럼 탐하는 동안, 나는 열여섯 살이 되고 스무 살이 되었어. 그를 피해 달아나서 숲으로 가곤 했지. 나는 말을 타고 떠났고, 잔뜩 경계했기에 그는 나를 따라잡지 못했어. 숲에서 나는 늘 고통을 느끼면서 그를 두려워했지. 언제나 고통 속에서 쾌감을 찾았지만, 나는 그가 죽을 때까지 날마다 병들어갔어."

"엄마, 나뭇잎처럼 몸이 떨려요. 그리고 무서워요, 레아가…"

"레아는 여기로 올 준비가 덜 되어 있어. 레아는 제시간에 도착하지 못할 거야. 내가 오늘 그 일을 네게 이야기하게 될 줄 몰랐어. 신경 쓰지 마. 기회가 닿아서 이야기했을 뿐이니까. 내가 너한테 더 일찍 이야기할 수 있었을까? 네가 아빠와 나의 상스러운 행동을 이야기했다면, 내가 그걸 들을 수 있었을까? 피에르, 나는 천박한 여자야! 눈물 한 방울 흘리지 않으면서 이런 이야기를 하잖아. 네 아빠는 너무나 정다운 사람이었고, 너무나 불행한 사람이었어."

"난 아빠를 싫어해요." 내가 말했다.

"그렇지만 아빠를 타락시킨 건 나야." 엄마가 말했다.

"아빠가 엄마를 강간했잖아요. 나는 거기서 태어난 애물
단지일 뿐이고! 엄마가 아빠의 얼굴을 피범벅으로 만들었다
고 말했을 때 내가 불행하다고 느꼈지만, 나 또한 엄마와 함
께 아빠의 얼굴을 만신창이로 만들었을 거예요."

"피에르, 넌 그의 아들이 아니라 내가 숲에서 느낀 고통
의 결실이야. 내가 숲에서 짐승처럼 발가벗고 있었을 때, 그
리고 내가 전율의 쾌감에 휩싸였을 때 느꼈던 공포에서 네
가 태어난 거야. 피에르, 나는 몇 시간 동안이나 썩은 나뭇잎
위에서 뒹굴면서 쾌락을 즐겼어. 넌 바로 그 쾌락에서 태어
났어. 난 결코 네 앞에서 비굴해지지 않을 거야. 그런데 네가
알아둬야 할 게 있어. 피에르, 원한다면 아빠를 미워하렴, 하
지만 내가 아니라면 그 어떤 엄마가 네가 태어난 비인간적
광기를 네게 이야기할 수 있겠니? 아주 어렸을 때부터 욕망
이 내 안에서 한계 없이, 무시무시하게 불타올랐던 만큼 난
색정적인 여자임이 틀림없었어. 네가 자라면서 난 너를 걱정
해서 늘 떨고 있었어. 내가 얼마나 떨었는지 너도 알잖아."

나는 마음이 너무나 괴로워 울었고, 어머니가 내 인생을
위해 짊어졌던 공포로 인해 울었다. 눈물이 멈추지 않았는
데, 이 눈물에는 유난히 깊고 무거운 고통이 배어 있었다. 눈
물이 하염없이 흐르는 이유는 이 눈물이 내 안에서 사태의
극단, 삶의 극단을 건드렸기 때문이었다.

"울고 있구나." 어머니가 내게 말했다. "왜 눈물이 흐르는지 모르겠지만, 그래, 실컷 울어라…"

"엄마" 내가 말했다. "이건 행복의 눈물이야, 그런 것 같아요… 모르겠어요…"

"넌 아무것도 몰라. 내가 말할게. 내 이야기를 잘 들어봐. 나는 울기보다 말하기를 더 좋아하니까. 잠시 후 레아가 우리 집에 들어올 때 네가 눈물을 훔치던 손수건이 아니라 술잔을 손에 들고 맞이하는 게 낫지 않겠니? 나는 네 아빠와 내가 이 아파트에서 무슨 삶을 살았는지 아직 네게 말하지 않았어. 그건 네가 상상하는 것과는 전혀 달라. 나는 내가 정말로 여자들을 사랑하는지 모르겠어. 나는 숲속에서만 사랑을 느꼈던 것 같아. 하지만 나는 숲을 사랑하지는 않았어. 나는 아무것도 사랑하지 않았어. 심지어 나 자신도 사랑하지 않았지만, 끝도 없이 사랑한 게 있어. 나는 오직 너만을 사랑했어. 그러나 오해하지 마, 내가 네 안에서 사랑한 것은 네가 아냐. 나는 오직 사랑만을 사랑하는 것 같아, 심지어 사랑 안에서도 사랑한다는 고통만을. 나는 그 고통을 오직 숲에서만 느꼈었어, 그리고 죽음이… 그러나 예쁜 여자들과 함께 있으면 나는 고통 없이, 슬픔 없이 즐길 수 있어. 마음이 평온해져. 오직 무절제한 방탕만이 내게 특별한 쾌감을 준다는 것, 이것 외에는 너한테 아무것도 말하지 않을 거야. 처음부터 네 아빠에게는 아무런 쾌락도 허용하지 않았지만, 난 젊은 여자들과 관계를 맺곤 했어. 그러다가 문득 이 불쌍한 남자에게도 시혜를 내리고 싶은 생각이 떠올랐지. 그것은 일상화된 관계를 싫어하는 내 기질에도 어울리는 생각이었어. 파렴치하게도 나는 그를 내 방으로 불러들여 게임을 함께하자고 부추겼지. 이해가 잘 안 되니? 종종 두 여자를 집으로 데려와서 한 여자는 네 아빠와 성관계를 맺고 다른 여자는 나와 그렇게 하는 거지. 이따금 여자들이 남자들을 데려왔고, 나는 그들을 활용했어. 심지어 마부조차⋯ 저녁마다 새로운 난교 파티에 등장할 인물을 구해야 했고, 시간이 흐르면서 내가 네 아빠를 다른 사람들의 눈앞에서 때리기도 했어. 나는 지칠 줄 모르게 네 아빠를 모욕했지. 그에게 여자 옷을 입히거나 어릿광대 옷을 입힌 채 저녁을 먹곤 했어. 나는 짐승처럼 살았고, 특히 네 아빠에 대해 나의 잔혹 행위는 한계가 없었어. 나는 미쳐가고 있었던 거야. 피에르, 너도 머잖아 충족되지 않는 열정이 무엇인지 알게 될 테지. 그것은 처음에는 고통스러운 징역살이고, 사창가의 쾌락이고, 천박한 거짓이야. 뒤이어 그것은 끝이 없는 함몰과 죽음에 이르게 돼."

"엄마! 너무 힘들어요⋯"

"마시자! 하지만 잊지 말아라. 난 더 이상 자유롭지 않아, 광기와 계약을 맺었으니까. 오늘 밤에는 네 차례야, 네가 광기와 계약을 맺을 차례야."

어머니는 웃고 있었다. 그 불량한 웃음은 나를 메스껍게 했고, 나를 얼어붙게 했다.

"난 그러고 싶지 않아요." 내가 어머니에게 말했다. "난 엄마를 떠나지 않을 거야. 좀 전에 엄마는 낯선 여자처럼 부드럽게, 하지만 갑작스럽게 나한테 이야기했어요, 마치 나를 아프게 하고 싶다는 듯…"

"내가 너를 미치게 했구나!"

"난 무서워요. 숲속에서 보낸 엄마의 삶을 이야기해 주세요."

"안 돼, 내 삶은 쓰레기일 뿐이야. 네 말이 맞아, 네 아빠가 나를 정복한 거야."

"절대로 그렇지 않아요!" 내가 소리쳤다. "엄마를 보세요! 나를 보세요! 난 숲의 향연에서 태어난 아이란 말이에요."

"색정적인 아이?" 어머니가 물었다.

"잘 아시네요, 색정적인 아이!"

나는 어머니를 바라보았다. 나는 어머니를 두 팔로 껴안았다. 어머니는 폭풍 전야의 고요로 되돌아갔는데, 이 고요는 욕망의 침묵인 동시에 강렬한 욕망의 개화였다. 나는 어머니의 눈에서 고요한 행복을 읽었고, 그 행복이 어머니의 고뇌와 갈등하는 게 아니라 오히려 어머니의 고뇌를 가라앉히고 어머니의 고뇌를 환희로 만든다는 사실을 알아차렸다. 나는 어머니를 파괴하는 고통이 위대하다는 사실을 깨달았고, 우리가 상상할 수 있는 모든 공포를 압도하는 대담한 용기는 더욱 위대하다는 사실을 깨달았다. 어머니는 깊은 고통을 기만적으로 침묵시키는 불안정한 환희에 기대고 있었다. 그리고 벌써 우리는 우리를 쾌락의 세계로 이끄는 환희의 날개 위에 함께 올랐는데, 그 쾌락의 세계에서 젊은 어머니는 고통과 광기를 통해 신의 길을 발견했었다. 바로 그때, 나의 가벼운 냉소가 예전에는 나를 쓰러뜨렸고 지금은 관능적 전율(나로 하여금 끊임없이 미소 짓게 하는 관능적 전율)을 불러일으키는 무엇인가에 맞설 힘을 내게 주었다.

그 고요한 침묵과 난해한 행복 속에서 나는 어머니를 바라보았다. 나의 행복은 나를 더욱 놀라게 했는데, 욕망이 나를 고독 속에서 겪었던 광적인 흥분으로 이끌기보다는 마약처럼, 그러나 잔인할 정도로 명료하게, 내게 무한한 가능성의 현기증을 열어준 완벽한 악덕으로 이끌었기 때문이다. 달리 말하자면, 내게 구체적인 안정을 줄 수 있는 레아보다는 내게 수치심이라는 추상적인 황홀경만을 줄 수 있는 어머니에 의해 나는 더욱 혼란스러워졌다. 레아는 확실히 나를 매료시켰지만, 내가 그녀에게서 욕망한 것은 손쉬운 쾌락보다 어머니의 방탕에 연결된 오브제였다. 그리고 내가 어머니에게서 좋아한 것은 육체적인 사랑을 수반할 수도 없고 즐거운 만족으로 바뀔 수도 없는 광란적인 방탕의 가능성이었다. 나는 오직 술에 취했을 때나 혼자서 광기에 빠졌을 때만 어머니가 아니라 레아에게 집중할 수 있었다. 나는 이제 나의 잘못을 의심하지 않았고, 어젯밤에 그렇게 했던 것처럼 레아를 애무할지라도 이제 그녀를 어머니에게서 얻을 수 없는 것을 얻는 우회로로 간주하기로 결심했다.

나는 잠시 자리를 떠나야 했다. 레아가 갑자기 나타났다. 내가 돌아왔을 때 웃음소리와 입맞춤 소리가 들렸다. 나는 두 손에 술이 가득 찬 세 개의 잔을 들고 있었다. 샴페인이 술잔에 흘러넘쳤다.

"그런데 피에르" 레아가 한숨을 쉬며 말했다. "당신은 아직 내게 키스해 주지 않았어."

"곧 돌아올게." 어머니가 말했다. "예쁜 드레스를 입어야겠어."

어머니가 방을 나가는 즉시 나는 레아를 포옹했다.

"피에르" 레아가 말했다. "내가 당신에게 약속했지, 잊으면 안 돼…"

나는 얼굴이 빨개졌다.

"당신 어머니가 나한테 그 약속을 상기시켰어. 그 바람에 우리는 한바탕 깔깔대며 웃었지."

"나를 당황하게 하지 마." 내가 말했다.

내게 대항하듯 앞에 선 그녀는 내 입술에 남은 립스틱 자국을 보고 웃었다.

(거울에 비친 내 얼굴에 내가 놀랐을 때 내 입술의 립스틱 자국을 보며 웃는 레아, 내 입술에 남긴 립스틱 자국의 이미지와 그녀의 방탕한 이미지를 내가 분리할 수 없는 레아, 내 앞에서 이름 붙일 수 없는 외설적 행동을 스스럼없이 하는 레아가 계속해서 나의 뇌리를 떠나지 않았다. 레아는 오늘도

똑같이 나를 바라보고 있지만, 오늘은 그녀의 아름다운 얼굴이 [나는 그녀의 천박한 얼굴도 모르지 않는다] 흘러넘치는 샴페인에 마법처럼 겹친다. 지금 나의 내면에서 그녀의 얼굴은 시간의 심연으로부터 불쑥 솟아오른다.

어쩌면 이 이야기가 떠오르게 하는 모든 얼굴이 마찬가지이리라. 그러나 다른 추억과 달리 레아의 추억은 특히 일시적으로 나타났다가 사라졌고, 그녀의 외설성을 뚜렷이 부각하는 배경 위에서만 떠올랐다. 그 배경은 어머니의 자살로 인해 일 년 후 레아가 들어갔던 수녀원이다. 이 이야기에서 다뤄지지는 않으나 하나의 피난처를 발견했던 행복한 레아, 결국 그 피난처로부터 멀어지지만…

나의 자랑스러운 소망은 이런 것이다. 이 불행한 책을 읽으면서 행복이라는 이름에 걸맞은 행복, 결코 속임수가 아닌 유일한 행복을 요청할 자격이 있는 독자에게 유일한 불행을 예감케 하는 것…

레아는 그 터무니없는 희생의 끝까지 갈 수 없었다. 적어도 그녀는 자기의 육체, 내밀한 사생활, 즐거운 웃음 등으로 이루어진 무한한 선물에서 하나를 제외해야 했는데, 그것은 지극히 제한된 행동으로의 평범한 이행이었다.)

앞에 말한 내용 가운데 말하기 힘든 그 공포로 인해 나는 어머니의 부재 덕분에 가능해진 무대로 미끄러지듯 들어갔다. 앞서 내가 공포의 흥미로운 양상을 그렸던 것은 (훗날

레아의 수녀원행이 드러낼) 그 공포의 끔찍한 핵심을 보여
주고 싶었기 때문이었다.

레아는 자기 안의 공포를 내게 드러내지 않았다. 하기야
그녀 안에 공포가 존재하기나 했던가? 그녀는 아마도 구렁
텅이 가장자리에서 놀고 있는 어린아이, 구렁텅이로 미끄러
지면 신의 도움 외에는 아무것도 무시무시한 추락을 막아줄
수 없음을 느끼지도 못하는 어린아이와 비슷했다. 레아라는
어린아이는 구렁텅이에 아랑곳하지 않았다.

레아는 불편한 자세를 바로잡아 몸을 일으키면서 웃었다.

그런데 그 광적인 눈, 다른 세상에서, 이를테면 음란의 밑
바닥에서 나를 바라보는 듯한 그 눈을 어떻게 잊을 수 있을
까?

레아는 웃고 있었다. 이번에는 부드럽게 웃고 있었다.

"당신은 나를 어지럽게 해." 그녀가 말했다.

나는 숨을 몰아쉬며 대답했다.

"나도 어지러워."

"어머니를 부를게." 그녀가 말했다.

어머니는 나갈 때와는 다른 문을 통해서, 소리 없이 발끝
으로 걸으며 들어왔다.

어머니의 손이 내 눈을 덮었을 때, (어머니가 자살하기 전
날에 썼던 검은 레이스 눈가리개 가면처럼) 어머니가 불가
항력적으로 터뜨렸으나 어머니에게도 특이했던 광적인 웃

음에 휩싸였을 때, 그리고 내 귓가에 가볍게 "쿠쿠*!"라고 말했을 때, 나는 아무도 어린 시절의 행복했던 타락을 어머니보다 더 도착적으로 되살릴 수 없으리라고 생각했다. 어머니는 경탄을 자아낼 정도로 너무나 아름다운 옷을 입고 있었다. 등에 드러난 벌거벗은 부분이 외설스러웠다. 어머니를 품에 안으면서 느낀 흥분이 레아의 자유분방한 외설성을 접하면서 방금 느꼈던 흥분과 겹쳤다. 지금 생각해도, 아무것도 그에 필적할 수 없을 그 전복적인 심신의 흥분과 전율 속에서 죽어도 좋았으리라.

행복으로 볼이 발개진 레아가 어머니와 내게 술잔을 주었다. 그녀는 한쪽 팔로 나를 껴안으며 나지막이 말했다.

"내 숫총각! 내 사랑! 난 당신의 여자야. 어머니와 함께 마셔요, 우리의 사랑을 위하여!"

어머니가 잔을 들었다.

"너희들의 사랑을 위하여!" 어머니가 말했다. 어머니가 다시 상스러운 어조를 취하는 바람에 나는 몸이 얼어붙는 듯했다.

레아와 나는 어머니의 건배에 응했다. 우리는 서둘러 마셨고, 우리의 정신 상태에 걸맞은 광적인 도취 속에서 대화

＊　'쿠쿠(coucou)'는 '뻐꾸기'나 '뻐꾸기 소리'를 뜻하는데, 아이들이 숨바꼭질할 때나 어른들이 뜻밖에 모습을 나타낼 때 쓰는 의성어이다.—옮긴이

를 이어갔다.

"엄마!" 내가 말했다. "저녁 식사하러 가요. 벌써 많이 마셨지만, 더 마시고 싶어요. 우리 엄마보다 더 경이로운 엄마, 더 신성한 엄마가 어디에 있을까?"

어머니는 눈처럼 하얀 깃털로 장식한 커다란 검은색 모자를 쓰고 있었다. 모자는 풍성하고 부드러운 금발 위에 얹혀 있었다. 어머니의 드레스는 장밋빛이었다. 어머니는 키가 컸으나 내게 아주 작고 가볍고 여린 존재, 천사 같은 눈빛을 가진 존재로 비쳤다. 드레스의 주름 장식으로 한껏 멋을 부린 어머니는 나뭇가지 위의 가벼운 새, 그 새의 가벼운 울음소리를 연상케 했다.

"엄마, 오늘 옷차림과 화장으로 무얼 떨쳐버렸는지 아세요?"

"…"

"심각한 분위기, 엄마의 온몸을 감싸고 있던 심각한 분위기! 세상의 심각한 문제를 혼자서 짊어진 듯했잖아요. 이제 엄마는 열세 살 소녀가 되었네요. 더 이상 엄마가 아니라 숲속의 새가 된 거죠. 어지러워요, 엄마. 너무 어지러워요. 그런데 정신을 잃는 게 더 나아요, 엄마, 안 그래요? 벌써 정신이 나간 것 같아요."

"이제 너에게 레아를 맡길게." 엄마가 말했다. "난 다른 여자친구들과 함께 저녁 식사를 할 거야, 피에르, 그들은 너희가 갈 레스토랑에서 나를 기다리고 있어. 하지만 우리는 다른 방에서 식사할 거야, 너희의 방처럼 독립된 조용한 별실에서."

나는 더듬거리며 말했다.

"다른 여자친구들?"

"그래, 피에르, 다른 여자친구들을 만날 텐데, 그들은 내가 오랫동안 모자를 쓰고 드레스를 입고 있도록 놔두지 않을 거야."

"아, 엄마, 내가 말려봐야 소용없겠군요…"

"하지만 엘렌, 우리와 함께 식사해요." 레아가 말했다. "앙시는 훨씬 더 늦게서야 나타날 거예요."

"우리가 아이들처럼 함께 웃으며 놀아야 한다고 엄마가 말했잖아요. 재미있게 놀기 위해 옷을 그렇게 입은 거 아녜요? 엄마와 함께 웃으면서 엄마를 경배하고 싶어요."

"그렇지만 내가 여기에 있으면 어떻게 너희들이 재미있게 놀겠니? 내가 떠날 때까지 기다리는 건 힘든 일이야."

"테이블 밑으로 들어가서 놀면 돼요." 레아가 말했다. "농담이에요. 하지만 당신이 떠난 후에 제대로 놀게요."

"물론 그래야지!" 어머니가 말했다. "오늘 내가 기분이 좋아서 웃고 싶은 건 사실이야. 하지만 피에르, 넌 두려움을 느낄 수도 있어. 잊지 마, 오늘 내 모자가 벗겨질 거고 난 숲의 짐승이 될 거야. 안됐지만, 너는 지금 이대로의 나를 사랑해야 해. 내가 숲에서 어떻게 행동했다고 생각하니? 나는 완전히 고삐가 풀렸었어. 나는 웃으며 옷을 벗어 던졌었지."

144

"무서워요, 정말. 하지만 난 무서운 게 좋아요. 엄마, 나를 공포에 떨게 해줘요."

"그렇다면 마셔라." 어머니가 내게 말했다. "그리고 나를 봐."

그러나 어머니는 시선을 돌렸고, 깔깔거리며 웃음을 터뜨렸다. 어머니의 표정이 음란하고 엉큼해졌고, **아랫입술을 빨면서** 이제 내게는 증오심만 가진 듯했다.

"모두 웃어요!" 레아가 소리쳤다. "웃어, 피에르, 이제 바보짓을 할 때가 되었어. 자, 계속해서 술을 마셔요. 엘렌이 웃을 차례야. 준비됐나요, 엘렌… 피에르, 표정이 너무 심각해."

"피에르는 아이들 가운데 가장 어리석은 아이야." 어머니가 말했다. "피에르를 웃게 해주자."

"어리석다는 건 정말 즐거운 일이죠." 두 미친 여자들 틈에서 내가 말했다. "무서워하지 말아요! 나를 웃게 해줘요! 술을 더 줘요!"

레아는 립스틱을 바른 빨간 입술로 다시 내게 키스했고, 너무나 엉큼하게 나를 애무해서 나는 정신이 나간 사람처럼 몸을 떨었다.

"내려가자." 어머니가 말했다. "마차가 도착했어."

승합마차 안에서 엄청나게 난잡한 행위가 시작되었다. 광란의 웃음이 터져 나왔다. 레아는 완전히 고삐가 풀렸다. 승합마차에서 내렸을 때, 그녀는 치마를 입고 있지 않았다. 속옷이 아무렇게나 흐트러진 채로 그녀는 계단으로 돌진했다. 레아의 치마를 팔에 걸친 어머니도 그녀를 뒤따라 달려갔다. 나도 어머니의 이상한 모자를 손에 들고 재빨리 그들을 뒤따라갔다.

우리는 계단을 뛰어 올라갔고, 킬킬거리며 웃었다.

웨이터가 옆으로 비켜서며 인사했다. 그가 별실 문을 열어주었고, 우리가 안으로 들어서자마자 어머니는 문을 급히 닫아버렸다.

어머니는 숨을 헐떡이며 레아를 쓰러뜨렸고, 그녀 위로 몸을 던졌다.

갑자기 어머니가 동작을 멈추고 다시 일어났다.

"피에르, 너무 술에 취해서 내가 미쳤나 봐." 어머니가 말했다. "여기서 멈춰야 해. 그런데 레아는 정말 재미있는 아이야! 속옷만 걸친 모습이 너무 귀여워! 확실해, 이건 네가 속옷만 걸친 아가씨와 가지는 최초의 저녁 식사야. 나는 흥을 깨는 사람이 되고 싶지 않아. 우리 셋이 미친 짓을 계속할 수는 없어… 이제 술이 좀 깨는구나. 나는 나갈게."

"안 돼요, 엄마, 우리와 함께 식사해요."

얼굴이 발개진 나는 심각한 표정으로 어머니의 손을 잡았다. 나는 정신이 완전히 나간 듯했다. 어머니 몰래 레아가 테이블 아래에서 나를 애무했다. 어머니가 할퀴는 듯한 시선으로 나를 응시했다.

나지막이 나는 중얼거렸다.

"영원히 움직이고 싶지 않아."

어머니가 오랫동안 나를 바라보았다. 소파 위에서 어머니와 나 사이에 끼인 레아는 속옷이 흐트러진 채 왼손을 어머니의 장밋빛 드레스 속에 넣고 있었다.

"테이블에 술잔들이 비어 있구나, 유감스럽게도." 어머니가 말했다.

"내가 술병을 가져올게요." 레아가 말했다.

그녀가 일어섰다. 그러나 단추가 풀어지면서 속옷이 미끄러져 내려갔다. 어머니가 아랫입술을 빨며 미소 지었다.

나는 그녀의 손에서 술병을 넘겨받았다. 벌거벗은 엉덩이로 레아는 소파에 다시 앉았고, 그녀의 손이 은밀한 행위를 다시 시작했다.

"엘렌, 내 옷차림이 별실에 어울리지 않아요." 레아가 목소리를 낮추며 말했다. "내 코르셋 좀 벗겨주세요. 내가 벗을 수가 없어요, 보다시피 바쁘니까."

레아는 검은색 레이스 코르셋만 걸치고 있었는데, 코르셋은 스타킹을 고정하면서 새하얀 가슴을 드러내고 있었다.

'레아와 함께 단둘이 있었더라면 난 레아가 무서워서 달아났을 거야'라고 나는 생각했다.

"더 이상 여기를 떠날 힘이 없구나." 어머니가 신음하듯 말했다.

"이제 식사해요." 레아가 손을 빼내면서 말했다. "하지만 그 전에 먼저 술을 마셔야죠."

어머니와 나는 우리 둘 사이에서 술을 마시는 레아 쪽으로 몸을 기울였다. 말없이 레아의 빨개진 얼굴을 보니까 즐거움이 한층 커졌다. 몇 분 동안, 어머니와 나는 조금 전에 레아가 우리에게 한 것만큼 엉큼하게 레아를 애무했다. 우리는 식사했다. 또다시 어머니의 화난 시선과 나의 시선이 부딪쳤다. 그러나 우리는 게임을 중단할 수밖에 없었다. 레아가 신음했다.

"샴페인, 피에르, 샴페인을 줘, 난 배고프지 않아. 엘렌과 당신 때문에 신경이 너무 날카로워졌나 봐. 술을 마시고 싶고, 테이블 밑에서 뒹굴 때까지 멈추지 않을 거야. 술을 부어, 피에로*, 내 잔을 가득 채워, 당신 잔도, 자 마시자, 난 이제 당신 건강이 아니라 나의 변덕을 위해 마실 거야. 당신은 내가 당신에게 기대하는 게 뭔지 알잖아. 당신도 알다시피 난 쾌락을 사랑해. 미치도록 쾌락을 사랑해. 내 말 들려? 난 쾌락을 미치도록, 공포를 느낄 정도로 사랑해. 당신의 어머니는…"

"엄마는 떠났어." 내가 그녀에게 말했다. 나는 숨이 막혔다. "엄마가 떠나는 소리를 못 들었는데… 우리에게 방해된

✤　레아는 피에르(Pierre)를 피에로(Pierrot)라고 부르고 있는데, 보통명사로서 'pierrot'는 '어릿광대'나 '풋내기'를 뜻한다.—옮긴이

다고 생각했겠지? 엄마가 여기에 있으면 했는데 엄마는 그러고 싶지 않았나 봐. 이상하게도 무서워. 하기야 공포에 질리지 않는다면 오히려 똥오줌을 싸게 되겠지만…"

"오!" 그녀가 말했다. 그녀는 웃지 않았다.

그 말이 그녀와 나를 흥분시켰다. 나는 그녀를 덮쳤고, 그녀에게 음란하게 키스했다.

"아, 참, 잊고 있었네." 내가 그녀에게 말했다. "당신은 벌거벗고 있잖아."

"난 알몸이야." 그녀가 말했다. "난 당신이 가지는 첫 여자지만, 더할 나위 없이 음탕해."

나의 혀가 더욱 음란하게 움직였다. 나는 어머니를 바라보았던 시선으로 레아를 바라보았다.

"레아" 내가 말했다. "내가 음탕한 놈인지는 모르겠지만 형편없는 놈이라는 건 확실해."

....

나는 레아와 섹스했지만, 그것은 차라리 나의 고통을 그녀에게 쏟아놓는 것과 마찬가지였다. 어머니는 나를 떠났고, 나는 울고 싶었다. 우리가 나눈 섹스의 몸부림은 나를 질식시킨 격한 흐느낌이었다.

하늘의 눈부신 빛은 죽음의 빛이다. 나의 머리는 하늘에서 어지럽게 돈다. 나의 머리는 나의 죽음 속에서 가장 어지럽게 돈다.

5

어머니가 내게 일깨운 격렬한 정염의 혼돈 속에서도, 나는 어머니가 광란의 도가니에 빠졌을 때조차 나의 연인이 되리라고는 결코 상상한 적이 없었다. 만일 내가 어머니에 대해 느꼈던 무한한 존경심을 (이 존경심으로 인해 내가 절망한 것도 사실이지만) 조금이라도 잃었더라면, 이 사랑은 어떤 의미를 띠었을까? 어머니가 나를 때려주기를 바랄 때도 있었다. 가끔 그 욕망이 너무나 강렬했음에도 나는 그 욕망을 두려워했다. 얼마나 모순적이고 비겁한 일인가! 어머니와 나 사이에는 가능한 것이 아무것도 없었다. 만일 어머니가 나를 때렸더라면 나는 어머니가 주는 고통을 기꺼이 받아들였겠지만, 그렇다고 어머니에게 굴종하지는 않았으리라. 어머니 눈앞에서 저열하게 행동하는 것이 어머니를 존경하는 것일 수는 없지 않은가? 그 황홀한 고통을 즐기기 위해, 내가 오히려 어머니를 때렸으리라.

어머니가 앙시에게 한 말 가운데 어느 날 앙시가 내게 전

해준 내용을 나는 아직도 기억한다. (앙시는 내가 오래도록 함께 살 수 있었던 유일한 여자이다, 그것도 더없이 행복하게.) 앙시. 어머니는 그녀를 타락시키고 싶어 했으나 헛수고였다. 우리가 서로 헤어졌을 때 앙시는 나도 알고 있는 훌륭한 남자와 결혼했는데, 그는 그녀에게 행복하고 균형 잡힌 삶을 선사했다. 그녀는 그의 아기를 낳았고, 나는 그 아기를 볼 때마다 기쁘기 그지없었다. 우리가 헤어진 뒤에도 그녀는 드물기는 했으나 계속해서 나와 동침했다. 그녀는 예전과 같은 방식으로 나를 사랑하지는 않았지만, 나를 치유하고 싶어 했다. 실제로 그녀는 요란하지는 않으나 한계 없는 관능의 고요한 밤으로 나를 이끎으로써 내게 심신의 안정을 주었다. 어머니는 자신이 그녀에게 요구하는 행위를 행하는 게 잘못이 아니라 피하는 게 잘못이라고 그녀에게 말하곤 했다. 어머니는 죽음만이 끝낼 수 있을 정도로 무절제한 난교파티에 그녀를 끌어들이고 싶어 했다. 어머니의 무분별한 성격에 익숙해져 있었음에도 앙시는 어머니가 조롱하기 위해 그런 요구를 한다고 느꼈다. 앙시는 광적인 쾌락의 위험을 모르지 않았을 뿐만 아니라 어머니에게 (자신에게도) 죄악의 쾌락이란 존재하지 않는다고 생각했다. 그녀가 판단하기를, 어머니는 죽음에 이르는 비이성적인 욕망의 끝까지 갈 수 있는 사람이 아니었다. 실은 앙시의 (광적인 수준으로 발전할 수 있는) 냉정함이 그녀의 판단에 상당한 논거를 제공했다. 하지만 어머니가 앙시를 조롱하기 위해 그렇게 말하지는 않았으리라. 앙시는 몹시 예민했고, 매우 영리했다. 그녀는 어머니의 외관상의 평온, 그녀가 사용한 표현을 빌리자면 어머니의 "음란한 위엄"이 감추고 있는 것을 어렴풋이 예감할 수 있었다. 적어도 어렴풋이, 그녀는 그것을 예감한 것이었다. 어머니, 앙시를 무척 애지중지했던 어머니가 앙시를 두렵게 하고 있었다. 어머니는 내가 훨씬 더 나중에 알게 된 나의 사촌 샤를로트를 제외한 그 어떤 여자보다 더 앙시를 아꼈었다. 그러나 앙시와 달리, 샤를로트는 어머니처럼 관능과 죽음이 똑같은 품위와 똑같은 수치를, 똑같은 폭력성과 똑같은 감미로움을 지니는 세계에 속해 있었다.

어머니와 나의 사랑에서 가장 모호한 것은 어머니의 삶 전체를 장식하고 차츰 나의 삶 전체를 지배하고 있던 방종, 그 방종에 일치하는 몇몇 위험한 에피소드였다. 사실 적어도 두 번 정도 정신착란이 어머니와 나를 깊이, 이를테면 육체적 결합보다 더 긴밀하고 대담하게 연결했었다. 어머니와 나는 그것을 의식했기에, 최악의 사태를 피할 수 있도록 필사적으로 노력하면서 우리로 하여금 더 멀리 나아가게 해주고 접근 불가능한 영역으로 돌입하게 해주는 우회로를 웃으며 찾았다. 그러나 우리는 연인들이 하는 행위를 받아들이지는 않았다. 우리는 예컨대 행복한 수면이 주는 것과 같은 완전한 만족감을 실현할 수는 없었다. 트리스탄과 이졸데가 사랑의 쾌락을 자제하기 위해 둘 사이에 두었던 침대 위의 검劍처럼,

레아의 알몸과 민첩한 손은 도취 속에서도 어머니와 나를 갈라놓은 극적인 상호 존중의 기호였고, 어머니와 나를 불태운 정염을 억제하는 불가능의 기호였다. 어머니와 나의 관계가 어떻게 끝났는지 말하기 위해 더 오래 기다릴 필요가 있을까? 나로 하여금 어머니를 향해 나아가게 했던 정염, 어머니로 하여금 나를 향해 나아가게 했던 정염을 결국 시트의 땀방울로 끝내야 한다는 사실을 어머니가 깨달았던 날, 어머니는 더 이상 망설이지 않았다. 어머니는 자살했다. 그 사랑이 근친상간이었다고 말할 수 있을까? 어머니와 내가 빠져든 광적인 관능은 비인격적인 것으로서 어머니가 발가벗고 살았던 숲, 아버지에게 강간당했던 숲에서 느꼈던 그 격렬한 관능과 닮지 않았던가? 내가 흔히 어머니 앞에서 혼란스럽게 사로잡혔던 욕망, 사실 나는 그 욕망을 다른 여자의 품에서 무심히 충족시킬 수 있었다. 어머니와 나는 욕망에 사로잡힌 남녀의 상태로 쉽게 돌입해서 감정이 고조되곤 했지만, 나는 어머니를 탐하지 않았고 어머니는 나를 탐하지 않았다. 어머니는 숲속의 소녀와 같았다. 나는 어머니의 손을 잡았고, 어머니가 내 앞에서는 바쿠스 신의 무녀巫女처럼 그 말의 진정한 의미에서 미쳐버린다는 사실을 알고 있었다. 나는 어머니의 광기에 휩쓸리곤 했다. 만약 진작에 어머니와 내가 그 광적인 전율을 육체관계라는 빈곤한 행위로 전환했더라면, 어머니의 눈과 나의 눈이 벌이던 잔혹한 게임은 곧바로 중단되었으리라. 나도 더 이상 나를 황홀하게 바라보는 어머

니를 보지 않았을 것이고, 어머니도 더 이상 자신을 황홀하
게 바라보는 나를 보지 않았으리라. 요컨대 게걸스러운 가능
태의 탐욕을 채우기 위해 어머니와 나는 불가능태의 순수성
을 잃었으리라.

　정녕 내가 어머니를 연모했던 걸까? 나는 어머니를 **숭배**
했지만, 사랑하지는 않았다. 어머니에게 나는 숲의 아기, 상
상을 초월하는 쾌락의 결실이었다. 어머니는 소녀적인 헌신
으로, 때로는 고뇌와 환희에 찬 광적인 애정, 나를 눈부시게
사로잡은 광적인 애정으로 그 결실을 키웠다. 나는 어린 어
머니의 눈부신 불장난에서 태어났다. 내 생각에 어머니는 결
코 한 남자를 사랑한 적이 없었다. 그리고 어머니는 결코 앙
시가 나를 사랑한 방식으로 나를 사랑한 적이 없었다. 하지
만 어머니는 자신의 인생에서 오직 하나의 격렬한 욕망, 나
를 눈부시게 사로잡은 욕망, 즉 어머니 자신이 빠져들고 싶
어 했던 스캔들 속으로 나를 빠져들게 하려는 욕망을 지니
고 있었다. 그리하여 내가 스캔들에 눈을 뜨자마자 어머니
는 나를 조롱하고 내게 화를 냈고, 어머니의 애정은 나를 타
락시키려는 의지, 나의 모습 중에서 타락의 모습만을 사랑하
려는 의지로 탐욕스럽게 변했다. 그러나 어머니는 그 자체로
최선인 타락이 어머니가 나를 빠져들게 한 황홀경의 경로인
동시에 어머니가 원했던 출산의 최종 결말이라고 생각했음
이 틀림없었다. 어머니가 사랑한 것은 언제나 자신이 낳은

아이였다. 내게서 한 사람의 남자, 아마도 어머니가 사랑했을 남자를 보는 것보다 어머니에게 더 이상한 것은 아무것도 없었으리라. 남자가 어머니의 생각을 사로잡은 적은 전혀 없었다. 만일 남자가 어머니의 생각에 침투한다면, 그것은 오직 어머니가 자신이 불타오르는 사막, 자기와 함께 이름 모를 사람들의 조용한 아름다움이 불결하게 소실되기를 원하는 사막에서 목마른 갈증을 해소하기 위함이었으리라. 그 색정의 왕국에는 부드러운 애정을 위한 자리가 있었을까? 부드러운 애정은 복음서가 전하듯 색정의 왕국에서 추방되었다. **비올렌티 라피운트 일루드.** 어머니는 자신이 지배하는 폭력의 세계로 나를 데려갔다. 어머니의 내면에는 신이 인간에게 예정했다고 신비주의자들이 주장하는 사랑과 비슷한 사랑, 즉 폭력이 깃든 사랑, 결코 휴식이 없는 사랑이 존재했다.

이런 정염은 내가 앙시에게 품은 사랑, 앙시가 내게 품은 사랑의 대척점에 자리한다. 나는 오랫동안 그 사랑을 경험했다. 우리가 어머니에 의해 부드러운 애정의 왕국으로부터 쫓겨날 때까지 말이다. 앙시, 나는 그녀를 잃을까 두려웠고, 목이 타는 사람이 시원한 샘물을 찾듯 그녀를 찾았다. 앙시

❀ 'violenti rapiunt illud'라는 라틴어 문장은 『마태복음』 11장 12절에 나오는데, '폭력이 천국을 빼앗노라'라는 뜻이다.—옮긴이

는 내게 대체 불가능한 유일한 여자였다. 그녀가 없었더라면, 다른 어떤 여자도 나를 위로할 수 없었으리라. 어머니가 이집트에서 돌아왔을 때 나는 전혀 기쁘지 않았다. 어머니가 곧바로 우리의 행복을 파괴하리라고 생각했는데, 내 생각이 틀리지 않았다. 나는 내가 아버지를 죽였다는 기분이 들곤 했다. 게다가 어머니도 자제력을 잃고 나의 입술에 열정적으로 키스한 탓에 자살하지 않았을까. 그 키스는 즉시 나의 분노를 자극했고, 나는 지금도 그 일을 떠올리면 화가 난다. 그날 어머니가 선택한 죽음은 바로 그 키스의 결과로 직감되었는데, 나는 눈물도 나오지 않았다. (하지만 어쩌면 눈물 없는 고통이 가장 뼈아픈 고통이리라.) 나는 내가 생각하는 것을 말하기가 무척 힘들다. 이를테면 어머니와 나를 묶은 사랑은 저세상의 사랑이었다. 나는 극형을 당하고 싶다. (적어도 나는 그러기를 바란다고 생각한다!) 그러나 내게 그럴 만한 힘이 있을까. 나는 극형의 고통을 당하면서 소리 내어 웃고 싶다. 나는 어머니를 다시 보는 것도, 심지어 어머니의 희미한 이미지, 나로 하여금 어쩔 수 없이 신음을 토하게 할 이미지가 불현듯 뇌리를 스치는 것도 바라지 않는다. 어머니는 언제나 내 마음속에서 나의 책과 비슷한 자리를 차지한다. 나는 대개 어머니를 숭배한 듯하다. 내가 어머니를 숭배하기를 그친 적이 있었던가? 그렇다. 내가 숭배한 것은 신이다. 하지만 나는 신을 믿지 않는다. 그렇다면 내가 미친 걸까? 내가 알고 있는 사실은 이것뿐이다. 만일 내가 극형의 고통 속에서 킬킬거리며 웃을 수 있다면, 그 생각이 아무리 헛된 것일지라도 말이다. 그러면 나는 내가 어머니를 보면서 떠올린 물음, 어머니가 나를 보면서 떠올린 물음에 답하는 셈이리라. 이 세상에서 신이 아니라면 도대체 무엇을 조롱할 수 있을까? 확실히 내 생각은 저세상의 생각일 것이다. (또는 이 세상의 종말에 이르러 할 수 있는 생각일 것이다. 때때로 나는 죽음만이 어쩌면 삶의 총체라 할 수 있을 지극히 더러운 방탕에 대한 해결책이라고 생각한다. 우리의 무한한 우주가 조금씩 나의 소망을 들어주고 있음이 틀림없다.)

점심 식사를 준비한 하녀가 나를 부르면서 마님이 아침에 파리를 떠났다고 알려주었다. 하녀는 어머니가 남긴 편지를 내게 전했다.

잠자리에서 일어난 나는 심신이 불편했다.

온몸의 신경이 날카로워지면서 구토감이 엄습했다. 심신의 고통으로 미루어 어머니의 편지가 얼마나 가혹할지 느껴졌다. 어머니는 이렇게 썼다.

"우리는 조금, 아니 너무나 멀어져서 이제는 내가 엄마로서 네게 말할 수가 없구나. 그렇지만 나는 아무것도 우리를 멀어지게 할 수 없는 듯, 내가 너를 전혀 힘들게 하지 않는 듯 말하지 않으면 안 된다. 너는 너무나 젊고, 종교에 매달리던 시절과 별로 다르지 않아… 나는 어찌할 바를 모르겠구

나. 내가 한 짓에 정말 화가 난다. 하지만 그런 상황에 익숙한 내가 한순간 나의 광기를 이기지 못했다고 뭐 그리 놀랄 일이 있을까? 우리가 참고 견딜 힘을 가져야 한다고 네게 말하기 위해서는 상당한 용기가 필요했다. 네가 이토록 괴로운 문장들로 쓰인 편지를 읽으면서 내가 얼마나 네게 다가가려 애썼는지 짐작했으면 좋겠구나. 만일 하나의 초월적인 세계에서 오직 과잉을 통해서만 구현되는 순수한 우정이 우리를 묶어준다면 이 글이 너를 이해시킬 수도 있지 않을까. 그러나 모두 부질없는 객설일 뿐이야. 나는 몹시 화가 나지만, 무기력과 분노가 지금 나의 상황을 바꿔줄 수는 없는 노릇이지.

오랫동안, 몇 달 동안, 몇 년 동안 나는 너를 보지 않으련다. 그 대가로, 이미 긴 여행을 떠나 네게서 멀어진 내가 생생한 목소리로 말했다면 참을 수 없었을 내용을 편지로써 전할 수 있게 되었구나. 나는 전적으로 네가 본 그대로의 여자란다. 예전에 말한 대로, 네 앞에서 내가 되고 싶은 존재가 되지 못한다면 차라리 죽는 게 나을 거야. 네가 본 대로 나는 쾌락을 좋아해. 만약 네가 나만큼 쾌락을 간절하게 좋아하지 않는다면 네가 더 이상 내게 중요하지 않을 정도로, 나는 쾌락을 좋아해. 사실 좋아한다는 말로는 충분치 않아. 만일 단 한 순간이라도 내 안의 진실을 드러낼 수 없다면 나는 질식하고 말 거야. 쾌락은 나의 인생 그 자체란다. 내가 선택한 게 아니야, 쾌락이 없다면 나는 아무것도 아니고, 인생을 통틀어 내가 기다려온 모든 것은 아무런 의미가 없을 거야. 그것은 빛이 없는 우주요, 꽃이 없는 나무요, 생명이 없는 존재일 테지. 내 말이 과장된 말로 들리겠지만, 내가 완전히 길을 잃은 채 아무것도 보지 못하고 아무것도 알지 못할 정도로 나를 뒤흔들고 내 눈을 멀게 한 혼란에 비춰 보면 오히려 순화된 말이라고 해야 옳다. 네게 이 편지를 쓰면서 낱말들이 얼마나 무력한 것인지 깨닫게 되는구나. 하지만 결국 네가 그 의미를 이해하리라고 믿는다. 그 의미를 이해할 때, 너는 끊임없이 나를 미치게 만든 게 무엇인지 짐작하게 될 거야. 몰상식한 사람들이 신에 대해 하는 말은 그토록 광기 어린 진실로 인해 내가 내지른 비명에 비추면 아무것도 아니란다.

지금, 세상 모든 것이 우리를 떼어놓는구나. 이제 우리는 더 이상 혼란 없이 서로를 만날 수 없을 것이고, 혼란 속에서는 더 이상 서로를 만나지 말아야 할 것이다. 너를 나에게 연결하는 것, 나를 너에게 연결하는 것은 이제 참을 수 없는 것에 연결되어 있고, 우리는 서로를 연결하는 것으로부터 뿌리 깊이 단절되어 있어. 그러니 내가 무엇을 할 수 있을까? 네게 상처를 주기, 너를 파괴하기. 그렇지만 나는 침묵을 감수하지 않을 거야. 너를 파괴하겠지만, 말문을 닫지는 않을 거야. 왜냐하면 내가 너를 내 가슴으로 낳았기 때문이지. 만일 언젠가 이성이 내게 깃든다면, 그것은 내가 너를 임신했던 광란적인 상황을 네게 이야기한 덕분일 거야. 그러나 내가 어떻게 내 가슴과 너를 나의 쾌락, 너의 쾌락, 레아가 우리에게 준 쾌락과 구분할 수 있을까? 장담하건대 이런 상황이 나를 어쩔 수 없이 침묵하게 만들겠지. 그러나 내가 나의 가슴, 너를 낳은 그 어린 가슴, 나의 고통이 네 곁에서 나를 신음하게 하고 너의 고통이 내 곁에서 너를 신음하게 하는 혈연관계를 낳은 그 어린 가슴에 대해 말한다면, 그것은 고통과 신음뿐만 아니라 우리가 손을 맞잡고 서로를 바라볼 때 우리를 휩쓰는 즐거운 광기 때문일 거야. 실제로 우리의 형벌은 바로 우리를 압도하는 쾌락이었어. 레아는 그것을 아래로, 필요한 만큼 아래로 끌어내렸지. 레아는 나를 진정으로 애무하지 않았단다. 하지만 레아가 나를 만질 때 나는 몸을 꼬았고, 네 앞에서 나는 (마치 네가 없는 듯) 너를 임신했을 때 그랬던 것처럼 몸을 꼬며 광기에 빠져들었어. 나는 더 이상 침묵할 수 없구나. 본의 아니게 나의 내면에서 신음을 토하고 광기에 빠져드는 무엇인가가 나로 하여금 입을 열어 말하게 해. 나는 너를 다시 볼 수 없을 거야. 우리가 저지른 행동, 우리는 그 행동을 다시 할 수 없겠지만, 네가 눈앞에 있으면 나는 오로지 그 행동을 다시 할 욕망에 사로잡힐 듯하구나. 너에게 이 편지를 쓰면서 나는 너에게 이야기할 수 없다는 사실을 알지만, 그럼에도 아무것도 내가 이야기하는 것을 막을 수 없을 거야. 나는 파리를 떠나련다, 가능한 한 멀리 가련다. 그러나 어디로 가든, 나는 네게서 멀리 떨어져 있어도 네 곁에 있을 때처럼 똑같은 광기에 휩쓸릴 거야. 왜냐하면 내 안의 쾌락은 아무도 필요로 하지 않으며, 오직 내게서, 나의 신경을 끊임없이 자극하는 내 안의 불균형에서 발산되기 때문이지. 네 눈에도 보이잖아. 문제는 네가 아니야, 나는 너 없이도 살 수 있어, 게다가 너를 내게서 멀리 떼어놓고 싶어. 하지만 네가 문제일 때, 나는 그 광기에 다시 빠져들기를, 네가 그 광기를 보기를, 그 광기가 너를 파괴하기를 바라게 돼. 너에게 이 편지를 쓰면서 나는 그 광기에 다시 휩쓸려 들어갔어. 착란에 빠진 내 존재 전체가 경련을 일으키고, 내 안의 고통이 울부짖고, 그 고통이 마치 너를 낳을 때 너를 내게서 뽑아낸 것처럼 나를 내게서 뽑아내고 있구나. 이런 몰지각한 발작 속에서 나의 존재는 하나의 절규, 사랑의 절규가 아니라 증오의 절규일 뿐이야. 나의 심신은 고뇌로 비틀어져 있고, 관능으로 비틀어져 있어. 하지만 이건 사랑의 결과가 아니야, 나는 광증에 휩싸여 있을 뿐이야. 나의 광증이 너를 낳았어, 불가피하게 침묵을 불러일으키는 그 광증, 어제 내가 너를 바라보면서 네 귀에 그 절규가 들린다는 사실을 깨달았던 광증 말이야. 나는 너를 사랑하지 않아, 나는 혼자가 되었어, 하지만 그 사라진 절규가 다시 네 귀에 들릴 거야, 끊임없이 들릴 것이고, 끊임없이 너를 괴롭힐 거야. 그리고 나는 죽을 때까지 똑같은 상태에서 벗어나지 못하겠지. 나는 내가 쾌락의 절정에 이를 또 다른 세상을 기다리면서 살아갈 거야. 나는 전적으로 그 또 다른 세상에 속하는 사람이고, 너도 마찬가지야. 나는 죽음의 빛이 자신을 비

추기를 그저 망연히 기다리는 사람들로 가득한 이 세상에
는 아무런 관심이 없어. 나로 말하자면 죽음의 숨결 한가운
데서 살고 있어. 만일 그 숨결이 내게는 쾌락의 숨결이라는
사실을 네가 한순간이라도 잊는다면, 나는 더 이상 너를 위
해 존재하지 않을 거야. 내가 말하는 쾌락은 음란한 쾌락이
란다. 나는 너에게 숲과 거기서 추구한 음란 행위를 이미 이
야기했었어. 내가 경험한 숲의 관능보다 더 순수하고 신성하
고 격렬한 것은 아무것도 없었지. 그런데 숲의 관능을 여는
데는 일종의 서막이 있었다. 그 서막이 없었더라면 쾌락도
없었을 것이고, 내가 숲에서 이 세상을 뒤엎으면서 또 다른
세상을 발견할 수도 없었을 거야. 숲의 입구에서 소녀의 옷
을 벗긴 것은 바로 앵제르빌 다락방의 독서였어. 내가 그 다
락방의 흔적을 네게 남겨두었다. 내 방 화장대 서랍에 『닫힌
집, 열린 바지Maisons closes, pantalons ouverts』라는 제목의 책이
있을 거야. 제목뿐만 아니라 내용도 빈약하지만, 그래도 그
책이 왜 나를 숨 막히게 했는지 네가 짐작하리라 믿는다. 네
앞에서 방바닥에 떨어진 아버지의 사진들을 보았을 때 내가
숲의 향기를 다시 느꼈다는 사실을 네가 안다면… 똑같은
먼지 속에서! 나는 더러워진 너의 얼굴에 입 맞추고 싶었어.
다락방의 먼지! 나는 알고 있었어, 그 어떤 상태에서… 내가
나를 위해 원하는 유일한 상태, 즉 내가 영원히 기억할 상태,
내가 너를 위해 원하는 유일한 상태, 즉 나의 광증이 나를 사
로잡은 그날 목이 타는 갈증으로 너를 위해 원했던 상태, 그

것은 바로 공개적이라면 수치심을 느끼지 않을 사람이 아무도 없을 그런 상태야. 그래서 나는 네가 너의 전략과 절망의 불행한 공범자인 나를, 나의 흐릿한 눈을 보기를 꿈꾸었어. 나는 확신해, 결코… 그리고 나는 받아들이지 않을 거야…. 하지만 나는 숲의 왕국이자 다락방의 왕국인 나의 왕국에 너를 들이고 싶었다. 나는 내 배 속에서 네게 열기라는 선물을 주었고, 우리가 함께 빠져 있는 진흙탕 속으로 너를 밀어넣으면서 나의 열기라는 또 다른 선물을 주었어. 너와 함께 있을 때 나는 자랑스럽게 다른 모든 사람에게 등을 돌렸어, 너도 그걸 느꼈니? 만일 네가 은밀하게 (또는 노골적으로) 다른 사람들을 편든다면, 만일 네가 내 다락방의 왕국을 거절한다면 나는 너의 목을 졸라 죽일 거야.

나는 레아와 함께 떠난다. 너에게는 네가 모르는 아가씨 앙시를 남겨둘게. 아무리 애를 써도 나는 그녀를 타락시킬 수 없었어. 앙시는 평범한 아가씨야. (혹시 겉으로만 평범한 아가씨일까? 어쩌면 그럴지도. 하지만 별 차이 없어!) 내가 그녀를 네 침대에 넣어줄게. 앙시도 너와 함께하리라는 사실을 알고 있어. 그녀는 내일 흔쾌히 너를 기다릴 거야. 침대 위의 앙시를 보면, 너는 네 요람을 둘러싸고 여신들이 웃고 있었다는 사실을 더 이상 의심하지 않겠지. 그 여신들은 바로 내 다락방의 여신들이야…"

앞서 말한 대로, 그 편지를 읽었을 때 나는 구토감이 일었다. 그래서 나는 어머니와 나의 관계가 구체적으로 어떤 모

습을 띠고 있는지, 어머니가 유혹했던 소녀와의 약속으로 내
가 어떤 상황에 놓여 있는지 분명하게 인식할 수 없었다. 어
쩌면 경이롭기도 했던 숨 막히는 불안에서 벗어나는 방법은
없는 듯했다. 나는 어머니가 떠나서 어떤 면에서 마음이 놓
였다. 내가 길을 잃고 헤매는 안갯속에서 그 편지를 내가 기
다렸다는 느낌, 그 편지가 나를 끔찍한 불행 속으로 던져 넣
고 있지만 동시에 내게 사랑할 힘을 주고 있다는 느낌이 들
었다.

　어머니는 우리가 레아와 함께 저녁 식사를 했던 집과 비
슷한 집을 앙시와 내가 만날 장소로 정해놓았다. 내 곁을 떠
나기 이틀 전 어머니는 그 집의 다른 층에서 앙시를 만났었
다. 아마도 어머니는 (혹은 앙시는) 그들이 처음 만났던 날
밤의 고통스러운 기억을 피하고 싶었으리라. 나는 앙시와의
만남을 기다리면서 살았다. 정말 참을 수 없는 기다림이었지
만, 그 기다림은 한숨을 돌리게 해주었다. 나는 어머니의 편
지를 열 번도 더 읽으면서 기다림의 시간을 보냈다. 편지는
나를 취하게 했다. 심지어 편지를 이해하기 위해서, 어머니
가 내게 열어준 고뇌의 세계와 도취를 더 잘 연결하기 위해
서 나는 실제로 술을 마시기도 했다. 나는 정시에 우리의 만
남이 예정된 살롱으로 들어갔다. 나는 자리에 앉을 수도, 문
을 닫을 수도 없었으나 무슨 일이 있어도 달아나지 않을 생
각이었다. 그러나 사방의 거울, 황금빛 장식물, 천정의 요란

한 조명이 나를 몹시 불안하게 했다. 웨이터가 자단※▥나무 가구에 가려진 화장실과 초인종 위치를 알려주었다. 머릿속이 안개처럼 희미해지는 가운데 내 느낌으로는 앙시가 갑자기 살롱으로 들어온 듯했고, 구레나룻이 무성한 늙은 웨이터가 화장실 문을 열어주며 나지막이 말하는 듯했다. "이 잘생긴 청년이 아가씨에게 화장실 사용을 권하는군요." 그리고 웨이터가 손으로 입을 비스듬히 가리면서 덧붙이는 듯했다. "가증스러워!" 소고기 냄새가 진하게 올라왔을 때, 나는 한여름 푸줏간에 있는 기분이었다. 거기서 나를 숨 막히게 하지 않는 건 아무것도 없었다. 나는 어머니의 편지 끝에 있는 추신을 기억한다. "그처럼 수상쩍은 집에서 미지의 젊은 남자를 만난다는 생각에 앙시는 겁을 먹고 있어. 아마 너보다 더 불안해할 거야. 하지만 그녀의 내면에서는 호기심이 두려움을 압도하고 있어. 그녀는 신중함 따위를 좋아하지 않아. 끝으로, 네가 그녀를 만날 방이 마치 동화에 나오는 궁전의 별실인 양 그녀를 우아하게 환대해 주기를 부탁할게."

극도의 흥분으로 나는 앉지도 못하고 서 있었다. 사방 벽과 천정을 장식한 거울에 줄지어 비친 내 영상으로 인해, 나는 잠이 들어 꿈꾸는 듯한 느낌, 눈부신 악몽이 나를 녹여버리는 듯한 느낌을 받았다. 그 불안이 얼마나 심했던지 문이 열리는 소리조차 들리지 않았다. 내 눈에는 거울에 비친 앙시만이 보였다. 바로 내 옆에서 그녀는 미소 지었지만, 자기도 모르게 가볍게 몸을 떨고 있었다. 나 역시 몸을 돌리지도 못한 채 떨고 있었고, 똑같이 미소 지었다. 내가 그녀에게 말했다.

"당신이 들어오는 소리를 듣지도 못했네요…."

그녀는 아무 말도 하지 않았고, 계속해서 미소 짓기만 했다. 그녀는 사방에서 분출되는 불빛으로 아무것도 정확하게 분간할 수 없는 그 혼돈의 시간을 즐기고 있었다.

나는 거울에 비친 이 꿈 같은 얼굴을 오래도록 바라보았다.

"아마도" 내가 말했다. "당신은 나타날 때처럼 별안간 감쪽같이 사라지겠죠…."

"당신의 테이블에 앉아도 될까요?" 그녀가 말했다.

나는 웃었다. 우리는 자리에 앉았고, 오랫동안 서로를 바라보았다. 우리는 고뇌가 엄습할 때까지 서로를 바라보며 즐거워했다. 나는 더듬거리며 말했다.

"어떻게 하면 대범해질 수 있을까요?"

"나도 당신만큼 소심해요." 그녀가 말했다. 이때부터 나는 그녀의 매력적인 목소리를 황홀하게 들었다. "그렇지만 이런 상황에서는 누구나 소심해질 수밖에 없죠. 내가 당신을 소심하게 만들어도 다행히 당신은 그걸 즐기는 것 같군요. 보다시피 나도 당혹스럽지만, 당혹스러운 게 나쁘지는 않아요. 당신을 알지도 못하는데 어린 아가씨가 이런 곳으로 (그러면서 그녀는 방을 둘러보았다) 당신을 만나러 왔다는 사실을 어떻게 생각하세요?"

"아녜요." 곧바로 그녀가 다시 말했다. "대답하지 마세요! 당신 어머니가 당신에 대해 이야기해 주었어요. 하지만 당신은 나에 대해 아무것도 모르죠."

내가 초인종을 누르자, 구레나룻이 무성한 늙은 웨이터가 와서 술잔을 채우고 천천히 음식 시중을 들기 시작했다.

늙은 웨이터가 함께 있다는 사실과 그가 취하는 자로 잰 듯 정확한 행동이 불편함을 증폭시켰는데, 그런 과도한 불편함이 오히려 이 음란하고 호화로운 집에서 무엇인가 즐거운 분위기를 느끼게 했다. 이를테면 우리가 원래부터 가지지는 않았으나 그가 우리에게 불러일으킨 공범 의식으로 인해 우리는 재미와 유대감을 공유했다. 그가 우리에게 공범이라는 의식을 불러일으킨다는 생각이 무척 우습고 즐거웠다.

이윽고 웨이터가 밖으로 나갔다.

"내 생각으로는" 앙시가 내게 말했다. "지금 울어도 된다면 숨이 덜 막힐 듯해요. 하지만 울 수는 없는 노릇이죠, 게다가 울지 않는 게 상황에 더 어울리는 일이겠죠."

"밖으로 나가고 싶어요?" 내가 물었다. "잠시 걸어도 좋을 텐데."

"아뇨." 그녀가 말했다. "당신도 나처럼 이 불편한 상황을 재미있어하는 게 사실이잖아요. 내가 여기에 들어오면서 받아들인 것은 모든 여자가 결혼하면서 받아들이는 것과 똑같아요. 당신 어머니가 내게 제안했을 때 왜 내가 결심했는지 말할까요? 내가 모험을 즐기는 여자가 아니라는 사실, 또는 적어도 모험가의 기질이 없는 여자라는 사실은 당신 어머니가 이야기했을 테죠. 이를테면 나의 경험은 내가 두려워하지 않는 상황조차 감당할 수 없을 정도로 미약해요. 당신도 나만큼 불편해한다는 사실을 알아차렸을 때, 나는 기뻐서 팔짝 뛰고 싶을 정도로 기분이 좋았어요. 그렇지만 내가 이른바 정숙한 여자일 거라고 상상하지는 마세요. 그렇다면 내가 이처럼 화장을 하고 향수를 뿌렸을까요? 원하신다면 나는 더없이 충격적인 어휘를 사용할 수 있어요. 이렇게 말하는 건 당신이 내게 그런 요구를 하지 않으리라는 걸 알기 때문이고, 당신이 나를 더없이 어리석은 여자라고 생각한다는 걸 알기 때문이죠. 그러나…"

"그러나?"

"만일 당신도 흥분된다면, 그리고 내가 쾌락에 익숙한 여자처럼 흥분된 상태라는 걸 당신이 안다면… 당신을 똑바로 보고 있지만, 만일 그래야 한다면 나는 눈을 내리깔 거예요."

나는 얼굴을 붉혔다. (하지만 나의 웃음이 나의 홍조를 감추었다.)

"당신을 보는 것도 기쁘지만, 당신이 내 눈을 내리깔게 해줘서 기분 좋아요."

나는 그녀를 바라보았다. 그러나 내가 얼굴을 붉혔을지라도, 내가 그녀 앞에서 느낀 황홀경을 오랫동안 감추었을지라도 나는 내 안에서 솟구치는 도발적인 감정을 억누를 수 없었다.

"사랑에 빠진 남자는 여자가 무너지리라는 사실을 알아차리자마자, 자기 손으로 죽여 요리할 토끼를 보물인 양 바라보는 주부처럼 변하죠."

"나는 너무나 불행해요." 내가 그녀에게 말했다. "당신을 죽여야 하니까. 내가 불행해지지 않을 수 있을까요?"

"당신이 너무나 불행하다고요?"

"나는 당신을 죽이고 싶지 않습니다."

"정말 웃기시는군요."

"나는 행복해지고 싶어요… 무슨 일이 있어도."

"만일 내가 당신과 사랑에 빠진다면?"

"만일 지금 이 황홀경이 절대로 사라지지 않는다면…?"

"여기로 오면서 나는 당신의 마음에 들기를 바랐고, 당신을 즐겁게 하고 나 자신을 즐겁게 하려고 생각했어요. 나는 흥분했었고, 지금도 여전히 그렇죠. 하지만 내가 당신을 사랑하게 될 줄은 몰랐어요. 뒤돌아보세요!"

그녀는 거울 아래에 놓인 소파를 가리켰다.

"나는 천진난만한 아가씨가 아니어서 두렵고, 저 소파가 단두대처럼 보여서 두려워요. 그렇지만 나는 당신을 원합니다. 나는 벌써 이 방에, 아니면 이 방과 비슷한 방에 온 적이 있어요. 여기서 내가 아무런 짓도 하지 않았기를 바랍니다. 내 기억이 수많은 이미지로 채워져 있지 않기를 바랍니다. 하지만 육체관계를 좋아하지 않는다면 지금 내가 여기에 있을까요? 단지 나는 당신이 지금 당장은 나를 가지지 않기를 부탁할 뿐이에요. 당신을 꼭 껴안지 못하는 건 내게 고통이죠. 그렇지만 당신도 나처럼 고통받기를 바랍니다. 나는 당신에게 가볍게 입맞춤하고 싶지도 입맞춤할 수도 없어요. 당신도 욕망으로 고통스럽고 몸이 달아오른다고 말해주세요. 나는 나의 고통으로, 당신의 고통으로 흥분에 휩싸이고 싶어요. 내가 완전히 당신의 것이라는 사실을 당신이 안다고 해도 그건 중요하지 않아요. 내가 여기로 온 이상, 나는 처음부터 당신의 것이죠. 지금 와들와들 떨고 있는 내 모습이 바로 그걸 말해요."

그녀는 두 손을 꼬면서 말하고 작게 소리 내어 웃기도 했지만, 온몸을 부들부들 떨면서 금방이라도 울 것만 같았다. 그러고서 오랜 침묵이 뒤따랐다. 우리는 웃음을 멈추었고, 식사를 하기 시작했다. 우리를 몰래 관찰하는 사람이 있었더라면 서로를 빤히 바라보는 우리의 무표정한 시선이 증오를 뜻한다고 생각했으리라.

앙시가 슬픈 얼굴로 다시 내게 말했다. 그녀의 목소리는 끝없이 나를 도취하게 했다. 그 목소리가 들릴 때면, 내 안에서 하나의 반짝이는 불꽃이 새빨간 숯불에서 갑자기 솟구쳐 오르는 듯했다.

"왜 내가 당신의 품에 안기지 않을까요? 그건 묻지 말고, 단지 당신이 나를 저주하고 있는 게 아니라고 말해주세요."

"난 당신을 저주하지 않습니다." 내가 그녀에게 말했다.

"나를 보세요! 확실히 당신은 우리의 불편함을 즐기고 있군요. 알다시피 나 또한 당신이 불러일으키는 이 불편함에서 최고의 행복을 얻고 있습니다. 어쩌면 우리는 서로 더없이 긴밀하게 뒤섞여 있는 게 아닐까요, 단두대 위에서…?"

"당신도 그걸 알고 있군요! 나를 당신 품으로 밀어붙이는 게 바로 이 불편함이에요. 다시 말해봐요, 당신도 내가 느끼는 것을 똑같이 느꼈다고!"

"난 이보다 더 큰 행복을 상상할 수 없습니다."

내 손을 잡은 그녀의 손이 떨리고 있었다. 미세한 경련이 그녀를 엄습하는 듯했다. 긴장을 풀어주는 그녀의 미소에서 쾌락이라는 아이러니한 뒷맛이 느껴졌다.

맞잡은 우리의 손가락 사이로 시간이 흘러갔다.

"당신이 나의 흥분을 가라앉혀 주었네요." 그녀가 말했다. "그만 가볼게요. 잠을 좀 자고 싶어요. 꿈속에서 우리는 벌거벗고 있을 테고, 당신은 내 안에 있을 테죠. 내게 입 맞추지 마세요, 그렇게 하면 내가 떠날 수가 없어요."

"왜 우리가 헤어져야 하나요?"

"더 이상 아무것도 묻지 마세요, 집으로 가서 잠들고 싶어요. 12시간 동안 계속 잘 겁니다. 꼭 그렇게 할 거예요. 잠이 깰 무렵 당신이 도착한다는 사실을 알게 될 테죠. 그러면 바로 꿈속에서 빠져나올게요."

그녀의 시선이 조금씩 흐릿해져 갔다.

마치 내 앞에서 금방이라도 잠들 것처럼.

"나와 함께 잠들고 싶어요?" 그녀가 내게 물었다.

나는 대답하지 않았다.

"그건 안 돼요, 당신도 알다시피! 나를 집으로 데려다주세요. 내일 당신을 기다리겠습니다. 둘이 함께 나가서 점심을 먹죠. 그리고 더 이상 나를 떠나지 마세요."

창문이 열린 마차 안에서 우리는 거의 이야기를 나누지 않았다. 말이 속보로 달리는 소리, 채찍질 소리, 마차 안의 기이한 침묵에 대조되는 거리의 떠들썩한 활기가 나의 뇌리에 남았다. 한순간 앙시가 나를 놀리는 듯 구석에서 혼자 킥킥거리며 웃는 소리가 들렸다.

우리는 마차에서 내렸다. 앙시가 떠났고, 나는 거리에 홀로 남았다. 나는 잠시 걷고 싶었다. 앙시의 행복이 자극한 나의 육체적 상태가 나를 혼란스럽게 했다. 다리에 가래톳이 서는 듯한 아픔이 느껴졌다. 정말로 경련이 일어나 절뚝거리면서 잔걸음으로 나아갈 수밖에 없었다. 레스토랑의 너무나 강렬한 불빛 때문에 느낀 불편함이 떠올랐다. 우리가 제멋대로 나눈 착란적인 대화가 우리로 하여금 옷을 벗기 어렵게 만들었지만, 마지막에 주고받은 음란한 이야기로 미루어 황홀한 해방감이 없지는 않은 듯했다. 나는 집으로 돌아가기 위해 다른 마차를 세웠다. 배가 뒤틀려서 괴로웠고 나자신이 우스꽝스러웠지만, 그럼에도 흥분에 들떠 있었다. 나는 고통스러운 쾌감과 괴로운 환희에 빠져들었다. 꿈과 같은 상태에서 여러 이미지가 혼란스럽게 스쳐 지나갔다. 그 상태가 매우 행복한 것인지 매우 불행한 것인지 모르겠으나 결국 격렬한 자위행위를 통해 거기서 벗어났다.

나는 늦게야 잠에서 깨었다. 피로에 지친 눈이 거무스레했다. 나는 지체 없이 앙시의 집으로 달려가야 했다. 흥분과 열에 들떠 서두른 탓에, 내가 그녀를 미친 듯이 사랑한다는 사실을 되새길 틈이 없었다. 육체적으로 여전히 괴로웠지만, 그래도 고통이 점점 잦아들며 행복감이 깃들었다.

나는 그녀의 아파트로 들어갔고, 예쁜 하녀의 안내로 푹신한 안락의자에 앉아 그녀를 기다렸다. 깊은 고뇌가 나를 사로잡았다. 별안간 진실이 드러났다. 나 자신을 짓누를 시간이 내게 할애된 것이었다. 나는 생각했다. '어제 나는 앙시에 대해 아무것도 알 수 없었어. 오늘 모든 게 환히 보여. 내가 사랑했고, 아마도 여전히 사랑하고, 앞으로도 계속 사랑할 아가씨가 연애 사업을 벌일 모양이야… 이 화려한 가구, 출입문을 지키는 선정적인 하녀…. (지나치게 예쁜 하녀가 내게 미소 지으며 말했다. "마님이 미안해하시면서 조금 기다려 달라고 말씀하셨습니다.") 어제 그녀가 그토록 빨리 나를 떠나야 했다는 사실이 무엇을 뜻하는 걸까? 또한 어머니가 내게 그녀를 마음대로 가져도 되는 여자처럼 여기게 한 경솔함이 무엇을 뜻하는 걸까? 최악의 사실은 어제저녁 첫

174

만남에서 그녀가 육체관계를 거부하며 내세운 핑계가 거짓이라는 사실이야. 그녀를 만나는 즉시 지금 누구와 함께 나를 속이고 있는지 물어봐야지.' 나는 몹시 불행한 마음이 들어 자리를 떠나려고 생각했지만, 그렇게 생각하자마자 내가 너무나 무기력하게 느껴졌다. 나는 떠나지 않으리라. 이마의 땀을 닦았다. 더 이상 어떻게 해야 할지 알 수 없었다. 나는 어머니의 편지를 다시 읽어볼까 생각했다. 하지만 그것조차 여의치 않았다. 나는 더없이 부조리하고 가당찮은 정염으로 생긴 비애감에 깊이 빠져들 수밖에 없었다. 지금 내가 할 수 있는 행위는 내 정염의 대상에 대해 이리저리 생각하는 것뿐이었다. '내가 배신당했다고 불평할 수 있을까? 그건 아냐, 그러려면 그녀가 나의 애인이라고 확신해야 하니까. 나는 그녀를 비난할 수 없어, 최소한의 증거도 없잖아. 만약 앙시가 내 짐작대로 바람기가 있는 여자라면, 나는 금세 그녀가 내뱉는 수많은 거짓말의 늪에서 헤매게 되겠지. 그녀를 잃는다고 생각하니까 벌써 내 몸이 얼어붙잖아, 그러니 그 거짓말에 얼마나 쉽게 속겠어.' 내 생각은 자유롭게 날아다녔다. 한순간 그녀가 했던 말이 떠올랐는데, 만일 그녀가 나를 속이려 했다면 그런 말을 하지는 않았으리라고 생각했다. 나는 괴로웠다. 하지만 내 안에서 생생하게 살아 있는 앙시의 이미지가 나를 매료시켰다. 삯마차 안에서 앙시가 혼자 킥킥거리며 나를 바라보던 모습이 떠올랐다. (그녀는 내가 자기를 보리라고 여기지 않았었다.) 그때 그녀가 얼마나

175

아름다웠던지 그 모습을 떠올리면 나는 그녀가 나를 조롱해 주기를, 그녀가 나를 포르노 잡지에서 본 남자, 즉 격렬하게 구타당하면서도 구타와 속박을 즐기는 노예로 만들어 주기를 바랐다.

문에서 열쇠 돌아가는 소리가 들렸다. 앙시가 숨을 헐떡이며 뛰어 들어왔다.

"당신을 기다리게 했군요." 그녀가 말했다. "보다시피 난 잠을 잔 게 아녜요."

승마용 채찍을 손에 든 채 다갈색 머리에 눈부신 실크해트를 쓰고 검은색 드레스 승마복을 입은 앙시는 매혹적이기만 한 것이 아니었다. 마치 환상의 세계에서 튀어나온 인물처럼 경이롭게 보여 나는 자리에서 벌떡 일어났다.

그녀는 나의 반응을 이미 짐작하고 있었을까! 장난을 치듯 깔깔거리며 앙시는 내 손목을 잡았다.

"내 옷차림이 당신을 놀라게 했군요. 나는 승마복을 좋아하고, 그걸 입는 것도 좋아한답니다. 그러나 이게 내 악덕의 제복이라고 생각하지는 마세요. 나는 관능을 좋아하고 또 그런 모습을 당신에게 보여주고 싶지만, (그녀는 채찍을 가리켰다) 이걸 사용하고 싶지는 않아요. 실망했나요? 소리가 엄청 예쁜데…"

나는 실망한 표정을 지었고, 채찍이 허공을 가르는 소리를 냈다. 키득키득 웃으며 그녀는 맹수를 길들이는 조련사처럼 단호하게 나를 위협했다.

"꿇어앉아!" 그녀가 소리쳤다. "내 부츠를 봐."

그녀는 수다를 멈추고 웃음을 터뜨렸다. 그리고 드레스 자락을 올리더니 광택이 반짝이는 부츠를 보여주었다.

그녀는 애교를 떨었다.

"말을 안 듣는군요. 유감인데! 그러면 내가 신은 부츠를 애무할 기회는 없을 거예요, 안 됐지만… 자, 왜 표정이 그렇게 슬픈지 말해줘요. 후회하세요?"

그녀는 극성스럽게 혼자서 말하고 있었다. 다시 채찍을 손에 들더니 세차게 허공을 후려쳤다.

"무엇이 내 기분을 이렇게 만들었는지 아세요? 이 방으로 들어오면서 생각했죠, 나는 그이의 것이고, 그이는 내 것이야. 내가 옷을 다 벗기를 원하세요? 모자만 쓸까요? 부츠도? 이제 당신이 원하는 대로 하고 싶어요. 채찍을 원하세요? 나를 죽도록 때리고 싶나요? 나는 그런 걸 좋아하지는 않습니다. 다만 나는 당신의 여자가 되고 싶고, 당신의 장난감이 되고 싶어요. 그런데 당신은 슬퍼 보이네요, 나는 이렇게 미치도록 기쁜데… 어제 나는 마차가 느리게 달려서 참을 수 없었어요, 더 이상 잠을 잘 수도 없어 숲으로 가기를 간절히 바랐답니다. 나는 누군가를 사랑해서 괴로워해 본 적이 없어요, 아니 누군가를 사랑한 적이 전혀 없어요. 하지만 당신과 떨어져 있는 동안 미치도록 괴로웠어요. 어제 왜 내가 당신에게 나를 떠나라고 요구했을까요?"

"그래요, 앙시, 왜 내게 당신을 떠나라고 말했나요?"

"피에르, 나는 알고 싶었어요. 완전히 미친 상태였죠. 나는 혼자 있고 싶었고, 혼자가 되고 싶었어요. 피에르, 결코 밤이 오지 않는다면 낮이라는 게 무엇일지 아세요? 하지만 피에르, 어젯밤에는 낮을 기다렸는데 그 기다림은 정말 끔찍했어요."

나는 여전히 우울했다. 앙시의 신음도 들리지 않았고, 그녀를 껴안을 수 없어서 불행할 뿐이었다.

그녀도 내 마음을 알아차린 듯했다. 그녀가 갑자기 소리쳤다.

"내가 그걸 완전히 잊어버렸네요, 피에르. 어젯밤에는 잠이 오지 않아 그걸 생각하고 있었는데… 당신은 나에 대해 아무것도 몰라요!"

"아무것도 알고 싶지 않아요…."

"내가 이 몸을 판다 해도, 내가 최고 입찰자에게 내 몸을 준다 해도 당신이 나를 사랑할까요?"

나는 암울한 목소리로 대답하며 고개를 떨구었다.

"상관없습니다. 무슨 일이 있어도 내가 당신을 사랑하리라는 걸 알잖아요."

"정말 슬픈 표정이군요. 나를 못 믿으세요?"

나는 계속 고개를 떨군 채 대답했다.

"내가 당신에 대해 뭘 알겠어요? 어제저녁에 당신이 나를 떠나기 위해 거짓말하지 않았을까 염려했습니다."

"나는 거짓말하지 않았어요. 그런 장소에서 저녁 식사를 받아들이는 여자가 모두 매춘에 종사한다고 생각하세요? 그렇게 생각했나요?"

"그렇게 생각했습니다. 나는 그런 일을 받아들일 수 있지만, 그렇게 되면 살고 싶지 않겠죠. 종종 나는 살고 싶지 않습니다."

"당신이 나를 사랑한다면 살고 싶을 거예요. 내게 키스해 줘요."

실크해트가 바닥에 떨어졌고, 행복이 나를 끝없이 무너뜨렸다.

그런 관능적인 절멸이 얼마나 오래 지속되었을까, 모르겠다. 이윽고 앙시가 말했다.

"나는 방탕하지 않아요. 나는 방탕을 싫어하지만, 그래도 남자를 내가 불러일으키는 관능으로 죽일 겁니다. 왠지 아세요?"

"…"

"내가 죽도록 관능을 탐하기 때문이죠."

우리의 입술이 과도한 쾌감 속에서 다시 서로 뒤섞였다. 절정의 순간, 가벼운 혀 놀림만으로도 삶 전체가 범람하고 전복되는 듯했다. 마치 깊은 상처가 죽음의 문을 여는 것처럼, 강렬하고 내밀한 감각이 모든 것을 삼키는 심연의 문을 열었다.

"식사를 해야 할 텐데요." 앙시가 내게 말했다.

"그래요, 식사를 해야죠." 내가 그녀에게 대답했다.

그러나 우리는 이미 낱말들의 의미를 파악할 수 없었다. 서로의 얼굴을 바라보면서 우리의 시선이 얼마나 흐릿한지를 알고 우리는 흥분했다. 마치 우리가 저세상에서 되돌아온 것처럼. 격렬한 욕망 속에서 우리는 더 이상 미소 지을 힘조차 없었다.

"옷을 갈아입고 싶어요." 앙시가 내게 말했다. "내 방으로 가요. 내가 욕실에서 옷을 갈아입으면 방에서도 내 말이 들릴 테니까."

우리는 아이들처럼 서둘렀다.

"혼자서는 부츠를 벗을 수가 없잖아." 그녀가 투덜거렸다.

그녀는 초인종으로 하녀를 불렀다. 그녀는 조바심을 냈고, 금세 부츠가 벗겨졌다.

그녀가 가벼운 레이스 실내복 차림으로 다시 나타났다. 벌써 내 품에 안긴 채 입을 맞추면서 이렇게 말했다.

"내 몸은 당신에게 안기고 싶어 안달이 났어. 그게 느껴지나요? 나는 옷을 갖춰 입지 않을 거예요, 어차피 점심 식사 후에 우리는 침대에 있을 테니까… 당신이 원한다면?"

이 행복 속에서도 나는 불행의 그림자를 지울 수 없었다. 앙시는 하녀가 알고 있음에도 나라는 미지의 남자에게 몸을 맡기려는 것이었다. 그렇게 하는 것이 그녀에게는 익숙한 일인 듯했다. 앙시는 내가 묻기도 전에 이렇게 말했다.

"내가 얼마나 사랑에 빠지고 마음이 급했던지 당신에게
설명할 겨를이 없었네요. 내가 벌써 당신에게 거짓말을 했습
니다. 방금 깨달았어요."

"…"

"침울해하지 마세요. 이미 말했잖아요, 당신이 내 첫 애인
이 아니라고. 당신은 잠시 후에 세 번째 애인이 될 겁니다.
하지만 나는 당신을 떠나지 않을게요. 다른 두 사람과는 단
지 하룻밤을 함께했죠. 하지만…"

"하지만…"

"내가 방탕하지 않다고, 방탕을 싫어한다고 말했죠. 거짓
말입니다. 하기야 어떤 면에서 내게는 사실이기도 해요. 그
건 방탕이 아니니까. 그런데 하녀가 정말 예뻐요. 어떻게 생
각하세요? 얼굴이 빨개지는군요. 벌써 나를 배반하려는 건
가요? 내가 관능을 탐하는 여자라고 말했죠. 내가 어떻게 사
는지 알고 싶어요? 재산은 충분해요, 그래서 이렇게 독립적
으로 살고 있잖아요. 그러나 내 곁에 룰루가 없었더라면, 나
는 밤마다 맨 처음 다가오는 남자에게 몸을 허락했을지도
모릅니다. 어둠이 내리면 나는 혼자 있고 싶지 않거든요."

나는 신음하듯 말했다.

"어젯밤에는?"

"불쌍하기도 해라. 질투하는 건가요?"

"당신이 내게 거짓말하지 않았기를 바랍니다."

"어젯밤에는 수면제를 두 배로 늘렸지만, 잠을 자지 못했

어요. 오늘 아침에 당신에 대한 욕망을 가라앉히기 위해 나는 당신이 내게 하고 싶었던 행위를 나 자신에게 하려고 생각했습니다, 정말 미친 거죠. 내가 그렇게 했더라도 후회하지는 않았겠죠. 나는 당신에게 그 사실을 털어놓았을 테고, 틀림없이 당신은 나를 용서했을 테니까. 그러나 나는 숲으로 가기로 마음먹었고, 거기서 미친 듯 전속력으로 말을 달려 흥분의 절정에 이르렀어요. 지금은 당신 품에 안겨 키스하고 있고… 거의 벌거벗은 채로. 당신과 함께 폭소를 터뜨리고 싶어요. 나는 방탕하지는 않을지라도 장난이 심해서 웃기를 아주 좋아하죠. 지금 나는 미치도록 조바심이 나요. 하지만 당신이 참을 수 없을 때까지 기다릴 겁니다. 욕실에서 룰루가 내 부츠를 벗기면서 뭐라고 속삭였는지 아세요? 그녀가 얼마나 재미있는 여자인지 당신은 상상할 수 없을 거예요."

"그녀의 이름이 룰루인가요?"

"룰루, 정말 투명한 이름이죠, 안 그래요? 나도 완전히 투명해요. 언젠가 당신과 함께 숲으로 가서 룰루와 내가 어떻게 노는지 당신에게 보여주고 싶어요. 승마복을 입으면 그녀는 정말 아름답죠."

"룰루가 승마복을?"

"룰루는 단순한 하녀가 아녜요. 그녀는 삶을 즐길 줄 아는 여자이고, 우리의 놀이는 전혀 순진무구하지 않아요."

"앙시" 내가 그녀에게 말했다. "왠지 모르겠지만 울고 싶군요."

앙시는 내 눈에 맺히는 눈물이 행복의 눈물임을 알아차리지 못했다. 나는 어리석은 짓을 했다고 생각했지만, 생명이 사랑의 환락과 더불어 관능과 아름다움을 한껏 발산하는 걸 보고 감탄했다.

"아녜요, 피에르, 나는 당신을 절대로 울리지 않을 겁니다. 나는 눈물겹도록 당신을 사랑해요, 이건 기쁨의 눈물이죠. 우리의 사랑이 행복한 사랑이라는 사실을 절대로 의심하지 마세요. 지금 나는 당신 앞에서 옷을 모두 벗으려는 참이에요. 사실 나는 벌써 벌거벗은 느낌이고, 당신 앞에서 더 이상 수줍어하지 않아도 될 만큼 시간이 지났기에 자유롭게 말할게요. 미치도록 사랑해요, 우리! 잠시 후에 당신에게 나를 가지라고 요구할 겁니다. 그런데 당신은 룰루가 욕실에서 내게 뭐라고 말했는지 모르죠?"

"앙시, 안 돼요, 지금은 알고 싶지 않습니다."

"용서하세요, 피에르, 미치도록 당신을 좋아해서 내가 무슨 말을 하는지도 모르겠군요. 정신착란을 일으킬 정도로 흥분이 돼요. 지금까지 그 누구도 나를 이런 상태에 빠뜨린 적이 없습니다. 내가 이처럼 횡설수설하고 있는 건 미치도록 당신을 욕망하기 때문이죠. 나는 경멸할 만한 여자이지만, 원래 그런 걸 어떡해요. 더 이상 참을 수가 없군요, 마치 색정광처럼. 나를 덮치세요!"

그녀는 몸을 가리고 있던 레이스 실내복을 벗었다기보다 찢었고, 내가 그녀를 덮쳤다기보다 그녀가 나를 덮쳤다. 그녀는 내가 옷을 벗는 걸 도와주었다. 우리는 카펫 위에서 뒤엉켰다.

우리는 며칠 동안 광적인 흥분에 휩싸인 채 알몸으로 침대에 머물렀다. 몸에 옷을 걸친 것은 이따금 룰루가 포도주, 닭고기, 소고기를 갖다주었을 때뿐이었는데, 그때마다 우리는 음식에 허겁지겁 달려들었다. 원기를 회복하기 위해 우리는 부르고뉴 포도주를 많이 마셨다. 어느 날 저녁, 우리는 아마도 환각에 빠지거나 미친 게 아닐까 하고 생각했다. 앙시는 여전히 술을 원했다.

"나는 룰루가 무슨 생각을 하는지 알고 싶어요." 앙시가 말했다.

룰루가 샴페인을 가지고 들어왔다. 앙시가 그녀에게 물었다.

"룰루, 우리는 더 이상 아무것도 모르겠어. 도대체 무슨 일이 일어난 걸까. 우리가 침대에서 보낸 게 며칠이야? 이대로 녹아 없어지는 게 아닐까?"

룰루가 웃으며 대답했다.

"나흘째랍니다. 정말이지 마님은 완전히 녹초가 된 것 같아요. 감히 말씀드리자면, 나리도 마찬가지입니다."

"기진맥진이야." 앙시가 말했다. "여기가 어딘지도 모르겠어."

"아마도 꿈속이겠죠…."

184

"그래, 꿈속일 거야!"

두 아가씨는 웃음을 터뜨렸다.

"우리와 함께 마시자." 앙시가 말했다. "피에르와 나는 이 잔을 사용할게."

"마님에게 반말하는 걸 허락하시는 건가요?"

앙시가 더 예쁜 표정으로 웃었다.

"바로 그거야." 그녀가 말했다. "우리 모두 반말로 이야기하자, 피에르가 허락한다면."

"이름이 피에르니?" 룰루가 내게 말했다.

"이제 좀 기운이 되살아나는 것 같아." 앙시가 말했다.

"피에르, 우리를 나쁜 여자들이라고 생각하지 마." 룰루가 말했다. "물론 내게는 나의 악덕이 있어. 하녀는 꽤 수상쩍은 존재잖아. 앙시는 그렇지 않지만⋯ 어쨌든 비누칠을 한 마룻바닥에서 미끄럼을 타는 건 언제나 재미있는 일이야."

"난 사람들이 나에 대해 마음대로 생각하게 내버려 둬." 앙시가 내게 말했다. "심지어 그렇게 하는 걸 즐기기도 해. 하지만 내가 언제나 그들의 기대에 부응하는 건 아냐."

"나도 이제 기운이 되살아나는 것 같아." 내가 말했다.

"꿈꿀 힘이 있어?" 앙시가 말했다.

"물론이지." 내가 다시 말했다. "힘이 되살아났어. 이건 꿈을 더 잘 꾸기 위한 힘이야."

"둘이 다시 꿈을 꾸도록 내버려 둬야겠네." 룰루가 말했다.

"네가 원한다면." 앙시가 말했다. "하지만 그 전에 이 병을 비우고, 다른 병을 따자. 자, 마지막 잔을 채우고, 건배! 우리는 꿈속으로 들어갈 거야. 네가 다시 돌아오면, 우리가 꾼 새로운 꿈을 이야기해 줄게."

룰루는 말없이 활기차게 술을 들이켰다.

그녀는 심지어 우리를 보지도 않으면서, 앙시가 시트 아래에서 엉큼하게 다시 장난을 치고 있는 모습을 보지도 않으면서 이렇게 말했다.

"마님은 이런 사실을 알까? 하녀가 꿈꾸는 듯한 기분에 잠길 때 언제나 혼자 꿈꾸고 싶어 하지는 않는다는 사실을."

이런 대화는 나를 당황하게 했다. 나는 나의 연인이 자신의 여자 친구에게서 무엇을 기대하고 있는지, 그 여자 친구가 나의 연인에게서 무엇을 기대하고 있는지 더 이상 알 수 없었다. 앙시가 얼마나 완벽하게 나를 평화롭게 하고 얼마나 완벽하게 나를 즐겁게 했던지… 첫날의 불편함은 멀리 사라지고 없었다. 나는 그 불편함을 다시 겪고 싶지 않았다. 이제 나는 그녀들의 대화가 환기한 탐닉 행위, 레아의 가벼운 언행이 그 예를 보여주었던 탐닉 행위가 두렵지 않았다. 어머니의 존재로 인해 그 탐닉 행위가 고뇌를 불러일으켰지만, 고뇌가 쾌락을 방해하기는커녕 오히려 증폭시켰다. 나는 흥분을 주체하지 못하는 앙시를 맑은 정신으로, 천천히 꼭 껴

안았다. 나는 내게 처음으로 관능의 문이 열린 날 이후 얼마
나 멀리 왔는지 가늠했다. 혼자서 음험하게 휩쓸려 들어간
그 광대한 영토에서 나는 두려움도 후회도 없이 살았다. 처
음에 나를 사로잡았던 종교적 공포를 십분 활용해서 오히
려 쾌락의 은밀한 원동력으로 삼았다. 육체의 내밀한 생명
력이란 얼마나 깊은가! 그 생명력은 우리에게서 무시무시한
비명을 끌어내는데, 그 비명에 비하면 신앙의 열정은 무력
한 말 더듬기일 뿐이다. 더욱이 완파된 신앙심은 권태에 지
나지 않는다. 육체가 제기하는 어려운 문제, 거짓, 실패, 공
포, 육체가 불러일으키는 오해, 육체로 인해 발생하는 서투
른 실수, 이런 것들만이 정숙貞淑에 존재 이유를 부여한다. 성
적인 쾌감은 하나의 사치인데, 이 사치를 제한하는 것은 노
화, 추한 외모, 온갖 형태의 빈궁이다. 내가 이런 사치를 누
리게 되었을 때, 나는 사제들이 돌이킬 수 없는 성 불능에 대
한 불만으로 (그러나 자극적 흥분에 휩싸이면 이 불능도 뿌
리째 뒤흔들린다) 그 사치를 공격했다는 사실을 알고 분노
가 치밀어 올랐다. 나의 열렬한 신앙심에서 아직도 살아남
은 것은 관능적 삶의 황홀경에 연결되어 있었고, 고통이라는
거대한 찌꺼기로부터 완전히 분리되어 있었다. 관능의 문을
연 지 얼마 지나지 않았지만, 쾌락에도 전혀 변하지 않는 얼
굴은 내게 살아 있는 얼굴로 보이지 않았고, 퇴폐적인 놀이
가 나를 유혹했다. 그래서 그날, 나는 룰루에게 방을 떠나지
말라고 말하고 싶었다. 예쁜 아가씨 앞에서 성행위를 한다는

187

생각이 나를 흥분시켰지만, 앙시의 모호한 태도가 나를 불편하게 했다. 룰루와 동침하는 앙시. 나는 그런 상황에 전혀 질투를 느끼지 않았으나 앙시가 진정으로 원하는 게 무엇인지 알고 싶었다.

이런 생각들이 내가 앙시의 품에서 누리는 쾌락을 경감시키지는 않았다. 나흘째가 되어도 자아를 완전히 휩쓸어 가는 광기 어린 절멸의 파도는 변함없이 격렬했다. 어떤 여자도 내게 이런 방식으로 결코 마르지 않는 행복의 감정, 흐르고 또 흐르는 행복의 감정을 주지는 못했다. 상처가 치명적이라 한들 무슨 상관이랴. 괜찮아, 영원히!⋯ 지금 당장으로서는 나의 사랑처럼 무한하고, 나의 가슴보다 더 비밀스럽고, 살인보다 더 명징한 우리의 행복에 동참할 수 없는 룰루⋯ 룰루의 불행한 처지가 애석할 뿐이었다.

나는 앙시와 함께 더없이 격정적인 삶에 이르렀는데, 그 격정의 삶에서 룰루에 대해 앙시에게 이렇게 말할 수 있었으리라. "그녀의 목을 졸라." "그녀의 혀를 핥아." 물론 불가능과 가능을, 조롱의 대상과 욕망의 대상을 구분할 수 없는 몰아의 상태에서 말했겠지만⋯ 번개가 나를 때릴 때 내 귓전에서 노래하는 파리 소리가 들리겠는가. 그런데 나는 번개 속에서 살고 있었고, 서서히 텅 빈 공허에 빠져든 채 앙시에게 이렇게 말하고 싶었다. (그동안 나는 욕망이 풀어놓은 삶의 황량한 모래톱으로 휩쓸려 들어갔었다.)

"조금 전에, 룰루가 욕실에서 소곤거린 말을 내게 들려주고 싶다고 했잖아."

앙시는 영문을 모른 채 나를 오래도록 바라보았다. 그러고서 꿈속에서 빠져나오는 듯한 표정을 지으며 내게 말했다.

"물론이지. 진작에 룰루와 헤어졌어야 해. 어쨌든 그녀에 대해, 그녀가 내게 어떤 사람인지, 어떤 사람이었는지 말해주고 싶어."

앙시는 내게 미소 지었다. 매력적인 미소가 다시 한번 부드러운 키스로, 탐욕적인 애무로, 격정적인 애무로 옮겨갔다.

이윽고 다시 조용해졌다. 내가 그녀에게 말했다.

"이번에는 완전히 녹초가 되었어. 난 죽었어."

"뭐라도 좀 먹어야 해." 그녀가 말했다. "아마 저녁 식사 시간이겠지?"

"시계태엽을 감아두는 걸 잊었어."

"초인종으로 룰루를 불러야겠는걸…."

"그녀를 부른다고… 그렇다면 룰루가 너의 하녀잖아… 왜 나한테 그런 사실을 말하지 않았지?"

"그래, 룰루는 내 하녀야. 하지만 글쎄… 이야기가 그렇게 간단치 않아…."

앙시는 환하게 웃음을 터뜨렸다.

"난 네게 말하지 않으려고 했어." 그녀가 말했다. "이젠 정말 기진맥진이야, 세상이 둘로 보여. 룰루를 부를게."

"그 전에 룰루에 대해 말해줘."

"일단 초인종으로 부를게."

"룰루 앞에서 그녀 이야기를 할 거야?"

"왜 안 돼?"

"생각이 있는 거야, 없는 거야!"

"더 이상 생각할 힘이 없어."

"먼저 룰루 이야기를 해줘."

"욕실에서 채찍이 의자에 있었고, 나는 부츠를 신고 있었어. 룰루가 부츠 끝을 보더니 이렇게 말했지. "오늘 아침에 마님이 못된 짓을 하지 않아서 유감이네요." 초인종을 누르고, 룰루가 오면 더 이야기할게. 정말 힘들어, 기진맥진이야, 난 죽었어. 날 믿어, 너한테는 말해주고 싶어, 너와는 모든 걸 함께하고 싶어. 음란한 짓은 나를 기진맥진하게 만들고, 기진맥진한 피로는 나를 더욱 음란하게 만드는 것 같아. 잠시 후에 이야기해 줄게."

룰루가 방문을 노크했다.

"들어와, 룰루. 자꾸만 하품이 나오네. 오늘 저녁에는 정말 힘을 못 쓰겠어. 우리 둘 다 배가 고파서 일단 뭘 좀 먹고 마셔야 할 것 같아. 그다음에 네가 피에르에게 모든 걸 말해줘. 이를테면 네가 나의 채찍을 좋아한다는 사실, 네가 내 하녀가 아니라는 사실, 우리가 코미디를 너무 멀리 끌어가고 있다는 사실을 말이야. 난 좀 잘게. 피에르, 잠을 못 자고 꿈을 못 꿔서 난 지쳤어."

"저녁 식사가 아직 준비되지 않았는걸. 앙시가 벌써 잠이 들었네. 피에르, 정말로 앙시가 아무것도 이야기하지 않았구 나."

"내가 제대로 이해했다면, 나는 너의 자리를 차지한 셈이 야. 게다가 앙시는 너를 채찍으로 때리고, 너는 그걸 즐기고… 앙시도 그걸 즐기고 있어?"

"피에르, 실제로 넌 내 자리를 차지한 거야." 룰루가 내게 말했다. "어떤 의미에서는 그래, 앙시는 나를 사랑한 적이 없 으니까."

"앙시가 나를 사랑한다고 생각해?"

"피에르, 천재지변이 일어난 느낌이야. 앙시가 엄청난 흥 분의 도가니로 휩쓸려 들어가서 난 정말 행복해, 그 때문에 몹시 슬프기도 하지만…."

"룰루, 넌 아름다워, 내가 너의 자리를 차지하다니, 정말 어리석은 짓을 한 기분이야." 내가 그녀에게 말했다. "난 질 투가 없는 관계를 꿈꾸고 있어. 하지만 앙시 때문에 질투할 지도 몰라, 너를 질투하지는 않았지만… 난 네가 아니라 앙 시의 다른 남자 애인들을 생각했었어. 너도 그들을 잘 알겠 지. 앙시가 익숙한 일인 듯 아무런 거리낌 없이 나를 맞이하 는 걸 보고 난 끔찍하게 놀랐었어."

"전혀 그렇지 않아. 앙시는 처녀나 다름없어. 난 그녀가 남 자들을 좋아하지 않는다고 생각했었어. 내가 틀렸어. 아무튼 그녀는 육체관계를 좋아해. 밤마다 앙시는 쾌락을 원했었지. 하지만 어젯밤에는… 내가 그녀에게 나를 때려 달라고 간청했어, 나를 때리는 게 너를 배신하는 건 아니니까. 앙시는 지금 잠들어 있어. 말해줘, 그녀가 나를 때리는 걸 보면 네가 화를 낼 것 같아?"

"모르겠어, 난 지금 너무 피곤해. 아주 고통스럽고, 내가 무슨 생각을 하는지도 모르겠어. 하지만 화가 날 것 같지는 않아. 룰루, 그녀가 너를 때릴 때 너는 쾌감을 느끼니?"

"그럼, 물론이지, 하지만 앙시는 쾌감을 느끼지 않아."

"앙시가 쾌감을 느끼지는 않지만 즐기기는 하잖아."

"그렇지 않아. 나는 딱한 여자야, 나는 모든 걸 참고 견디지만, 그것이 앙시를 즐겁게 하지는 않아. 앙시는 잔인하게 굴지만 무심히 그럴 뿐이고, 내가 고통스러워하는 걸 보면서 아무런 쾌감도 느끼지 못해. 단지 내 기를 꺾을 뿐이야. 피에르, 넌 내가 아름답다고 했지. 나는 애완동물처럼 너희들 곁에 살고 있어. 학창 시절부터 나는 앙시를 사랑해왔어. 그녀는 언제나 쾌락을 좋아했지. 어렸을 때도 우리는 함께 놀았는데, 그녀가 여주인이고 나는 하녀였어. 그녀는 지금까지도 어린애일 뿐이야. 우리는 여전히 장난을 치고 있어. 그 때문에 나는 변장한 채 살고 있고… 앙시는 네가 분명히 우리의 관계를 받아들이지 못하리라고 내게 말했어."

"그렇지만 룰루, 이건 네게도 받아들일 만한 상황이 아냐!"

"받아들여, 피에르, 나는 너의 노예, 그녀의 노예, 너희들의 노예가 될 거야."

"그렇지만 룰루, 나는 겁이 나. 네가 앙시에게 뭘 기대하는지 모르겠지만, 내게는 기대할 게 아무것도 없어."

"나는 앙시에게 아무것도 기대하지 않아. 나는 앙시가 계속해서 나를 때려주길 바랐어. 그렇지만 이제 그것도 끝난 것 같아. 나는 네게 아무것도 기대하지 않아. 다만 너희들이 술을 마실 때 나를 초대해 주면 돼…."

"그거야 걱정할 일도 아니잖아? 하지만 이건 네게도 금세 참을 수 없는 일이 될 거야, 만약 …하지 않는다면…"

"만약 …하지 않는다면…?"

"만약 앙시가… 너와 함께… 즐기려 든다면…"

"…너도 그렇게 하고 싶잖아…"

"내가 그렇게 하고 싶은지는 잘 모르겠지만, 앙시가 그렇게 하고 싶다면 질투하지는 않을 거야."

"앙시가 술을 마실 때 나를 초대해도 난처하지 않겠어?"

"아니, 오히려 뭐랄까, 감동할 것 같아. 난처할 게 뭐가 있겠어. 아무튼 앙시와 내가 너무 심하게 놀았어, 그런 다음에 네가 들어왔지… 확실히 앙시는…"

"우리 모두 비밀을 지키자. 앙시는 쾌락에 집착하는 경향이 있지만… 인정하려 하지 않아. 가끔 앙시도 그런 경향에 대해 농담하면서도 쾌락을 싫어한다고 우기곤 하지… 피에르, 난 너와 함께 비밀을 공유하게 돼서 기뻐. 네 손에 입 맞추고 싶어. 난 알아, 마조히즘보다 더 치명적인 건 아무것도 없어. 그러나 난 상황을 잘 활용해, 내가 아무도 불쾌하게 만들지 않을 정도로 예쁜 건 사실이잖아! 여자를 좋아하는 성도착 여성은 다루기가 아주 쉬워. 남자들은 더 진중하지만 거추장스럽게 행동하거든. 여자를 좋아하는 마조히스트 여성들은 모든 걸 해줄 수 있는 매우 세련된 친구들이야… 너의 우정이 내게 용기를 줬어. 앞으로도 내 취향을 지킬 수 있을 듯해."

"룰루, 가서 샴페인 좀 찾아봐. 앙시가 잠들어 있으니까, 우리의 우정을 위해 둘이 함께 건배하자. 너도 내가 앙시를 사랑하는 건 알지, 그런데 네가 앙시 곁에 있을 때 내가 앙시를 더욱 열렬히 욕망한다는 사실도 알았으면 좋겠어."

룰루가 샴페인을 가져왔고, 나는 앙시가 잠자고 있는 방을 나와서 룰루와 함께 자리에 앉았다.

"하녀 복장을 잠시 벗었지만, 저녁 식사 시중을 위해 다시 입을 거야." 룰루가 내게 말했다. "저녁 식사가 너희들을 기다리고 있어."

나는 병을 땄고, 룰루에게 잔을 내밀었다.

"우리는 똑같은 여자를 사랑하고 있어." 내가 그녀에게 말했다. "사랑의 묵계를 위하여, 건배!"

우리는 즉시 잔을 비웠다. 나는 즐거웠고, 소리 내어 웃었다.

"룰루, 키스할게, 하지만 뺨에… 나를 탓하지 마. 알잖아,

내가 갈망하는 여자는 앙시라는 걸."

"괜찮아, 피에르, 난 남자들을 좋아하지 않아. 내가 너에게
서 기대하는 건 앙시의 행복이야. 다행히 우리 셋 모두 그 행
복을 똑같은 방식으로 이해하고 있어. 자, 앙시를 깨우자, 내
가 저녁 식사를 가져올게. 조금 전에 우리 둘은 나에 대해서
만 이야기했어. 나는 앙시에 대해서 아무것도 이야기하지 않
았어, 유희에 대한 앙시의 반감을 제외하고는… 그것도 우리
가 의도했던 건 아니지만…."

나는 앙시를 깨우러 방으로 갔고, 활기를 되찾은 내 모습
을 보여주었다.

"놀라워." 그녀가 내게 입맞춤하면서 말했다. "그런데 배
가 너무 고파. 일단 저녁 식사부터 하자."

룰루가 시중을 들었다. 우리는 음식을 먹었다. 나는 말을
거의 하지 않았고, 술을 많이 마셨다. 앙시는 하품을 했다.
음식을 먹으면서 우리는 격심한 피로감에 시달렸다. 머리가
몹시 아파서 줄곧 그 말만 되풀이했다. 우리는 날카로운 고
통을 잠재울 희망으로 음식을 먹고 술을 마셨다. 앙시가 내
게 말했다.

"그래도 난 행복해. 눈이 아프지만 네 모습이 잘 보여."

"그래, 나도 눈이 아파. 하지만 네 모습이 잘 보여. 격심한
고통을 줄이는 방법은 다시 사랑을 나누는 것밖에 없어."

"너는 더 이상 그럴 힘이 없잖아."

나는 아직 힘이 남았음을 보여주려고 그녀의 손을 잡았다. 그러나 그녀의 손에 힘이 없었기 때문에, 아니면 룰루가 들어왔기 때문에 나는 흠칫 놀랐지만, 그 손을 내려놓지 않고 거기에 키스했다. 뒤이어 그녀의 손등에서 입술을 떼고서는 손수건으로 이마에 맺힌 땀을 닦았다.

"너와 함께 느끼는 고통은 달콤하기 그지없어." 내가 그녀에게 말했다. "그래도 힘든 건 사실이야."

"마님이 원하신다면" 룰루가 그녀에게 말했다. "제가 간호할 수도 있어요."

"하지만 우리에게는 들것과 남자 간호사들이 없잖아." 앙시가 말했다. "이건 네가 해결할 수 없는 문제야. 그보다는 잠시 후에 이 늙은 마님과 주인 나리를 침대로 데려다 달라고 부탁할게. 룰루, 난 정신을 잃고 실신하기를 기다리고 있어. 그뿐이야. 룰루, 나는 웃고 있고, 네가 종종 나처럼 죽음의 문턱까지 가기를 소망하고 있어. 그러나 나는 억지로 웃고 있고, 소망도 과거에만 어울리는 것일 뿐이야. 지금은… 나는 더 이상 음식을 씹을 힘조차 없어."

나는 얼굴이 창백했고, 힘이 하나도 없다는 몸짓을 취했다. 나는 더 이상 말할 힘조차 없었다.

"드디어 행복의 절정에 이르렀어!" 룰루가 말했다.

나는 룰루의 즐거운 반응에 웃지도 공감하지도 못한 채 얼굴을 찌푸렸다. 어떤 면에서 내가 공포를 느낀 이 합의된 공모 관계가 적잖이 고통스러웠다. 구토감과 행복감이 한데 뒤섞였다.

    앙시는 힘겹게 침대로 가더니 곧바로 잠에 빠져들었다.

    그러나 나는 잠이 오지 않았다. 그녀 곁에서 이런저런 생각에 빠진 채 고통스러워하다가 그녀의 엉덩이와 허리를 애무했다. 오랫동안 나는 그녀의 엉덩이를 바라보았다. 그녀의 엉덩이는 지금까지 미친 듯 몸부림치는 쾌감을 뜻했는데, 그 쾌감은 여전히 그녀의 엉덩이에 넘쳐흐르는 듯했고, 그녀의 엉덩이가 아름답게 존재하는 이유였고, 그녀의 음란한 엉덩이를 통해 내가 사랑했었던 정결한 신에게 던지는 도전장을 뜻했다. 나의 고통과 앙시의 고통 속에서 나는 혐오감이 뒤따랐던 이 쾌감을, 벌써 머나먼 어둠 속에 묻힌 이 쾌감을 내가 신의 품에서 겪었던 희열과 비교했다. 지금 내가 겪는 고통은 나를 달래는 이 행복에 대한 저주와 육체에 대한 저주에 일치함이 틀림없었다. 그러나 고통을 받으며 구토감이 이는 가운데서도 나는 육체적 쾌감이 신성하다고 생각했다. 기도를 뒤따랐던 황홀경 또한 신성했지만, 그것은 언제나 불확실했다. 억지로 주의력을 집중해야만 황홀경이 풍요로워졌다. 그렇지만 그 종교적 황홀경은 나의 심신을 초월해서 나를 숨 막히게 하고 소리치게 하는 극단의 과잉 상태에는 결코 이르지 못했다. 혹은 그 종교적 황홀경이 극단의 과잉에 이르렀다 할지라도, 나는 도대체 무엇이 그토록 기이하게 나의 머릿속에서 유치한 놀이 같은 일탈을 자극했었는지 알 수 없었다. 그러나 앙시와 내가 빠져든 황홀경에서는 우선 우리의 벌거벗은 엉덩이가 문제였고, 뒤이어 우리의 엉덩이가 벌거벗겨질 때까지, 우리의 엉덩이가 한계에서 벗어날 때까지 중단되지 않았던 무한한 사랑이 문제였다. 우리를 서로에게 황홀하게 빠져들게 한 이 한계의 폐지는 내가 보기에 교회 예배당에서 들은 사제의 설교보다 더 심오하고 더 신성한 듯했다. 내가 신의 한계를 본 그 지점에는 사랑의 무한, 과잉, 열광만이 존재했다. 그리하여 현기증을 느끼면서 나는 앙시의 엉덩이에 키스했다. 그리고 마치 신에게서 저주받은 듯 그녀의 엉덩이가 내게 준 희열에서 멀어져갔다. 그러나 나는 그다지 깊지 않았던 그 불행 속에서 이렇게 생각할 힘을 찾았다. '난 앙시의 엉덩이를 사랑해, 나는 신이 그녀의 엉덩이를 저주하는 만큼 그녀의 엉덩이를 사랑해. 난 구토감을 느끼면서 그 저주를 비웃고 있어, 그 저주는 오히려 그녀의 엉덩이를 더없이 깊게 신성화할 뿐이야.' 내가 거기에 키스할 때, 앙시가 거기에 키스하는 나의 입술을 느끼는 걸 좋아할 때 그녀의 엉덩이는 신성했다. 나는 이불을 끌어당겨 그녀의 알몸을 덮었다. 그러자 더 이상 내가 감당할 수 없는 정염의 대상이 보이지 않았다. 단두대의 칼날이 떨어지듯, 갑작스러운 잠과 꿈이 내가 실제로 살고 있는 현실 세계로부터 나를 분리했다. 그리하여 내 곁에 있는 벌거벗은 알몸들이 점점 더 많아져서 색정적일 뿐만 아니라 공격적인 일종의 원圓을 이루었는데, 그 원은 대상을 탐하고 윤간하는 쾌락에 빠져들었고, 더없이 저열한 쾌락에 몰입하면서도 고통을 향해, 숨 막히는 죽음을 향해 탐욕스러운 시선을 던졌다. 그 원은 아름다움, 우아함, 젊음의 광채가 추함, 늙음, 오물보다 훨씬 더 드물다고 소리쳤다. 거대한 물이 내게로 솟구쳐 올라오는 느낌이 들었다. 물과 쓰레기가 밀려들면, 나는 몸을 피할 은신처를 찾을 수 없으리라. 익사자가 거대한 밀물에 목구멍을 열 듯, 나는 저주의 위력, 불행의 위력에 굴복하리라.

내가 꾼 악몽은 이처럼 단순하게 전개되지는 않았다. 다시 말해 그 시작은 기억에 남아 있으나 결말은 생각나지 않았다. 50년 후에 되돌아보면 스무 살 때 단번에 엄청난 충격을 받았다는 사실만 기억나리라. 꿈이 기억나는 게 아니라 꿈이 내게 남긴 감정, 내가 틀림없이 최선을 다해 가지런히 정돈한 감정만이 기억나리라. 지금 당장으로서는 나는 앙시의 관능이 자아내는 이미지를 내가 강렬한 신성에 대해 간직해온 이미지에 연결했고, 그 두 이미지를 무한한 권능과 공포를 불러일으키는 쾌감에 연결했다. 신앙에 몰두하던 시절에 나는 십자가에 못 박힌 그리스도와 그의 상처가 연상시키는 관능을 깊이 성찰하곤 했었다. 이제 쾌락의 남용에서 비롯된 고통스러운 구토감이 나를 끔찍한 혼란으로 몰아갔는데, 그 끔찍한 혼란은 더 이상 아무런 감각이 없는 착란 상태를 초래했다.

나의 무감각 상태, 나의 정신적 마비 상태가 나를 놀라게할 정도로 점점 심해졌다. 마치 모르핀에 젖은 신경이 아무것도 느끼지 못하는 것처럼. 예전에 나를 머리에서 발끝까지흥분시킨다고 여겼던 종교를 나는 더 이상 생각하지 않았다.내가 그녀에게 준 쾌락, 그녀를 내 품에 안기게 한 관능적 욕망, 그녀의 옷을 벗기고 벌거벗은 알몸을 자극하고 그녀와함께 흥분에 빠져들었던 행복, 이런 것들이 예전에 내게 말을 걸고 나를 부르고 나를 괴롭힌 신성한 존재가 내게 불러일으켰었던 전율, 놀라움, 환영幻影을 대신했다.

그로부터 얼마 지나지 않아 나는 어머니의 소식을 접했다. 어머니의 부재가 내게 고통스럽지는 않았다. 어머니의편지가 이집트 생활을 내게 냉소적으로 알려주었을 때, 나는처음에는 아주 가볍게 화를 냈으나 이내 흥미를 느꼈다. 내생각에 나와 앙시는…. 어머니는 광적으로 흥분한 상태였지만, 행복하다고 내게 말했다. 어머니는 성실해지기는커녕 날마다 좀 더 문란해져서 기쁘기 그지없다고 생각하는 모양이었다. 나는 어머니가 그렇게 쓴 이유를 짐작할 수 있었다. 그러나 나는 어머니에게 감탄했고, 어머니를 부러워했으며, 어머니가 내게 준 행복에 감사드렸다. 어머니는 어느 날 내게이렇게 썼다.

"네 아버지는 나를 올바른 길로 이끌려고 애썼어. 나는 가장된 품위로 그의 주취酒臭가 불러일으킨 분노를 잠재우려고노력했고! 오늘, 아무도 나를 모르는 이집트, 심지어 우체국에서 우편물을 수령할 때 외에는 가명으로 살아가는 이집트에서 나는 서서히 카이로의 화제가 되고 있어. 심지어 거리에서 사람들이 나를 알아보기도 해, 그 정도로 나는 추문을 일으키고 있어. 술에 취할 때는 네 아버지보다 더 신중하게 행동하지… 그러나 나는 보란 듯이 여자들과 함께 쏘다니고 있단다. 레아가 내 행동을 조종한다고 상상해 봐! 그녀는 제발 남자들과 함께 외출하라고 내게 당부했어. 그래서 남자들과 함께 외출했지. 그랬더니 레아가 말하더구나. 이건 더 나쁘잖아! 바로 그날 저녁에 그녀와 함께 외출했는데, 우리는 그만 레스토랑에서 쫓겨나고 말았지 뭐야. 우리의 행동이 그토록 부적절했나 봐… 내가 너에게 이런 사실을 쓰지 말아야 하겠지만, 일전에 보낸 내 편지를 읽고 네가 웃음을 터뜨렸다는 사실을 귀여운 앙시가 알려주었어. 내겐 그걸로 충분해. 내가 서 있는 이 비탈길에서 굳이 중심을 잡으려고 애쓰지 않으련다. 내가 더 빨리 미끄러지면 미끄러질수록, 나의 웃음도 더 커지고 자기만족도 더 깊어질 거야. 이렇게 편지를 쓰니 무척 만족스럽고, 내 편지가 너에게 가치 있다고 생각하니 몹시 경이롭구나.

　너의 음란한 어머니는 네가 즐겁게 웃는다는 사실, 앙시의 말대로 네가 나만큼 몽상가라는 사실을 알게 되어 기쁘기 한량없다.

엘렌."

좀 더 일찍 이 편지를 받았더라면, 나는 무척 낙담했으리라. 편지는 나를 두렵게 했지만, 금세 내게는 뜻밖이었던 '꿈'의 분위기, 어머니의 광기가 나를 몰아넣은 '꿈'의 분위기 속에서 이렇게 사는 것이 너무나 행복했다. 이즈음에 나는 어머니에 대해 더할 나위 없이 매혹적인 이미지를 간직하고 있었다. 어머니에게는 그렇게 행동할 권리가 있었다. 나는 어머니보다 더 부드럽고 강한 존재를 상상할 수 없었다. 어머니는 대담하기 짝이 없었고, 자신이 어떤 파멸의 심연에 도전하는지 의식하고 있었다. 나는 곧바로 어머니에게 답장을 보냈다.

"…엄마는 나를 두렵게 하지만, 나는 공포를 좋아해요. 내가 공포를 느끼면 느낄수록 엄마를 더욱 사랑하게 됩니다. 그러나 내게 희망이 없다고 생각하면 울적해지기도 해요. 사실 나의 대담성은 엄마에게는 전혀 만족스러운 수준이 아닐 겁니다. **그 점이 부끄러워요.** 하지만 그 점을 생각하면 흐뭇해지기도 하죠. 내가 발휘할 수 있는 유일한 대담성은 엄마를 자랑스러워하고, 엄마의 삶을 자랑스러워하고, **멀리서** 엄마를 따라가는 데 있습니다. 그러나 나는 이제 겨우 앙시가 정숙한 태도를 취할 때 묘한 불편이 (그것도 아주 드물게) 느껴질 뿐이에요. 앙시에게는 그렇게 말하지도 못한 채 지금 엄마와 함께 그 점을 비웃고 있네요. 그렇지만 내게는 앙시를 타락시킬 힘도 성향도 없습니다."

무척 즐거운 추신 형식으로 답변이 왔는데, 첫 번째 편지와 똑같은 잉크로 쓰인 편지였다.

"너는 혼자서는 결코 앙시를 타락시킬 수 없을 거야. 너의 잘못은 성적 도착보다 성적 쾌감을 더 좋아하는 데 있어. 훗날 너와 내가 손을 맞잡도록 하자."

그때 내가 엄마의 제안에 담긴 불행한 함의를 가늠해야 했으리라. 하지만 내가 그걸 어떻게 눈치챌 수 있었을까? 오늘 돌이켜보면 내가 얼마나 분별력이 없었는지 놀랍기만 하다. 그때 나는 온통 욕망에 휩싸여 있었을 뿐이다. 앙시처럼 나는 변태적인 방탕이 불러일으키는 고통스러운 감각적 폭발에서 멀리 떨어진 채 순진하게도 나의 쾌락을 안전하게 즐기고 싶었다. 앙시처럼 나는 그런 병적인 도착 행위를 두려워하고 있었다. 사실 앙시는 그런 행위를 이따금 가볍게 맛보기를 좋아했으나 막상 그런 순간에 이르면 뒤로 물러나곤 했다. 방탕은 갈증으로 목이 타는 가운데 최악의 행위를 기대하는 나를 유혹했다. 결국 나도 그녀처럼 성적 도착을 욕망하면서도 뒤로 물러나곤 했지만, 실제로 그런 상황이 닥치기 전에는 번번이 물러나리라고 확신하지는 못했다. 심지어 내게는 어떻게 제때 뒤로 물러나야 하는지를 몰랐던 경험도 있었다. 나는 앙시를 사랑했고, 그녀가 가진 끊임없는 쾌감에 대한 욕망을, 변태적 도착 행위에 대한 혐오감을 사랑했다. (마치 관능이, 육체적 쾌감이 아니라 비틀어진 정신

적 쾌감 없이, 즉 도착 행위 없이 지속될 수 있듯 말이다.) 나
는 그 점을 너무 늦게 깨달았다. 앙시의 욕망은 결코 만족을
몰랐다. 그녀는 자신이 해맑게 추구했던 행복, 방탕한 여자
들과 달리 불행 속에서 찾지 않았던 행복을 사랑했다. 사실
우리의 행복은 일시적이었고, 오해에 근거하고 있었다. 나는
앙시에게 나의 생각, 그녀에 대한 나의 깊은 일체감을 말했
고, 동시에 어머니의 편지 가운데 지극히 위험해 보이는 몇
줄에 대한 답신을 썼다. "우리의 아름다운 빨강 머리 아가씨
에 대한 엄마의 계획을 읽었을 때 등줄기를 따라 전율이 흘
렀어요. 공포를 느껴서? 매혹을 느껴서? 그건 잘 모르겠습
니다. 엄마의 손을 잡고 싶어요."

어머니와 멀리 떨어져 있다는 사실이 나를 강하게 만들었
다. 나는 이제 구름을 통해서만 어머니의 모습을 보았고, 오
로지 현재 속에서 살고 있었다. 밤이 오면 레이스의 물결과
함께 내게 긴 다리와 황금빛 배를 드러낼 "아름다운 빨강 머
리 아가씨"가 바로 그 현재였다. 앙시는 내 입술에 키스를 퍼
부어 나를 자극하리라. 나는 앙시를 그다지 소심하다고 생각
하지는 않았다. 그러나 어머니는 한 장의 편지를 통해 나의
키 큰 빨강 머리 아가씨가 잘못 행동하고 있는 게 무엇인지
말했다. "키 큰 '암컷 곰'은 심리적 쾌락이 육체적 쾌락보다
더 더럽지만 순수하다는 사실, 그것만이 결코 무뎌지지 않는
생생한 쾌락이라는 사실을 모를 거야. 내가 보기에 방탕이란

정신의 검은 광채와 같아서 내 눈을 멀게 하고 나를 죽게 만들어. 타락은 의식의 심층을 지배하는 정신적 암癌이야. 내가 방탕에 빠질수록 내 감각은 더욱 명료해져. 내 신경의 혼란 또한 내 생각의 저변에서 소용돌이치는 내면의 참화일 뿐이고. 나는 편지를 쓰고 있지만 술에 취했고, 레아가 책상 밑에서 나를 괴롭히고 있어. 나는 키 큰 '암컷 곰'을 질투하지 않아. 하지만 그녀가 레아보다 더 이성적으로 느껴져서 유감스럽다."

동시에 앙시도 어머니의 편지 몇 통을 받았는데, 편지를 지배하는 쾌활한 활력이 그녀가 보기에 도를 지나쳤다. 그 편지들은 내가 받은 편지들의 제1부를 형성하는 듯했다.

앙시는 언제나 어머니에게 매료되었지만, 금세 공포에 질리곤 했다. 그 때문에 그녀는 깔깔거리며 웃었다. 어머니가 돌아오기를 바라면서도 그녀는 나처럼 어머니의 귀환을 두려워하지 않을 수 없었다.

어느 날, 그녀는 어머니에게 쓴 답신을 내게 보여주었다.

" … 피에르는 어머니가 돌아오기를 간절하게 기다리고 있고, 나도 나의 연인이 돌아오기를 똑같은 마음으로 기다리고 있어요. (피에르와 내가 처음 만나기 전날, 나의 연인은 나를 꼭 껴안았었죠.) 밤마다 당신 아들의 품에 안겨 있지 않다면, 나는 당신의 품과 당신의 아가씨 같은 젖가슴을 꿈꿀 텐데… 그러나 날마다 나는 피에르의 격정적인 꿈에 내가슴을 열어야 합니다. (하지만 매번 나로 인해 그의 고통이 고조되곤 하죠.) 나는 당신 덕분에 너무나 행복해서 당신에게 은혜를 갚아야 하지만, 내가 당신에게 빚진 이 행복은 그무엇으로도 갚을 수 없을 듯합니다. 언젠가 당신 품에 안겨 감사의 마음을 웃음으로 대신할게요, 피에르와 내가 서로에게 주는 쾌락을 부끄러워하면서… 당신과 나, 두 연인의 육체가 그랬듯 나의 욕망에 뒤엉킨 피에르의 욕망이 당신에게 불러일으키는 쾌감에 행복해하면서… 나는 당신에게 키스하는 동시에 피에르에게 용서를 구합니다. 나는 지금 이 순간 생각으로 그를 속이고 있는 셈이지만, 그를 사랑하면서도 당신에게 충실하지 않다고 여긴 적이 없듯, 생각으로 나의 혀를 당신 입술 사이로 밀어 넣으면서도[*] 나는 그에게 변함없이 충실합니다. 그러나 당신이 돌아왔을 때, 내가 나의 가장 소중한 부분을 피에르에게 허락하기 위해[**] 당신의 애무에 몸을 맡기지 못하더라도 용서해 주세요. 내게서 쾌락을 빼앗는 것은 나를 병들게 하는 것이지만, 내가 당신의 귀여운 피에르를 위해 당신과의 쾌락을 포기하는 것은 조금은 당신을 위해 그렇게 하는 셈인데, 그 포기가 나를 더없이 행복하게 합니다."

---

[*] 아니다, 이렇게 고쳐야 할까. "생각으로 나의 뾰족한 혀를 당신 엉덩이의 축복받은 구멍 속으로 밀어 넣으면서도".—저자

[**] 아니다, 이렇게 고쳐야 할까. "음부와 항문을 피에르에게 맡기기 위해".—저자

나는 아무 말도 하지 않았다. 나는 앙시에게 감사를 표했으나 앙시가 어머니에게 오만하게 내비친 그 거부가 나를 행복하게 하는 게 아니라 나를 슬프게 했다. 나는 앙시가 이따금 어머니와 놀아주기를 바랐다. 나는 어머니가 원하는 대로 어머니와 술을 마시고 조금씩 나락으로 미끄러져 들어가는 것을 싫어했다. 그러나 어머니의 편지들에 담긴 대담한 내용이 (언제나 그랬던 것은 아니지만) 내 가슴을 미어지게 했을지라도 나는 그 편지들을 좋아했다. 나는 앙시가 어머니의 연인이라는 사실을 결코 잊은 적이 없었다. 처음부터 이 관계는 내 마음에 들었고, 지금 나는 그 관계가 되풀이되고 지속되기를 바랐다. 앙시가 자신의 편지를 읽어줄 때 나는 깊이 충격받았었다. 그러나 예상했음에도 불구하고 편지의 결말은 나를 실망하게 했다. 유일한 위안은 앙시가 어머니에게 몸은 아닐지언정 입술을 맡기겠다는 암시였다. 추잡스럽게도 나는 어머니가 내 앞에서 앙시에게 키스하리라고 예상했다. 그런 내밀한 생각은 나의 욕망을 더없이 자극했는데, 왜냐하면 몸을 맡기지 않겠다는 앙시의 거부가 연상케 하는 행위는 만일 실행되었더라면 나를 공포에 질리게 했을 행위였기 때문이다.

그런 감정을 느끼자마자 나의 의지는 해체되었고, 어머니의 귀환은 공포 속에서 모든 것을 휩쓸어 갈 태풍이 되리라고 여겨졌다. 그러나 지금은 '키 큰 암컷 곰'이 쓴 편지의 경박한 문장들이 나를 자극했다.

"보고 싶어" 내가 그녀에게 말했다. "너의 빨강 머리가 또 어디에 있는지."*

음험한 시선으로 그녀는 복종했다. 나는 그녀가 나를 닮았다고, 그녀의 여자 애인 누구라도 결정적 순간에 그녀를 '꿈'에 빠뜨릴 수 있으리라고 생각했다. 그날 오후 5시, 그녀는 비밀로 가득 찬 '황금의 문'을 열었다. 그녀가 그 문을 닫은 것은 새벽 3시가 다 되었을 때였다. 우리를 시중들었고 우리가 초대했던 룰루는 이튿날 우리가 어떻게 이런 상태에 이르렀는지 내게 물었다.

"얼마나 놀랐는지 몰라." 룰루가 내게 말했다. "앙시는 머리를 뒤로 젖힌 채 눈이 하얗게 뒤집혀 있었어. 너는 내 앞에서 그녀에게 키스한 적이 한 번도 없었잖아. 게다가 그녀를 애무하기 위해 그처럼 옷을 벗긴 적도 결코 없었고… 너는 의식이 나가 아무것도 눈에 보이지 않는 듯했어."

"네 모습조차 전혀 보이지 않았어…."

룰루는 내게 미소 지었고, 드레스 자락을 들어 올렸다. 그녀의 장난기와 다정함, 그녀의 완벽한 각선미와 음란한 매력, 끝으로 그녀의 엄숙한 표정과 나서지 않는 태도가 나로 하여금 그녀를 『천일야화』의 등장인물보다 더 부유하고 매혹적인 아가씨로 여기게 했는데, 마성의 주문呪文으로 자신

❉ "보고 싶어" 내가 그녀에게 부탁했다. "먼저, 오줌을 누는 그곳부터…"— 저자

을 하녀로 탈바꿈시킴으로써 그녀는 방탕한 욕망의 화신이
되었다.

마침내 나는 내가 젊음과 돈과 아름다움을 소유한 행복한
남자라고, 이 세상과 나머지 사람들은 나의 광적인 욕망을
채워주기 위해 만들어진 존재라고 느끼게 되었다. 나는 더
이상 행복을 믿어 의심치 않았는데, 불행이 온다 해도 그것
은 마치 팔레트에 검은색 물감을 추가하듯 그 행복에 심오
한 가능성을 추가해 줄 뿐이었다. (순박하게도 나는 이런 사
실을 알고 있음을 자랑스러워했다.) 나는 행복했다. 나는 행
복의 절정에 있었다. 낮에는 근면한 만족이나 유치한 만족을
얻기 위해 영악하게 냉소하면서 이 무미건조한 세상에 주목
했다. 밤이 오면 향연이 다시 시작되었다. 룰루 앞에서는 취
중일 때를 제외하고는 아무것도 받아들이지 않았던 앙시가
마침내 타협을 받아들였다.

"불편을 느낀다는 게 오히려 이상한 일이지." 그녀가 내게
말했다.

앙시는 장롱에서 가장무도회 의상 몇 벌을 꺼냈다. 룰루
가 와서 그중 하나를 그녀에게 건넸는데, 그것은 속이 훤히
비치는 천으로 만든 드레스였다. 두 여자가 욕실에서 되돌아
왔을 때 앙시는 자태를 뽐내었고, 룰루는 드레스가 겨우 가
리고 있던 부위를 환히 드러내 주는 트임을 가리켰다. 나는
그토록 매혹적인 변신에 경탄했다.

그러나 자신이 생각해낸 놀이로 즐거워하던 앙시가 문득 언짢은 표정을 지었다.

"재미있으려면" 그녀가 말했다. "제때 그만해야 해."

"정말 재미있어." 내가 그녀에게 말했다.

"약속해 줘, 피에르, 제때 그만한다고! 오후 내내 따분했는데 룰루 덕분에 정말 즐거웠어. 당연히 널 배신한 건 아니야."

"앙시, 그 반대야, 나는 오늘 밤에 우리가 더 완벽하게 서로 사랑하리라는 확신이 들었어."

"네 말이 맞아, 하지만 룰루가 원하는 걸 하고 싶지는 않아. 룰루, 우리 둘만 있게 해주렴. 피에르의 조바심이 느껴지고, 나도 더 이상 참기가 힘들어. 내가 잠시 후에 초인종을 누를게."

문이 닫히는 소리가 끝나기도 전에, 내 품에 안겨 있던 앙시가 흥분을 폭발시켰다.

"사랑해." 그녀가 말했다. "네 말이 맞아, 널 더 완벽하게 사랑할 거야, 널 더 행복하게 해줄 거야."

쾌락의 심연에 너무나 깊이 빠져든 나는 앙시에게 이렇게 말했다.

"조금 전에는 내가 너를 몰랐던 것 같아. 지금 난 형용할 수 없을 정도로 너를 사랑해. 넌 나를 완전히 찢고 있고, 난 너를 영혼의 밑바닥까지 찢고 있는 기분이야…."

"잠들기 전에 술을 마시고 싶어." 앙시가 내게 말했다. "이
제 서로 떨어지자. 앞으로도 룰루가 우리 곁을 떠나면 우리
는 똑같이 행동하며 감사드릴 게 틀림없어. 옷을 입어. 그리
고 내 드레스 좀 건네줘."

그녀는 미소를 지었다, 그 드레스는 옷이라고 말하기가
민망할 정도였으니까. 하지만 그녀는 옷매무새를 단정하게
바로잡으며 드레스를 입었다.

"부탁할게." 앙시가 말했다. "나에 대한 욕망이 조금 전처
럼 뜨거워져도 내게 가까이 오지 마. 알다시피 나는 이런 게
임이 두려워."

그러나 불안으로 목소리가 변한 그녀는 웃으며 이렇게 말
했다. (그녀는 머리를 내 다리 위에 살며시 올려놓았다.)

"내가 조금 잘못 행동하더라도… 너는 나를 나무라지 않
겠지? 하지만 이런 기회를 지나치게 이용하지는 마! 오늘 밤
에 권리를 가진 사람은 나야. 알겠어? 그렇다고 해도… 내가
의도보다 더 멀리 가게 하지는 말아 줘. 잊지 마, 내가 언제
나 '안 돼'라고 말했다는 걸…."

별안간 그녀가 장난꾸러기처럼 즐거운 표정으로 소리쳤
다.

"이건 정말 재미있을 거야, 우리가 두려워하니까!"

"드레스를 여며도 소용이 없는걸." 옷매무새가 다시 흐트
러진 그녀의 의상에 욕망의 시선을 던지며 내가 말했다.

"나더러 어쩌라는 거야?" 그녀가 내게 말했다. "이런 차림

을 네가 놀라면서도 좋아하리라고 상상했었어."

"그게 이토록 자극적이리라고는 미처 생각하지 못했어.*
정말 자극적이야, 왜냐하면 네가 나처럼 불안에 떨고 있으니
까, 또 네가 저 밑바닥 끝까지 가지 않을 걸 아니까."

"목이 쉬었구나! 나도 그래.** 룰루가 오는 소리가 들려."

룰루는 술병들을 얼음통에 꽂았다. 평소보다 더 음험하고
은밀한 룰루의 미소를 제외하고 나를 놀라게 하는 건 아무
것도 없었다.

"룰루" 앙시가 그녀에게 말했다. "우리는 오늘 재미있게
놀 거야. 키스해 줄래?"

룰루는 미끄러지듯 소파로 몸을 옮겼다. 조금 전에 앙시
처럼 트임이 있는 드레스로 옷을 갈아입은 그녀는 소파로
미끄러지면서 양쪽 옷자락 사이로 벌거벗은 엉덩이를 드러
냈다. 그러고서 그녀는 입을 열어 앙시의 탐욕스러운 혀를
맞이했다.

그러나 앙시는 곧바로 룰루를 떠밀며 자리에서 일어났다.

"목이 말라." 그녀가 말했다.

"그에게 키스해도 될까?" 룰루가 나를 가리키며 말했다.

앙시는 화를 내며 그녀를 노려보았다.

"하지만 앙시" 룰루가 말했다. "그를 돌보는 사람이 아무

✤   "너도 느끼고 있지, 한 시간 전부터 난 빳빳하게 발기되었어."— 저자
✤✤ "너의 성기를 꺼내보고 싶지만 못 하겠어."— 저자

도 없어."

"거참 안 됐네." 앙시가 내게 말했다. "이리 와, 내 품속으로."

앙시가 얼마나 이 키스에 몰입했던지 우리의 황홀경을 공유하고 있던 룰루는 경련을 일으키며 옆의 안락의자에 쓰러졌다.

앙시가 갑자기 그녀를 발끝으로 찼다.

"술을 마시고 싶어." 앙시가 말했다. "목이 말라 죽겠단 말이야."

내가 덧보탰다.

"그래, 룰루, 더 이상 참을 수가 없어."

자리에서 일어난 나는 쟁반에 놓인 잔이 너무나 커서 탄성을 질렀는데, 룰루가 서둘러 잔마다 샴페인을 가득 채웠다.

나는 피로를 즐겼다.

"난 네게 안겨서 마시고 싶어." 앙시가 룰루에게 말했다.

반쯤 몸을 웅크린 룰루가 그녀를 손으로 애무했고, 그녀는 선 채로 룰루에게 몸을 기댔다. 나를 바라보던 앙시는 내게 가슴을 열었으나 눈꺼풀이 조금 감겨 있었다.[*]

그와 동시에 나는 샴페인을 들이켰다.

---

[*] "정신이 나간 것 같아." 그녀가 나지막이 내게 말했다. "하지만 난 더 마실 거야, 룰루의 입에 오줌을 싸야 해. (그러나 룰루의 귀에는 그 말이 들리지 않았다.)"—저자

잔을 비운 룰루가 다시 각자의 잔에 술을 채웠다. 우리는 더 이상 말을 하지 않았다….

"한 잔 더 마실래." 룰루가 말했다. "내가 너희들보다 먼저 취하고 싶어. 이번에는 마님이 내 품에 안긴 채 마셔요, 나리가 허락하신다면…."

다시 우리는 말문을 닫았다. 앙시는 재차 룰루에게 몸을 기댔다. 앙시는 노골적으로 다리를 벌렸다. 그녀는 탐욕스럽게 술을 마셨고, 나와 동시에 휴식을 취하며 나를 똑바로 바라보았다. 시선이 너무도 엄숙해서 숨을 쉬기가 힘들었다.

우리가 식당으로 발걸음을 옮겼을 때, 셋 다 이미 취해 있었으나 여전히 침묵을 지켰다. 나는 기다렸다. 앙시도 기다렸고, 룰루는 우리 셋 중에서 가장 심하게 취한 듯했다. 치마의 갈라진 틈새가 가능성을, 누가 알랴, 임박한 격정적인 소란을 암시했다. 그러나 드레스의 단추 하나가 풀렸을 뿐이었다. 앙시의 어깨와 가슴 윗부분이 드러났다. 우리는 차갑게 식은 저녁 식사 앞에 자리를 잡았다.

"내가 굶주린 건 너의 사랑이야." 앙시가 내게 말했다.

우리는 목소리를 낮추어 말했다. 잠시 눈앞에서 사라졌던 룰루가 테이블 밑에 있는 듯했다.

"아직도 목이 마른 모양이구나." 내가 앙시에게 말했다.

"그래, 목이 말라. 술을 더 마실 거야. 너도 마셔야 해."* 그녀가 말했다. "피에르, 즐겁게 놀자, 마치 지금까지 결코 즐

겁게 논 적이 없는 것처럼, 마치 앞으로도 결코 즐겁게 놀 일
이 없는 것처럼."

우리의 놀이가 새롭게 다시 시작될 참이었다. 우리의 흥
분이 다소 가라앉자, 우리가 한계에 이르렀다고, 또는 우리
가 고통을 갈망한다고 생각한 룰루는 자기가 준비한 것을
찾으러 갔다.

오래전부터, 우리는 셋 다 완전히 벌거벗고 있었다.

룰루가 돌아왔다. 그녀는 무릎을 꿇고 앙시에게 두 가지
물건을 내밀었다.

왼손에는 승마용 채찍이, 오른손에는 힘차게 발기된 인공
페니스가 있었다.

찢어진 상처처럼 몸이 열린 두 벌거벗은 여자의 아름다움
이 나를 압도했다.

"내게 상을 줘야지." 룰루가 부탁했다.

✤　"그래, 하지만 내겐 용기가 필요해, 아마 더 많이 마시면 마실수록 더 많이 오줌
을 싸게 될 거야. 피에르, 난 널 사랑해, 정말 사랑해, 흥분으로 온몸의 신경이
마비될 것만 같아. 내 두 다리 사이에 룰루의 머리가 들어와 있어. 내 잔을 가득
채워줘. 내 아랫배가 술로 가득 차면, 난 그 술을 룰루의 입에 쌀 거야. 난 그보
다 더 큰 쾌락을 상상할 수 없어. 정말 재미있는 놀이가 될 거야. 오줌을 다 싸
면, 내가 널 쾌감으로 몸부림치게 해줄게, 죽음의 문턱에 이르도록. 너는 마치
피살자나 사형수처럼 몸부림칠 거야."
앙시가 몸을 파르르 떠는 걸로 보아 벌써 오줌을 싸기 시작했음을 나는 알아차
렸다. 그녀의 온몸에 전율이 흘렀다.
"아, 굉장해." 그녀가 말했다. "잠시 후에 네가 해봐. 내 입에 오줌을 가득 싸줘.
그런 다음에 내가 네 입에 오줌을 돌려줄게. 그러면 네가 내 젖가슴과 배와 다

리를 그 오줌으로 흥건히 적시는 거야. 룰루는 모든 걸 삼키려 들지만, 자기 몸을 적시려고 일부를 입에 머금고 있어. 옷을 다 벗고 싶으면 벗어, 테이블 밑으로 들어가면 룰루가 네 몸을 완전히 적셔줄 거야. 그때 내게 그럴 힘이 있으면 룰루를 채찍으로 때릴게. 룰루가 방을 나가면, 우리 둘이 섹스하자. 하지만 그렇게 하려면 시간이 꽤 걸릴 거야… 난 오줌을 조금씩 싸고 싶거든… 내가 오줌을 조금씩 싸면 네가 그걸 볼 수 있을 테고, 그러면 난 쾌감으로 숨이 막히겠지. 이처럼 오줌을 쌀 때 내가 어떤 상태에 이르는지 넌 상상도 못 할 거야. 네게도 느껴지지 않아, 내 오줌이 룰루의 목구멍으로 흘러 들어갈 때 내 두 다리가 파르르 떨리면서 요동치는 게. 키스해 줘, 내가 손으로 애무해 줄게. 먼저 룰루가 네 페니스를 내 오줌으로 적시고, 남은 오줌을 내 손에 뱉을 거야, 그다음에 내가 손으로 네 페니스를 용두질할 거야, 네가 소리 지를 때까지."

"그만 쌀게, 룰루, 이제 내 오줌으로 피에르의 페니스를 적셔줘. 그런데 피에르, 넌 겁이 날 테지, 아니 벌써 겁을 먹고 있구나. 시작한다고 생각하니 난 몸이 떨려. 내 말은 거짓말이 아냐. 더 이상 아무 말도 하지 말자. 아, 기분이 너무 좋아. 아직도 오줌이 나오네."

잠시 후, 그녀가 다시 말했다.

"거짓말이 아냐. 난 이런 짓을 딱 한 번 했을 뿐이야, 너도 알고 있는 누군가와 함께. 난 더 이상 이렇게 할 힘이 없다고 생각하고 있었어. 그런데 네가 나를 사랑한다는 걸 알았을 때, 난 결심했어. 하지만 오줌을 눌 때마다 불행이 집으로 들어오는 느낌이야. 아, 말도 안 돼! 또 오줌이 나오려고 해. 난 룰루의 입에 싸고 싶어, 아, 이번에는 네 혀를 내 입 안 깊숙이 넣어줘!"

앙시는 오줌을 싸는 동안 아무런 말도 하지 않았다. 그러고서 다시 입을 열었다.

"이제 네가 테이블 밑으로 들어가, 그리고… 그리고 키스하면서 내 몸속으로 들어와. 우리 둘 다 내 오줌으로 온몸을 적실 거야. 그다음에 네가 내 입에 쏟는 오줌을 네게 다시 줄게. 이제 알겠지, 내가 오줌 싸는 데서 얼마나 큰 쾌감을 얻는지를. 자, 빨리, 테이블 밑으로 들어가. 룰루가 내게 입 맞출 거야. 빨리, 벌써 느껴져…."

테이블 밑에서 나는 앙시의 전율을 온몸으로 받아들였다. 그녀는 내 이름을 부르며 몸을 떨었다. 그녀는 소리쳤다.

"피에르, 빨리, 빨리, 너의 페니스, 제발! 더 이상 참을 수가 없어."

나는 들어갔고, 그녀가 천천히 말했다.

"정말 크고, 정말 멋있어. 룰루를 내보냈다고 착각하고 있었네. 이미 늦었어! 룰루, 내 다리 사이로 들어와서 피에르의 페니스를 핥아줘. 그리고 내 엉덩이의 구멍을 깊이 빨아줘. 아, 룰루, 난 네가 둘이었으면 좋겠어. 혀로 우리의 성기를 동시에 애무하기 힘들다면, 적어도 두 손으로 그렇게 해줘."

"마님이 벌써 말씀하셨잖아요, 아무도 나보다 더 탐욕스럽게 핥지 못할 거라고." 룰루가 말했다.— 저자

216

앙시가 미소로 대답했는데, 미소에는 잔혹한 분위기가 어려 있었다. 그녀가 오른쪽 발을 의자 위에 올리자, 룰루는 능란한 솜씨로 거대한 인공 페니스를 그녀의 음부로 집어넣었다. 이제 눈에 보이는 건 무성한 털과 인공 페니스의 불알밖에 없었다. 룰루는 그녀에게 승마용 채찍을 건넸다.

나의 시선은 절정의 잔인성이 함축된 앙시의 웃음으로부터 고통에 대한 공포와 매혹이 읽히는 룰루의 황홀한 미소로 옮겨 갔다.

술과 애액愛液에 취한 앙시는 내게 눈짓으로 룰루를 가리키면서 채찍으로 허공을 가르다가 별안간 룰루의 얼굴을 때렸는데, 나는 비명을 내질렀고 룰루는 말없이 옆으로 쓰러졌다. 룰루의 입술과 뺨에 빨간 핏자국이 길고 선명하게 드리웠다. 열기에 휩싸인 채 고통스럽고 황홀하게 안면 경련을 일으키면서 룰루는 인공 페니스가 들락거리는 앙시의 음문陰門을 빤히 바라보았다. 앙시는 나를 바라보았고, 그녀의 착란적인 시선이 내게 이렇게 말하는 듯했다. '잘 봐, 나의 불타는 사랑이 얼마나 나를 파렴치하고 무자비하게 만드는가를.'

앙시는 이제 자기 음부에서 꺼낸 인공 페니스를 손에 들고 있었다. 그녀는 몸을 숙여 짐승을 다루듯 무분별하게 룰루의 다리를 벌렸고, 인공 페니스를 룰루의 음부에 거칠게 밀어넣었다.

그녀는 내게 다가오더니 다시 몸을 숙여 내 음경을 자기 입에 넣었다. 룰루 앞에서, 그녀는 탐욕스럽게 그것을 빨았다. 그녀의 엉덩이가 내 눈앞에 나타났고, 나는 젖은 손가락을 그녀의 음부에 깊숙이 찔러 넣었다. 뒤이어 그녀는 나를 소파로 난폭하게 끌어당겼다. 눈물에 젖었으나 숨을 깊이 몰아쉬면서 룰루가 인공 페니스로 격하게 자위하는 동안, 우리는 서로의 입을 삼키며 마치 내 음경의 급속한 운동과 그녀 음부의 급속한 이완이 하늘의 밑바닥을 찌르듯 열광적으로 몸부림치면서 성교했다. 우리의 두 육체는 언제나 열려 있으나 언제나 접근 불가능한 나체의 감각 속에서 숨 막히게 뒤엉켰다. 나의 혀는 양시의 젖가슴을 빈틈없이 핥았고, 내 음경의 끝은 필사의 노력으로 그녀의 육체적 관능의 밑바닥에 닿아 마침내 그녀의 몸을 활짝 열었다.

나는 잠을 설쳤다. 한밤중에 잠이 깼을 때, 우리는 여전히 식당에 있었다. 의식을 되찾은 나는 벽을 따라 방을 둘러싼 비단 소파를 필두로 이 방의 인테리어가 지닌 특별한 의미를 깨달았다. 이 엄청나게 길고 넓은 소파는 여러 사람의 유희를 위해 마련된 것이었다. 요리가 드나드는 출입구는 룰루로 하여금 필요할 경우 방을 떠나지 않고도 식탁을 치울 수 있게 해주었다. 나는 내가 얼마나 순진했는지를 알아차렸다. 우리가 벌써 여기서 사랑을 나눈 적이 있었음에도 나는 양시가 이런 의도로 이 소파를 설치했다고는 전혀 생각하지 못했었다. 지금 당장으로서는, 난잡하게 누워 잠든 두 벌거벗은 여자 앞에서 잠이 덜 깬 채 졸음을 못 이긴 나는 고통스러운 꿈을 꾸는 듯했다. 꿈이 싫지는 않았으나 어쨌든 그 꿈에서 벗어날 수 없었다. 하늘에서는 구름 사이로 달이 드문드문 나타났는데, 상처로 일그러진 룰루의 얼굴이 그 어슴푸레한 달빛에 희미하게 드러났다. 앙시는 그녀가 싫어한다고 내게 말했던 행위, 그녀가 싫어한다는 사실을 내가 유감스럽게 생각했던 행위를 이제 막 실천했지만, 그런 파티에 예정된 가구는 그녀가 그 행위를 습관화해 왔다는 사실을 보여주고 있었다. 나는 그녀를 비난할 생각이 전혀 없었고, 그녀를 사랑하고 있었으며, 이런 유희에서 더없이 깊은 쾌락을 맛보았다. 이런 유희에 익숙해지기 전에도 나는 관념적으로 이런 유희를 좋아했었는데, 아버지의 음란한 사진을 보고 고독에 휩싸인 채, 또는 레아와 어머니와 나 사이에서 전개된 광경으로 공포에 질린 채 암울한 향취를 느끼곤 했었다. 나는 수음을 하거나 레아를 만난 후에 빠지곤 했었던 정신 상태에 다시 사로잡혔다. 온몸에서 신열이 올라왔고, 내가 앙시의 집으로 온 이후 처음으로 격심한 고뇌와 불안에 짓눌렸다.

이런 상태에서 나는 다시 잠에 들었고, 뒤이어 재차 잠이 깼다. 앙시가 소파 위에서 울고 있었다. 그녀는 엎드린 채 울었다. 그게 아니라면 주먹을 깨물며 울음을 참고 있었다. 나는 그녀에게 다가갔고, 나와 함께 방으로 가서 자자고 다정하게 말했다. 그녀는 아무 말도 하지 않았지만, 나를 따라 방으로 왔다. 그녀는 침대 속에서 다시 몸을 떨며 눈물을 참았다. 나는 식당에 남은 룰루의 잠든 육체, 채찍 자국이 난 얼굴을 떠올렸다.

"앙시" 내가 그녀에게 말했다. "다시는 그런 짓을 하지 말자."

그녀는 대답 없이 눈물을 흘렸다.

시간이 꽤 지난 후에야 앙시가 숨죽인 목소리로 내게 말했다.

"피에르, 너한테 설명을 해야겠지만 너무 무서운 일이야."

그녀가 말을 이었다.

"나도 모르게 그런 짓을 저질렀어. 하지만 이제 모든 게 끝난 느낌이야… 너의 어머니가…"

그녀가 흐느꼈다.

"너무 힘들어… 설명할 수 없을 것 같아. 너를 너무나 사랑하지만, 모든 게 끝났어. 날 그냥 내버려 둬!"

그녀는 하염없이 울었다. 이윽고 그녀가 흐느끼며 말했다.

"내가 네 어머니의 연인이었고, 지금도 **연인이라는 사실**을 너도 알잖아. 그리고 우리가 방금 탐닉했던 유희에 그녀가 깊이 빠져들었다는 사실도 너는 알고 있어. 그녀는 파리를 떠날 때까지 온갖 수단으로 나를 거기에 끌어들이려 했었지. 그건 그렇게 어려운 일이 아니었어, 룰루가 언제나 집에 있었으니까. 룰루는 오래전부터 가증스럽게도 하녀로 변장한 나의 정부였는데, 그녀는 그 변장을 무척 즐겼어. 그러다 보

220

니 이런 관계가 어린아이들 유희로 발전했고, 그 유희 속에서 성격이 거친 룰루가 내게 자기를 때리고 모욕하도록 강요했지. 우리의 행위에는 언제나 일종의 광기가 있었어. 룰루가 나를 지배했고, 자기의 의도를 관철했지. 그녀는 내가 미쳐 날뛰어야만 비로소 만족을 느꼈고… 그럴 때 나는 조금 전에 네가 본 것처럼 명징한 광란에 돌입하곤 했어. 너의 어머니는 금세 룰루와 공범 관계를 이루었는데, 왜냐하면 내가 두 여자에게 공유되기를 거부했음에도 룰루가 그 제안에서 나를 향유할 유일한 기회를 찾는 걸 너의 어머니가 보았기 때문이야. 내가 받아들인 건 나와 룰루가 서로 사랑했을 때 그랬던 것처럼 주인과 하녀 역할극뿐이었어. 그러나 너의 어머니가 나를 만취하게 만든 후 자신의 목적을 이루었던 날 최악의 사태가 시작되었지. 그날, 나는 조금 전처럼 행동했던 거야. 나는 너의 어머니 앞에서 룰루를 채찍으로 때렸어!"

["너의 어머니는 의기양양했고, 곧바로 내게 선물을 보냈어. 룰루가 그녀에게 식당의 크기를 알려주자, 그녀는 즉시 식당을 둘러쌀 여러 개의 소파를 배달로 보내주었지. 이튿날 그녀는 나를 보러 왔어. 그녀는 미칠 듯 기뻐했고, 강렬한 성욕을 느꼈으나 먼저 룰루를 식당에서 내보내게 했어. 그리고 모든 문에 설치된 걸쇠를 잠가 문을 완전히 닫은 후 나를 쓰러뜨리고 품에 안았지. 나는 그토록 섬세한 배려에 감동해서 마음속으로 감사드렸어. 그녀는 소파 설치를 기념하기 위

해 몇몇 여자 친구들을 초대해야겠지만, 나를 식당이 아니라 따로 내 방으로 데려가겠다고 말했어. 구체적으로 말하자면, 그녀는 파티가 절정에 이를 때 잠시 식당으로 가서 파티에 참여하겠지만, 너무나 지겨울 게 뻔하기에 곧장 나와 함께 내 방으로 가서 틀어박힐 작정이라고 말했지. 처음에 나는 손사래를 쳤으나 다정한 포옹 속에서 굴복하고 말았어. 내가 그녀를 사랑하게 된 건 바로 그 순간이었던 것 같아."

"그때부터 난 줄곧 그녀를 갈망했어. 그러나 그날 이후로 나의 오감을 옭아맨 욕망에 공포가 뒤섞인 것도 사실이야. 네가 얼마나 그녀를 사랑하는지 잘 알아. 하지만 그녀는 네가 그녀에 대해 모든 걸 알고 있다고 했어. 그러니 난 너에게 그 무시무시한 밤을 이야기해야 할 것 같았지. 왜냐하면 너의 어머니가 곧 돌아올 것이고, 그녀가 여자들을 여기로 초대하고 싶어 하기 때문이야."]

"뭐라고?" 내가 소리쳤다. "내 눈앞에서?"

"네 눈앞에서." 앙시가 내게 말했다. "그녀가 네게도 설명했을 텐데, 자신이 얼마나 깊이 방탕에 빠져들었는지…"

나는 신음을 토했다.

"난 무서워…."

그러나 숨이 막히는 가운데서도 나는 우리의 편지 속에 끼어 있던 그 어렴풋한 암시를 떠올렸다.

"난 안 된다고 했어." 앙시가 내게 말했다.

내가 소리쳤다.

"당연히 안 되지!"

그러나 나의 내면에서는 어머니의 광적인 제안에 응하고 싶은 욕망, 그 제안이 뜻하는 경이로운 불행과 고통을 받아들이고 싶은 욕망이 은밀하게 일어서 괴로웠다. 나는 앙시를 사랑했지만, 실은 사랑의 밑바닥까지 침몰할 수 있는 그녀의 가능성을 사랑했다. 내가 어머니의 음란한 향연을, 그 향연으로 내가 상상하는 행위를 아무리 두려워한다 해도, 감미로운 느낌이 고통의 징후와 죽음의 그림자에 섞여들었다… 내가 "당연히 안 되지"라는 말을 힘주어 내뱉자마자, 어머니가 나를 손아귀에 쥐는 듯한 느낌, 동시에 그토록 멀리 있는 어머니가 나를 끌어들이는 심연을 내가 탐하는 듯한 느낌에 사로잡혔다. 앙시를 잃으리라는 생각에 벌써 흐느낌이 목까지 차올라 숨이 막혔다. 그러나 앙시가 보여준 과잉의 밤을 떠올리면서 나는 속으로 이렇게 말했다. '앙시, 너도 평온하게 지낼 수는 없을 거야. 이제 곧 나처럼 소용돌이에 휩쓸릴 테니까.'

불현듯 나는 내 몸을 움켜잡았다. 나는 벌거벗고 있었고, 침대에서 무릎을 꿇고 가슴을 부여잡은 채 일종의 경련에 휩싸였다. 앙시는 나의 경련에서 참담한 고통을 읽었다. 하지만 그녀는 어머니가 그녀보다 내게 더 중요하다는 사실을 상상하지는 못했다.

바로 그때, 어머니의 마지막 편지가 그 무엇보다 더 중요해 보인다고 앙시가 내게 말했다.

　"너의 어머니는 모든 파티를 너와 함께하고 싶어 해. 그녀는 내게 이렇게 썼어. "이런저런 핑계로 우물쭈물 망설여서는 안 돼. 너는 사랑의 불가피한 결과인 그 과잉에 피에르를 천천히 단련시키겠다고 약속했잖아. 기억을 떠올려 봐, 너는 이런 놀이에 탁월한 재능이 있다는 걸 이미 보여주었어. 너도 알아, 너를 끔찍하게 괴롭히는 이런 공포와 혐오의 감정이 너의 취향을 자극하는 힘이 된다는 것을. 내일 너에게 피에르를 줄게. 하지만 그보다 먼저 그 애를 아낌없이 타락과 방탕에 빠뜨려 줘. 내가 직접 그렇게 할 수 없기에 아름다운 빨강 머리 천사를 필요로 했던 거야, 그 애를 두렵게 하지 않을 순수성, 변치 않을 타락의 순수성을 간직한 유일한 천사 말이야. 이제 아무것도 너를 타락의 천사가 되지 않게 할 수 없어. 그리고 네 품속에 안긴 피에르의 타락이 완결되면, 내가 너에게 피에르를 완전히 줄 거야." 너의 어머니가 보낸 이 마지막 편지가 언제 왔을까, 맞춰 봐!…"

　"어제?" 내가 그녀에게 물었다.

　"어제." 그녀가 대답했다.

　"아, 어제 그렇게 하는 게 아니었어."

　"알겠지, 너의 어머니가 말한 천사…."

　"그래서 네 가슴이 그렇게 떨렸구나… 넌 도대체 어머니의 뜻을 거스르는 법이 없어… 어제는 네 가슴이 떨렸지만, 지금은 내 가슴이 너무나 떨려."

"나를 불타오르게 하는 게 바로 그거야. 난 알아, 너의 어머니한테 우리가 졌어. 날 안아 줘. 어제 그 편지를 받았을 때, 난 초인종으로 룰루를 불러 이렇게 말했어. "피에르의 어머니가 돌아와, 집이 다시 온통 광기에 휩싸일 거야. 그냥 즐겨, 룰루, 피에르가 오는 즉시 피에르와 함께 놀자. 하지만 지금은 나를 즐겁게 해줘. 피에르와 내가 너한테 지치면, 그때 너를 내보낼게." 우리는 아직 룰루를 내보내지 않았어. 피에르, 지쳤어?"

"그런 것 같아, 하지만 온몸이 다시 불타오르는걸. 식당으로 가자."

우리가 식당으로 들어갔을 때, 룰루는 조용히 눈물을 흘리고 있었다. 우리는 셋 모두 어슴푸레한 빛 속에 서 있었다.

[그러나 룰루는 인공 페니스를 음부 속에 넣어 수음하고 있었다. 앙시는 룰루의 음부에서 인공 페니스를 꺼내고서 자기 혀를 집어넣었다. 뒤이어 그녀는 내게 룰루의 항문에 혀를 넣으라고 했다. 눈물에 젖은 룰루가 우리의 관능적 키스에 몸부림치며 화답했을 때] 앙시가 내게 말했다.

"룰루의 입에 키스해 줘."

그녀의 입은 피에 젖어 있었다. 나는 그녀의 부풀어 오른 입술을 핥으며 그녀의 고통을 잔인하게 일깨웠다.

"우리는 너와 함께 즐겁게 놀고 싶어." 앙시가 그녀에게 말했다. "이제 모든 게 끝이야. 피에르의 어머니가 돌아오니까. 그냥 즐기자, 피에르와 나는 괴로울 거야, 네가 우리의 고통을 함께해 줘, 고통이 쾌감으로 변할 수 있도록."

룰루는 힘겹게 입을 열어 물었다.

"피에르의 어머니는 언제 돌아오는 거야?"

"우리도 몰라. 하지만 벌써 광기가 집에 감돌고 있어. 네가 방탕하게 행동하면 할수록, 우리를 짓누르는 분위기에 더 잘 어울릴 거야."

["피에르" 룰루가 말했다. "내가 섹스하지 않은 지 여러 달 되었어."

나는 그녀를 애무하면서 성교했다. 그녀는 곧바로 신음을 질렀다. 앙시는 룰루의 항문에 커다란 인공 페니스를 찔러 넣었다.

"네 어머니의 인공 페니스야." 앙시가 말했다.

"그럴 것 같았어." 내가 그녀에게 말했다.

앙시는 몸을 옹크린 채 룰루의 혀 위에 앉았고, 룰루는 앙시의 음부를 핥았다.]

잠시 후, 룰루가 내게 말했다.

"나를 불쌍히 여긴다면 내게 가장 나쁜 짓을 하라고 명령해 줘. 그 어떤 더러운 짓인들 내가 못 하겠어? 정말 유감이야! 피에르, 너의 어머니가 카이로에서 어떻게 즐겼는지 알고 있어? 밤중에 더러운 거리의 후미진 골목에서 남자들에게 뭘 해줬는지? [그녀는 남자들의 음경을 핥고 용두질한 다음에 함께 섹스했어.] 내가 너라면, 입으로 말하지 않을지라

도 어머니를 엄청나게 자랑스러워할 거야, 너는 상상하지 못
하겠지만… 그녀는 지금 배를 타고 있어. 하지만 카이로에서
는 매일 밤 그런 식이었어. 더 이상 말하지 않을게. 지금 나
는 행복해. 아니, 죽더라도 네 어머니의 발에 키스할 수 있다
면 나는 행복할 거야."

앙시와 나는 뜨거우면서도 고통스러운 경련 속에서 룰루
에게 키스했다. 앙시도 마침내 자제력을 상실했고, 어머니
생각이 우리 셋 모두에게 불행하고 고통스러운 극단의 황홀
경을 안겨 주었다. 우리는 더 이상 술조차 마시지 않았다. 우
리는 고통을 겪었고, 뼈가 시리도록 그 고통을 즐겼다.

온종일 지칠 대로 지친 우리는 설핏 잠이 들기도 했고, 누
그러진 고통이나 간지러운 쾌감을 닮은 단잠에 빠지기도 했
다. 우리는 앙시의 방과 욕실과 커다란 식당으로 구성된 아
파트의 특별 공간, 즉 앙시가 보호구역이라고 부른 아파트
공간에 틀어박혀 있었는데, 그 안에 들어가면 자연스럽게 외
부와 단절되었다. 이따금 우리는 카펫이나 소파에 몸을 눕혔
다. 우리는 벌거벗은 알몸으로 자세가 흐트러져 있었고, 눈
이 움푹 들어갔으나 그 눈은 여전히 아름다웠다. 마치 고장
난 용수철처럼, 우리는 스위치를 잘못 누른 양 갑자기 다시
한번 격정의 회오리에 휩쓸리곤 했다. 별안간 복도의 문을
두드리는 소리가 들렸다.

누군가가 욕실 바깥쪽 문을 두드렸다. 문을 두드린 사람

은 집의 구조를 잘 알고 있음이 틀림없었다. 내 생각으로는 오래전에 두 번째 밤의 어둠이 내린 듯했다. 나는 실내 가운을 걸치고 문을 열었다. 문가에는 아무도 없었다. 그러나 복도 저 안쪽에서, 어슴푸레한 빛에 비친 두 여자가 옷을 벗고 있는 듯한, 아니 옷을 입고 있는 듯한 모습이 보였다. 시야가 확보되었을 때, 나는 그들이 멋진 실크해트와 레이스 눈가리개 가면을 쓰고 있다는 사실을 알아차렸다. 그들은 옷을 입고 있기는 했으나 슈미즈와 속바지 차림이었다. 그들은 곧장 안으로 들어왔지만, 아무런 말도 하지 않았다. 그중 한 여자가 문의 안쪽 걸쇠를 잠갔다. 그다음에 두 여자는 욕실에서 침실로, 침실에서 식당으로 이동했는데, 식당에서 나의 연인과 그녀의 하녀를 깨웠다. 검은 레이스 눈가리개 가면과 화장 때문에 두 여자가 누구인지 분간하기가 힘들었다. 하지만 이내 그들이 어머니와 레아일 거라고 짐작했다. 두 여자가 아무런 말도 하지 않는 것은 가능한 한 나의 불안을 심화하기 위해서일 터였다. 그들이 불러일으키려는 나의 불안은 그들의 불안과 일치하는 것이었다. 그들 가운데 한 여자가 룰루의 귓전에 무엇인가를 말했고, 룰루는 그 말을 되풀이했다. 그것은 아마도 나와 관련된 이야기인 듯했다. 특히 나의 불안에 관련된 이야기였으리라. 두 여자는 그 전날부터 이런 저런 유희에 몰입한 탓에 우리처럼 지칠 대로 지쳐 있었다. 여기서 이 네 여자가 예전에 향유했던 파렴치한 즐거움의 자취를 찾기란 힘들었다. 나는 한 여자가 어머니이고 다른

228

한 여자가 레아라는 사실을 더 이상 의심하지 않았다. 두 여자는 우리에게 이렇게 말했다. "우리는 그토록 괴로운 문제를 잠시 잊게 해준 여자들이나 남자들을 여기로 데려오지는 않았어."

룰루가 두 여자를 대신해서 말을 되풀이했다.

"걱정하지 마. 우리 때문에 너희가 불편해할 필요가 없듯이 우리도 너희 때문에 불편해하지 않을게. 너희도 몹시 지쳐 보여, 그렇겠지, 우리도 마찬가지야. 너희도 잠을 못 잤고 우리도 잠을 못 잤어. 하지만 우리가 모두 힘을 내야 할 상황이 도래했어."

둘 중 입을 다물고 있던 여자가 모자를 벗었는데, 나는 그녀가 어머니일 거라고 짐작했다. 나는 그들의 차림새가 단정해서 놀랐다. 앙시와 룰루는 벌거벗고 있었다. 나는 앙시와 룰루가 옷을 벗고 있어도 둘을 혼동하지는 않았다. 나는 그들이 서로를 덮치거나 둘이 힘을 합쳐 나를 쓰러뜨리지 않을까 상상했다. 더 이상 참기가 힘들었다. 내가 호흡을 가다듬고 있을 때 그들이 두 여자에게 덤벼드는 모습이 보였는데, 두 여자는 옷을 벗은 채 알몸으로 그들의 애무에 응했다. 혼자 남은 나는 조금도 흥분이 가라앉지 않았다. 나는 달아날 수도 없었고, 그 자유로운 여체 중 하나를 포옹할 수도 없었다. [이따금 벌거벗은 엉덩이가 번개처럼 눈앞에 나타났다 사라졌다.] 나는 눈을 뗄 수 없었다. [나는 어머니의 벌거벗은 엉덩이를 보았다고 확신했지만, 두 음란한 여자가 똑같이 아름다워서 단언하기는 어려웠다. 설령 어머니가 나를 덮쳤더라도 나는 비겁하게도 가만히 있지 않았을까!] 내가 받은 자극이 얼마나 컸던지 나는 한순간 앙시에게 성교를 부탁했다. 앙시도 알고 있었다, 쾌락의 절정에 이른 이 여자들이 더 이상 내 전율의 대상이 누구인지 의심하지 않는다는 사실을. 그런데 내가 그 대상을 사랑하는 데는 한 가지 조건이 있었다. 사랑의 참담한 고통만을 사랑으로 삼고 불행의 완성에 대한 욕망만을 욕망의 대상으로 삼는다는 조건이 그것이었다.

갑자기, 어머니가 내 앞에 있었다. 여자들과의 포옹에서 풀려난 어머니는 레이스 눈가리개 가면을 벗었고, 나를 비스듬히 바라보았다. 마치 자신을 압살한 삶의 무게를 그 비스듬한 미소로써 떨쳐버리기라도 하듯 말이다.

어머니가 말했다.

"넌 나를 알았다고 할 수 없어. 넌 내 수준에 도달하지 못했어."

"난 어머니를 알게 되었어요. 이제 내 품속에서 쉬세요. 아, 숨이 다하는 순간에도 이토록 힘들지는 않을 것 같아요."

"내게 키스해주렴." 어머니가 내게 말했다. "그래야 괴로운 생각이 멈출 테니까. [여기에 네 손가락을 넣어 봐. 그리고 잠시 후 네가 여기에 넣을 물건을 내 손에 쥐어 줘.] 입에 입을 맞추렴. 마치 내가 무너지지 않은 것처럼, 마치 내가 파괴되지 않은 것처럼 잠시 편안하게 있자. 내가 갇혀 있는 죽음과 타락의 세계로 너를 들어오게 하고 싶구나. 나는 네가 그 세계를 좋아하리라는 걸 알고 있었어. 이제 네가 나와 함께 광란에 물들기를 바란다. 내가 들어갈 죽음의 세계로 너를 데려가고 싶어. 내가 네게 맛보게 할 광기의 짧은 순간이 차디찬 어리석음의 세계보다 낫지 않을까? 난 죽고 싶어, **나는 배수진을 친 셈이야.** 너의 방탕은 나의 작품이었지. 내가 가진 가장 순수하고 격정적인 것을 네게 주었으니까, 오직 옷을 벗을 상황만을 사랑하고 싶은 욕망을 네게 주었으니까. 이제 내 몸에 걸친 게 속옷밖에 없구나."

어머니는 내 앞에서 슈미즈와 속바지를 벗었다. 그런 다음 알몸으로 자리에 누웠다.

나도 벌거벗은 상태로 어머니 곁에 몸을 뉘었다.

"난 알고 있어, 네가 나보다 오래 살 거라는 사실을, 그리고 오래 살아 가증스러운 엄마를 배신할 거라는 사실을." 어머니가 말했다. "하지만 잠시 후 우리를 하나로 묶을 포옹을 먼 훗날 네가 추억할 때, 왜 내가 여자들과 동침했는지 그 이유를 잊지 말아라. 지금은 네 아버지라는 나약한 존재에 대해 말할 때가 아니야. 그가 남자였을까? 너도 알다시피 나는 비웃기를 좋아했지만, 이제 비웃음도 끝난 게 아닐까? 너는 마지막 순간까지 절대로 모를 거야, 내가 너를 희롱한 건지, 아닌지… 난 네가 대답하기를 바라지 않아. 나도 모르겠어, 내가 두려움을 느끼는 건지, 아니면 내가 너를 지나치게 사랑하는 건지… 너와 함께 이 쾌락 속에서, 다시 말해 그 어떤 욕망보다 더 완전하고 격렬한 파멸 속에서 비틀거리도록 나를 내버려 둬. 네가 빠져들고 있는 관능은 이미 너무나 깊어서 나는 네게 이렇게 말할 수 있어. 그 관능에는 실신이 뒤따를 거라고… 네가 정신을 잃는 순간, 나는 떠날 거야. 그리고 너는 네게 자신의 마지막 숨결을 불어 넣기 위해 너를 기다렸던 여자를 영원히 재회하지 못할 거야. [아, 이를 악물어라, 내 아들아! 너는 너의 음경을 닮았구나, 단단한 손목처럼 내 욕망을 자극하며 광기로 흘러넘치는 이 뜨거운 음경을.”]

조르주 바타유와 친한 사람들은 『마담 에드와르다』에 뒤이어 공식적인 속편은 아닐지언정 적어도 연장선의 작품이 나오리라는 사실을 오래전부터 알고 있었다.[*] 일반적으로 잘 알려지지 않은 사실은 『마담 에드와르다』가 네 텍스트로 이루어진 총서의 하나였다는 것, 또 다른 하나가 조르주 바타유 사망 무렵에 편집과 교정이 대부분 완료되어 인쇄 준비 단계에 돌입했었다는 것이다. 오늘 우리가 소개할 텍스트가 바로 그 또 다른 하나이다.

조르주 바타유가 남긴 자료에 대한 검토가 끝나지 않았기에, 그가 이 총서에 무엇을 담고자 했는지 정확하게 말하기는 어렵다. 그 제목조차 확실하지는 않다. 속표지가 되었을 육필 원고 한 장이 이렇게 기술하고 있는데, 우리는 원래의 활자 배

[*] 번역 대본이자 정본인 갈리마르 출판사 『전집 IV』(1971)에는 없지만, 같은 작품 다른 판본에 실린 「편집자 노트」를 소개한다. 이 글은 『디비누스 데우스』 3부작 「마담 에드와르다」, 「나의 어머니」, 「샤를로트 댕제르빌」의 관계를 명쾌하게 정리하고 있다. ─옮긴이

치 그대로 그 전문을 여기에 실어두고자 한다.

피에르 안젤리치[*]

『마담 에드와르다』

I

『디비누스 데우스』[**]

II

『나의 어머니』

III

『샤를로트 댕제르빌』[***]

「에로티시즘에 관한 역설」

조르주 바타유

---

[*] 바타유가 『마담 에드와르다』를 출판할 때 '피에르 앙젤리크(Pierre Angélique)' 라는 필명을 사용했다.―옮긴이

[**] 『디비누스 데우스』는 초판 이후로 『마담 에드와르다』의 속표지 표제로 쓰였 다. (Cf. Georges Bataille, *Oeuvres complètes IV*, Gallimard, 1971, p. 388.)―옮긴이

[***] 이 「편집자 노트」에는 『샤를로트 댕제르빌』이 누락되어 있다. 그러나 갈리마 르 출판사 『전집 IV』에 소개된 육필 원고에는 『샤를로트 댕제르빌』이 기록되 어 있다. 여기서는 후자의 '작품 계획'을 기준으로 삼는다. (Georges Bataille, *Oeuvres complètes IV*, p. 388.)―옮긴이

우리가『나의 어머니』를 발췌한 원고에도 위와 같은 순서로 작품이 나타난다. 속표지와 다른 점이 있다면 총서의 제목이 '마담 에드와르다'가 아니라 '디비누스 데우스'로 되어 있다는 사실이다. '디비누스 데우스'라는 제목이 굵은 활자체로 한 페이지를 차지하고 있고, 뒤따르는 텍스트들은 각기 다음과 같은 제목을 지니고 있다. I『마담 에드와르다』, II『나의 어머니』, III『샤를로트 댕제르빌』(도입부 세 페이지만 제시되어 있는 III권은 어머니가 사망한 뒤 피에르가 어머니의 친구[*]인 샤를로트 댕제르빌을 만나는 이야기이다) 뒤이어 세 텍스트에 대한 236장의 주석, 수정, 초안이 나오며, 책을 끝맺는「에로티시즘에 관한 역설」에 대한 15장의 주석이 나온다.

『나의 어머니』원고는 제목을 담은 페이지 외에 22번부터 112번까지 91장으로 이루어져 있다. 전술한 대로, 그 원고는 97번까지 교정이 완료되어 인쇄 준비 상태에 있었다. 그런데 97번 이후 원고는 혼란과 가필을 겪으며, 종종 똑같은 대목을 여러 버전으로 제시한다. 오랫동안 망설인 후에, 우리는 전체 원고 가운데 가독성이 현저히 떨어지는 뒷부분을 요약해서 제시하기로 했다. 하지만 뒷부분에서도 이따금 발견되는 명료한 대목의 경우 요약이 아니라 완전한 복원을 지향했음은 말할 필요조차 없다.

---

[*] 여기서 어머니의 '친구(amie)'라고 소개된 샤를로트 댕제르빌은 어머니의 조카이자 애인이다.—옮긴이

오늘에서야 소개하는 이 미지의 작품은 조르주 바타유의 독자들에게는 필독서임이 틀림없다고 여겨진다.

1. 마리는 죽은 에두아르 곁에 혼자 남아 있다

에두아르가 죽었다.

그녀의 내면에 생긴 아득한 허공이 그녀를 천사인 양 높이 들어 올렸다. 그녀의 벌거벗은 젖가슴이 도드라져 보였다. 꿈의 교회에서 음울한 전율이 그녀를 관통했고, 피로, 침묵, 이젠 아무것도 돌이킬 수 없다는 감정이 그녀를 기진맥진케 했다.

온 집에 드리운 공포의 절정에서, 마리는 절망했다.

하지만 갑자기 기운을 되찾은 그녀는 절망을 희롱하려고 했다.

에두아르는 죽어가면서 그녀에게 옷을 모두 벗으라고 간청했었다.

머리칼이 헝클어진 그녀는 얼굴이 창백했고, 탄탄한 젖가슴이 찢어진 원피스에서 솟구쳐 올랐다.

공포가 어두운 밤의 살인자처럼 그녀를 절대적으로 지배했다.

2. 마리는 집 밖으로 나간다

시간은 두려움 때문에 우리가 지키지 않을 수 없었던 규범들을 무시하게 했다.

그녀는 원피스를 벗어 던졌고, 한쪽 팔에 외투를 걸쳤다. 벌거벗은 그녀는 미친 여자처럼 집 밖으로 나가 소나기가 몰아치는 어둠 속을 달렸다. 그녀의 구두가 진창길에서 질퍽거렸고, 빗물이 온몸을 흘러넘쳤다. 그녀는 더 이상 참을 수 없을 정도로 오줌이 마려웠다. 감미로운 숲속에서 그녀는 땅바닥에 벌거벗은 몸을 뉘었다. 그녀는 오래도록 오줌을 누었고, 오줌은 다리를 흥건히 적셨다. 땅바닥에 누운 채 그녀는 쉰 목소리로 나직이 노래를 불렀다.

완전한 알몸이야
끔찍한 악몽이야

뒤이어 그녀는 몸을 일으켰고, 외투를 입은 후 키이[*] 방향

***

[*] Quilly. 프랑스 루아르 지방의 마을 이름.— 옮긴이

으로 술집이 나타날 때까지 달렸다.

3. 마리는 술집 앞에서 기다린다

차마 들어갈 용기가 없었는지 그녀는 술집 문 앞에 꼼짝하지 않고 서 있었다.

몸을 떨고 있는 그녀에게 문밖으로 새어 나오는 술집 아가씨들과 주정뱅이들의 고함과 노랫소리가 들렸다. 그녀는 몸이 떨리는 걸 느꼈지만, 떨림을 즐기고 있었다.

그녀는 생각했다.

'내가 안으로 들어가면, 그들이 내 발가벗은 알몸을 보겠지.'

그녀는 비틀거렸다. 벽에 몸을 기대고 외투를 열었다. 그녀는 긴 손가락을 음부 깊숙이 넣었다. 고뇌에 젖은 그녀는 가만히 귀를 기울이며 손가락에서 해초처럼 시큼한 음부 냄새를 맡았다. 비가 내리고 있었다. 미지근한 바람으로 인해 빗방울이 비스듬하게 떨어졌다. 컴컴한 홀에서 서글픈 변두리 유행가를 부르는 술집 아가씨의 목소리가 들렸다. 문밖의 어둠 속에서 듣는 그윽한 목소리, 벽을 통해 여과된 나직한 목소리는 몹시 가슴을 아프게 했다. 노래가 끝났다. 박수 소리와 발 구르는 소리가 뒤따랐다. 연이어 환호성도.

마리는 어둠 속에서 흐느꼈다. 그녀는 손등을 입술에 갖다 댄 채 서럽게 울었다.

4. 마리는 술집으로 들어간다

술집으로 들어가려고 마음먹은 마리는 몸을 떨었다.

그녀는 문을 열었고, 홀 안쪽으로 세 걸음을 옮겼다. 바깥 바람 때문에 그녀의 등 뒤로 문이 닫혔다.

그녀에게 영원히 닫혀버린 문. 문이 쾅 하고 닫히는 굉음이 세월의 밑바닥에서 올라오는 소리처럼 들렸다.

농장 하인들, 여주인, 술집 아가씨들의 눈길이 일제히 그녀에게로 향했다.

그녀는 입구에서 꼼짝하지 않았다. 흙투성이 얼굴, 흠뻑 젖은 머리칼, 음울한 눈빛.

그녀는 밤의 광풍에서 별안간 튀어나온 듯했다.

외투가 알몸을 덮고 있었지만, 그녀는 무심히 옷깃을 열었다.

5. 마리는 농장 사내들과 술을 마신다

그녀는 나지막한 목소리로 물었다.

"술 좀 주실래요?"

여주인이 카운터에서 대답했다.

"칼바도스?"[*]

여주인은 작은 잔 하나를 그녀에게 내밀었다.

마리는 고개를 저으며 말했다.

"병째로 주세요, 술잔도 큰 걸로 몇 개."

여전히 쉰 목소리였으나 단호했다.

그녀는 덧붙였다.

"저 사람들과 함께 마시고 싶어요."

그녀는 술값을 치렀다.

흙이 묻은 장화를 신은 금발 머리 농장 사내가 소심하게 물었다.

"놀러 온 거요?"

"그래요." 마리가 대답했다.

그녀는 애써 미소 지었다. 미소는 그녀의 얼굴을 일그러지게 했다.

그녀는 사내 곁에 앉았고, 사내 다리에 자기 다리를 밀착시킨 후 그의 손을 잡아 자기 사타구니 사이로 밀어 넣었다.

손이 음부에 닿았을 때, 사내는 신음을 토했다.

"아, 제기랄!"

다른 사내들은 얼굴이 벌겋게 달아올라 말문을 닫았다.

---

[*] 프랑스 칼바도스 지방에서 생산되는 사과 증류주로서 알코올 도수가 매우 높다.—옮긴이

술집 아가씨 하나가 다가오더니 마리의 외투 자락을 열어 젖혔다.

"이것 좀 봐, 홀딱 벗었잖아!"

마리는 개의치 않았고, 단숨에 술잔을 들이켰다.

"우유 마시듯 술을 마시는군." 여주인이 말했다.

마리는 메스꺼운 듯 트림을 했다.

6. 마리는 주정뱅이의 성기를 꺼낸다

마리는 슬픈 표정으로 말했다.

"바로 그거야!"

비에 젖은 그녀의 검은 머리칼이 얼굴 여기저기 엉겨 붙어 있었다. 그녀는 예쁜 얼굴을 흔들었고, 자리에서 일어나 외투를 벗었다.

외투가 바닥에 떨어졌다.

홀 안쪽에서 술을 마시던 무뢰한 하나가 흥분한 듯 거칠게 다가왔다. 그는 고함을 질렀다.

"벌거벗은 여자들일랑 우리한테 맡기라고!"

여주인이 그를 붙들었다.

"코빼길 비틀어버릴 거야…."

여주인은 그의 코를 잡아 비틀었다.

"여기가 아니라 거기서." 마리가 말했다. "거기가 더 나아요."

그녀가 주정뱅이에게로 다가가서 바지 단추를 풀었다. 그
녀는 바지에서 발기가 잘 안된 음경을 꺼냈다.

풀 죽은 음경이 실내의 폭소를 자아냈다.

미친 여자처럼 얼굴이 발갛게 상기된 마리는 단숨에 두
번째 술잔을 들이켰다. 여주인의 눈이 천천히 등불처럼 타올
랐다. 그녀는 마리의 잘 쪼개진 엉덩이를 부드럽게 어루만졌
다.

"깨물고 싶어." 여주인이 말했다.

마리는 다시 술잔을 채웠다. 그녀는 목이 타는 듯 벌컥벌
컥 마셨다. 손에서 술잔이 떨어졌다. 그녀의 엉덩이가 홀을
환히 빛나게 했다.

7. 마리는 피에로와 춤을 춘다

하인 하나가 좀 떨어진 곳에서 아니꼬운 눈초리로 쳐다보
고 있었다. 신제품 고무장화를 신은 그 젊은 하인은 무척 잘
생겼고, 키가 컸다.

마리는 술병을 들고 그에게로 갔다. 그녀 또한 키가 컸고,
얼굴이 발갛게 달아올라 있었다. 레이스가 하늘거리는 스타
킹을 신은 그녀의 다리가 휘청거렸다. 하인은 술병을 들고
벌컥벌컥 들이켰다.

그는 참기 힘들 정도로 크게 고함을 질렀다.

"제기랄!"

그는 빈 술병을 테이블 위에 쾅 하고 내려놓았다.

마리가 그에게 물었다.

"한 잔 더 할래요?"

그는 대답 대신에 씩 웃었다. 그는 마치 제 계집처럼 그녀를 대했다.

그는 자동 피아노를 틀었다. 그런 다음, 그녀에게로 돌아와 두 팔을 둥글게 벌리며 스텝을 밟기 시작했다.

그는 한쪽 손으로 마리를 껴안았다. 그들은 자바 댄스곡에 맞추어 음란하게 춤을 추었다.

마리는 역겨움을 느꼈으나 머리를 뒤로 젖힌 채 춤에 빠져들었다.

8. 마리는 술에 취해 쓰러진다

갑자기 여주인이 벌떡 일어나며 비명을 질렀다.

"피에로!"

마리가 쓰러졌다. 그녀가 품에서 스르르 빠져나가자 잘생긴 하인도 비틀거렸다.

하인의 품에서 미끄러져 나온 날씬한 알몸이 짐승의 사체처럼 쿵 소리를 내며 홀 바닥에 나뒹굴었다.

"빌어먹을!" 피에로가 말했다.

그는 옷소매로 입술을 훔쳤다.

여주인이 황급히 뛰어왔다. 그녀는 무릎을 꿇고 마리의 머리를 들어 올렸다. 흉측하게도 마리의 입술에서 침이 흘러나왔다.

술집 아가씨 하나가 물에 적신 수건을 가져왔다.

마리는 이내 정신을 차렸다. 그녀는 희미한 목소리로 부탁했다.

"술을 줘요….."

"한 잔 가져와." 여주인이 주변 아가씨에게 말했다.

술 한 잔이 왔다. 마리는 금세 마시고 다시 말했다.

"한 잔 더!"

술집 아가씨는 잔을 채웠다. 마리는 마치 시간이 없는 사람처럼 단숨에 술을 들이켰다.

술집 아가씨와 여주인의 팔에 안겨 있던 마리가 머리를 들었다.

"한 잔 더!" 그녀가 말했다.

9. 마리는 무엇인가 말을 하고 싶어 한다

마리를 둘러싸고 있던 하인들, 아가씨들, 여주인이 그녀가 무슨 말을 할지 궁금해하며 귀를 기울였다.

마리는 단지 한마디 말을 내뱉었다.

"…새벽에…" 그녀가 말했다.

그리고 머리가 다시 털썩 떨구어졌다.

여주인이 물었다.

"뭐라고 한 거지?"

아무도 대답하지 못했다.

10. 피에로가 마리의 음부를 핥는다

그때 여주인이 잘생긴 피에로에게 말했다.

"핥아 줘."

"의자에 앉힐까요?" 술집 아가씨가 말했다.

여럿이서 마리의 알몸을 들었고, 엉덩이를 의자에 올려놓았다.

무릎을 꿇은 피에로가 마리의 두 다리를 자기 어깨 위에 올렸다.

그 잘생긴 망나니는 정복자의 미소를 지으며 마리의 털투성이 음부에 혀를 집어넣었다. 몸이 안 좋았으나 마리는 얼굴이 환히 빛나며 행복한 듯했고, 눈을 감은 채 미소 지었다. 참을 수 없는 쾌감이 그녀를 드넓은 하늘로 데려갔는데, 하늘에서는 먹구름으로부터 땅의 열기가 발산되었다.

11. 마리는 여주인의 입에 키스한다

마리는 눈부신 빛에 휩싸이면서도 몸이 차갑게 얼어붙는 듯했다. 그녀의 생명이 꺼져가고 있었다. 빛이 흘러넘치는 차디찬 무한의 공간 속에서, 그녀는 더 이상 에두아르와 분리되지 않았다.

벌거벗은 엉덩이와 음부. 침에 흠뻑 젖은 엉덩이와 음부 냄새는 곧 죽음의 냄새였다.

마리는 술과 흐느낌에 취했지만, 눈물을 삼키며 죽음의 냉기를 들이마셨다. 여주인의 머리를 끌어당긴 그녀는 그 음탕한 입에 농염하게 키스했다.

12. 마리는 병째로 술을 마신다

마리는 여주인을 밀어내며 눈을 떴고, 쾌감으로 무너져가는 여주인의 얼굴을 보았다. 여장부 스타일의 여주인은 황홀한 도취로 얼굴이 환히 빛났다. 여주인 또한 정신이 나갈 정도로 술에 취했고, 눈에서는 경건한 눈물이 흘러내렸다.

그 눈물을 바라보면서, 마리는 시체의 광기 속으로 빠져들었다.

그녀가 말했다.

"목이 말라요."

피에로는 숨을 헐떡이며 마리의 음부를 빨고 핥았다.

여주인은 서둘러 술 한 병을 가져왔다.

마리는 병째 벌컥벌컥 마시며 단번에 비웠다.

13. 마리는 오르가슴에 이른다

…왁자지껄한 소란, 끔찍한 고함, 술병 깨지는 소리가 뒤섞이는 가운데 마리의 두 넓적다리가 경련을 일으키며 맞부딪쳤다. 말다툼을 벌이던 사내들은 고함을 지르며 서로를 떠밀었다. 여주인은 마리를 부축해서 긴 의자 위에 앉혔다.

마리의 두 눈에는 초점이 없었다.

밖에서는 엄청난 바람 소리, 돌풍이 휘몰아치는 소리가 났다. 어둠 속에서 문짝이 덜컹거렸다.

"잘 들어봐." 여주인이 말했다.

나뭇가지를 휩쓸고 지나가는 거센 바람 소리, 미친 여자의 절규처럼 길게 이어지는 거센 바람 소리가 들렸다.

그 순간 문이 활짝 열렸고, 한 줄기 광풍이 홀 안으로 몰아쳤다.

마리가 벌떡 일어나며 소리쳤다.

"에두아르!"

14. 마리는 난쟁이를 만난다

캄캄한 어둠 속에서 한 남자가 나타났다. 그가 힘들게 우산을 접었을 때, 쥐를 연상케 하는 작은 그림자가 문가에 드리웠다.

"어서 오세요, 백작님! 안으로 들어오세요." 여주인이 말했다. 그녀는 비틀거렸다.

난쟁이가 대답도 없이 걸어 들어왔다.

"저런, 옷이 다 젖었네요." 여주인이 말했다.

키 작은 남자는 목이 짧은 곱사등이여서 머리가 어깨 위에 놓인 듯했다. 그런데 그 태도가 놀랍도록 근엄했다.

그는 마리에게 인사를 했다, 그런 다음 하인들을 향해 몸을 돌렸다.

"잘 있었나, 피에로." 악수를 청하며 그가 말했다. "내 외투 좀 받아주게."

피에로는 백작이 외투 벗는 것을 도왔다. 백작은 그의 다리를 살짝 꼬집었다.

피에로가 미소 지으며 그의 외투를 옷걸이에 걸었다. 백작은 다른 하인들과도 친근하게 악수했다.

"앉아도 되겠소?" 몸을 숙인 채 그가 마리에게 물었다.

그는 마리의 테이블에 자리를 잡았고, 그녀 앞에 앉았다.

"술을 몇 병 돌리게." 백작이 말했다.

"벌써 의자에 오줌을 쌀 정도로 마셨는걸요." 술집 아가씨가 말했다.

"똥을 쌀 정도로 마셔보게…."

그는 두 손을 비비며 말을 뚝 그쳤다.

그의 태도에는 악마적인 여유가 있었다.

15. 마리는 에두아르의 유령을 본다

마리는 꼼짝하지 않고서 백작을 바라보았다. 머리가 몹시
어지러웠다.

"술을 따라 주세요." 그녀가 말했다.

백작이 잔을 채웠다.

그녀는 천천히 다시 말했다.

"난 새벽에 죽을 거예요…."

백작의 차가운 푸른 눈이 그녀를 뚫어지게 바라보았다.

황금빛 눈썹을 치켜올리자, 그의 넓은 이마에 굵은 주름
살이 졌다.

마리는 잔을 들고 말했다.

"마셔요!"

백작도 잔을 들었다. 그들은 둘 다 단숨에 술을 들이켰다.

여주인이 와서 불행한 여자 곁에 앉았다.

"무서워요." 마리가 그녀에게 말했다.

마리는 눈을 반짝이며 언짢은 표정으로 백작을 바라보았

다.

마리는 딸꾹질을 했고, 쉰 목소리로 여주인의 귀에 속삭였다.

"에두아르의 유령이야!"

"에두아르라니?" 여주인이 나지막이 물었다.

"그는 죽었어." 마리가 여전히 쉰 목소리로 말했다.

마리는 갑자기 여주인의 손을 잡고 물어뜯었다.

"요년이!" 여주인이 비명을 질렀다. 그러나 손을 빼며 여주인은 마리를 어루만졌고, 그녀의 어깨에 키스하며 백작에게 말했다.

"그래도 귀엽지 않아요?"

16. 마리는 장의자 위로 올라간다

이번에는 백작이 물었다.

"에두아르가 누구요?"

"이젠 자기가 누군지도 몰라?" 마리가 말했다.

그녀는 숨을 몰아쉬었다.

"그이한테 술을 줘요." 그녀가 여주인에게 부탁했다.

마리는 지친 듯했다.

백작은 두 잔을 마신 후에 말했다.

"아무리 마셔도 난 취하지 않소."

억센 두상에 어깨가 넓고 키가 작은 백작은 그녀를 거북하게 하려는 듯 흐릿하고 음울한 눈길로 노려보았다.

두 어깨 사이에 뻣뻣한 머리를 묻은 채 그는 주변 모든 것을 그렇게 노려보았다.

그가 불렀다.

"피에로!"

하인이 다가왔다.

"이 젊은 아가씨가 날 흥분시키는군." 난쟁이가 말했다. "여기에 앉게."

하인이 곁에 앉자, 백작이 즐겁게 덧붙였다.

"부탁일세, 피에로, 손장난 말일세. 이 아가씨에게 부탁할 순 없잖아…"

백작은 미소를 지었다.

"이 아가씨에겐 자네 같은 괴벽怪癖이 없는 것 같아."

그때, 마리가 장의자 위로 올라갔다…

17. 마리는 백작의 얼굴에 오줌을 싼다

마리가 백작에게 말했다.

"난 당신이 무서워! 당신은 꼭 말뚝 같아."

그는 대답하지 않았다. 피에로가 그의 음경을 손에 쥐었다. 그는 말뚝처럼 꼼짝하지 않았다.

"저리 가." 마리가 소리쳤다. "안 그러면 당신 얼굴에 오줌을 쌀 거야⋯."

그녀는 테이블 위로 올라가서 몸을 옹크려 앉았다.

"그러면 정말 황홀할 거요." 백작이 대답했다.

그는 목이 아예 없는 것처럼 보였다. 말할 때는 턱이 꼼지락거릴 뿐이었다. 마리는 오줌을 쌌다.

피에로가 열심히 백작의 음경을 용두질하는 동안, 마리의 오줌 줄기가 백작의 얼굴을 때렸다. 백작의 얼굴이 벌겋게 달아올랐고, 오줌이 그 얼굴에 흘러넘쳤다. 피에로가 마치 입으로 빨듯 손으로 격하게 용두질하자, 마침내 백작의 음경이 테이블 위에 정액을 토했다. 난쟁이의 몸이 머리에서 발끝까지 경련을 일으켰다. (마치 개가 이빨로 부숴버린 연골처럼.)

18. 마리는 오줌으로 자기 몸을 적신다

마리는 아직도 오줌을 싸고 있었다.

병과 술잔이 나뒹구는 테이블 위에서, 그녀는 두 손으로 오줌을 자기 몸에 뿌렸다.

오줌이 다리, 엉덩이, 젖가슴, 얼굴을 흥건히 적셨다.

"잘 봐, 내가 얼마나 아름다운지." 그녀가 말했다.

음부가 괴물의 얼굴을 향하도록 몸을 옹크린 채, 그녀는 천박하게도 음순을 양쪽으로 벌렸다.

19. 마리는 백작 위로 쓰러진다

마리는 짓궂은 미소를 지었다.

바로 그때, 실로 끔찍한 광경이 벌어졌다.

한쪽 발이 미끄러지면서 마리의 음부가 백작의 얼굴을 덮쳤고, 백작이 균형을 잃으며 뒤로 넘어졌다. 둘은 우당탕 굴러떨어져 홀 바닥에 함께 널브러졌다.

20. 마리는 피에로에게 짓눌린다

홀 바닥은 완전히 난장판이 되었다.

극도로 흥분한 마리는 난쟁이의 음경을 물어뜯었고, 난쟁이는 비명을 질렀다.

피에로가 달려들어 마리를 쓰러뜨렸다. 그는 재빨리 마리의 두 손을 눌렀고, 다른 사람들이 마리의 다리를 제압했다.

마리가 숨을 헐떡였다.

"놔줘."

잠시 후, 그녀가 조용해졌다.

그녀는 눈을 감은 채 탈진한 짐승처럼 숨을 쉬었다.

이윽고 그녀가 눈을 떴다. 얼굴이 발갛게 달아오른 피에로는 땀에 젖은 채 그녀의 몸에 포개져 있었다.

"해줘." 그녀가 말했다.

21. 피에로는 마리와 성교한다

"그렇게 해, 피에로." 여주인이 말했다.

술꾼들이 희생양의 주변을 둘러쌌다.

마리는 이런 호들갑이 거북해서 몸을 일으켰다. 술꾼들이 그녀를 반듯이 눕힌 다음 두 다리를 벌렸다.

그녀의 숨결이 거칠고 빨라졌다. 그녀는 머리를 옆으로 돌렸다.

그 광경은 차츰 돼지의 도살이나 신의 시해를 연상케 했다.

피에로가 바지를 내리자, 백작은 옷을 모두 벗으라고 명령했다.

그 장정은 황소처럼 달려들었다. 백작은 음경이 잘 삽입되도록 도왔다. 희생양의 알몸이 꿈틀하더니 마침내 요동쳤다. 믿을 수 없을 정도로 격렬한 몸과 몸의 결합.

숨죽이며 지켜보던 사람들은 이 요란한 광기에 완전히 압도되었다. 손톱과 이빨에 상처가 났고, 비명과 신음이 뒤섞였다. 마침내 허리를 꺾으며 소리치던 하인이 숨을 멈추고

정액을 쏟아내자, 마리가 죽음과도 같은 경련으로써 그에게
화답했다. ....
....
....

22. 마리는 숲속에서 새들의 노래를 듣는다

....
....
.... 마리의 정신이
돌아왔다. 그녀는 숲속 깊은 곳에서 새들의 노래를 들었다.
　몹시 예쁜 노래들이 이 나무에서 저 나무로 날아다녔다.
젖은 풀잎 위에 누워 그녀는 맑은 하늘을 보았다. 그 순간,
동이 텄다.
　허공에 매달린 고통스러운 행복에 사로잡힌 채 그녀는 추
위를 느꼈다. 하지만 천천히 머리를 들고 싶었다. 탈진으로
다시 땅바닥에 쓰러졌음에도, 그녀는 눈부신 햇빛, 무성한
나뭇잎, 숲속 가득한 새들을 가만히 바라보았다. 한순간, 수
줍던 어린 시절의 기억이 뇌리를 스쳐갔다. 바로 그때, 그녀
를 향해 몸을 숙인 백작의 넓고 단단한 얼굴이 눈에 들어왔
다.

23. 마리는 구토를 한다

마리가 난쟁이의 얼굴에서 읽은 것은 죽음의 확실성이었다. 그 얼굴은 단지 공허한 환멸, 무력하지만 채울 수 없는 희망을 표현할 뿐이었다. 그녀는 혐오감에 몸서리를 쳤다. 죽음이 다가오자, 그녀는 두려움에 휩싸이기 시작했다.

그녀의 내면에는 격심한 고통만이 존재했다. 무릎을 꿇고 있는 괴물 앞에서, 그녀는 이를 악물고 몸을 일으켰다.

자리에서 일어난 그녀는 비틀거렸다.

흠칫 뒤로 물러난 그녀는 백작을 바라보았고, 갑자기 구토하기 시작했다.

"잘 봐요." 그녀가 말했다.

"조금 편해졌소?" 백작이 물었다.

"아뇨." 그녀가 말했다.

그녀는 자기 앞의 토사물을 오래도록 바라보았다. 찢어진 외투는 그녀의 몸을 잘 가려주지 못했다.

"어디로 갈까요?" 그녀가 물었다.

"당신 집으로."

24. 마리는 난쟁이를 자극한다

"우리 집으로?" 마리가 신음하듯 말했다. 다시 머리가 어지러웠다.

"우리 집으로 가자는 걸 보니 당신은 악마이군요?" 마리가 물었다.

"가끔 사람들이 나를 악마라고 불렀소." 난쟁이가 정중하게 대답했다.

"악마." 마리가 말했다. "그래, 난 악마 앞에서 똥을 쌀 거야."

"방금 막 토했잖소."

"난 똥을 쌀 거야."

그녀는 쪼그리고 앉아 토사물 위에 똥을 쌌다.

백작은 여전히 무릎을 꿇고 있었다.

마리는 떡갈나무에 몸을 기댔다. 땀에 흠뻑 젖은 그녀는 최면 상태에 빠진 듯했다.

그녀가 말했다.

"봐요, 이건 아무것도 아녜요. 잠시 후 우리 집에 가면, 당신은 무서워서 사지가 벌벌 떨릴 텐데…"

그녀는 거칠게 머리를 흔들었다. 그리고 갑자기 난쟁이의 두 귀를 잡아당겼다.

"그래도 갈래요?"

"물론이오." 백작이 말했다.

그는 들릴 듯 말 듯 나직이 덧붙였다.

"쓸 만한 여자야."

25. 마리는 백작과 계약을 맺는다

백작의 말을 들은 마리가 그를 가만히 바라보았다.

그는 자리에서 일어났다.

"내게 이런 식으로 말한 사람은 아무도 없어." 그가 중얼거렸다.

"달아나도 괜찮아요." 그녀가 말했다. "하지만 당신이 온다면…"

백작이 서둘러 말을 끊었다.

"당신을 따라가겠소… 그러면 당신은 내게 몸을 주시오."

그녀는 난폭하게 말했다.

"시간이 됐어. 자, 가요!"

26. 마리와 백작은 집으로 들어간다

그들은 걸음을 재촉했다.

집에 도착했을 때, 해가 솟아오르고 있었다. 마리는 철문을 밀었다. 그들은 고목古木 사이로 난 오솔길을 걸어갔다. 태양이 그들의 머리를 황금빛으로 물들였다.

격심한 고통 속에서도, 마리는 햇빛이 다사롭게 느껴졌다. 그녀는 백작을 자기 방으로 들어오게 했다.

"옷을 벗어요." 그녀가 말했다. "옆방에서 기다릴게요."

난쟁이는 천천히 옷을 벗었다.

무성한 나뭇잎 사이로 들어온 햇빛이 벽을 얼룩지게 했고, 햇빛의 반점들이 사방에서 춤을 추었다.

27. 마리는 죽는다…

백작의 음경이 발기하기 시작했다.

그의 음경은 길고 불그스름했다.

그의 알몸과 음경은 악마의 그것처럼 끔찍한 기형을 이루고 있었다. 턱없이 높고 각진 두 어깨 사이에 묻힌 머리는 흉물스러웠다.

마리를 간절히 원했기에, 그의 몸은 온통 성욕으로 들끓었다.

그는 방문을 밀었고, 그녀를 보았다.

처량하게 벌거벗은 그녀를.

마리는 벌거벗은 채 침대 앞에서 그를 기다렸는데, 자극적이면서도 추한 모습이었다. 왜냐하면 술과 피로가 그녀를 녹초로 만들었기 때문이다.

"왜 그래요?" 마리가 물었다.

시체가 백작의 시선을 사로잡았다.

백작은 위축된 듯 말을 더듬거렸다.

"난 몰랐소…."

그는 장롱에 몸을 기대지 않으면 안 되었다. 그의 음경이 호물호물 쪼그라들었다.

마리는 끔찍한 미소를 지었다.

"어쩔 수 없어!" 그녀가 소리쳤다.

그녀는 손에 주사용 앰풀을 쥐고 있었다.

28. 시체들

....

....

.... 백작은 천천히 줄지어 묘지로 가는 두 영구 마차를 보았다. .... 두 영구 마차는 쓸쓸히 들판을 가로지르고 있었다.

그가 나직이 탄식했다.

"그녀는 나를…"

그의 몸이 운하 속으로 조금씩 잠겨 들었다. 어렴풋한 소리가 한순간 물의 고요를 깨뜨렸다.

서문으로 예정되었던 원고[*]

나의 고통과 비슷한 고통이 또 있을까?

1

「시체」를 처음 탈고한 것은 늦어도 1944년 6월 이전이다. 더 정확한 집필 시기는 모르겠다. 1944년 봄, 나는 퐁텐블로 근처 사무아^{**}에서 혼자 지내고 있었다. 그 당시 폐결핵으로 병가를 낸 나는 파리로부터 공무원 봉급을 받아 생활했고, 보름마다 퐁텐블로로 가서 가슴에 맑은 공기를 불어 넣는 치료를 받았다. 퐁텐블로는 사무아에서 3-4킬로미터 떨어져 있었는데, 미군이 들어오기 직전인 당시에는 시외버스가 두 지역을 연결했다. 그런데 내게는 자전거가 있었다. 미군이 독일군을 몰아내고 있던 기간에 계속된 나의 자전거 왕래는 뜻밖의 좋은 결과를 낳았다. 퐁텐블로와 사무아 해방 직후, 나는 가슴에 맑은 공기를 불어 넣는 치료를 받으러 갔

---

* 「시체」의 서문 초안으로 쓰였지만, 실제로는 활용되지 않은 이 원고는 『전집 IV』의 주석에 실려 있다. Georges Bataille, *Oeuvres complètes IV*, Gallimard, 1971, pp. 363-366.—옮긴이
** Samois. 프랑스 '일 드 프랑스' 지방에 있는 마을.—옮긴이

다. 의사가 늑골 사이로 바늘을 예닐곱 번 찔러 넣었지만, 폐에서는 아무런 반응이 없었다. 그 이전에는 치료할 때마다 부풀어 있었던 가슴 속의 공기주머니가 텅 비어 있는 것이었다. 말하자면 병의 근원인 공기주머니가 사라진 것이었다. 바로 그때 내가 회복되었음을 알게 되었다. 공기주머니가 없어지고 세균 활동이 멈추었다는 사실이 회복을 입증하고 있었다. 그 후로 나는 더 이상 결핵으로 고통받지 않았다.

나는 10월에 파리로 돌아왔다. 그러나 미군이 들어오기 전에 내가 사무아에서 얼마나 오랫동안 고립되어 있어야 하는지 몰랐었기 때문에, 행여 불리한 전황 속에서 무일푼 신세가 되지 않도록, 나는 「시체」 원고를 포함하여 몇몇 원고를 파리의 서적상에게 팔아버린 상태였다.

내가 「시체」를 1944년 봄 이전에 쓴 것은 확실하다. 이 소설은 아마도 1943년에 집필되었을 텐데, 그 이전이 아님은 틀림없다. 내가 그것을 어디서 썼는지도 모르겠다. (1942년 말) 노르망디에서, 아니면 1942년 12월 혹은 1943년 1월부터 3월까지 파리에서? 아니면 1943년 3월부터 10월까지 베즐레에서? 아니면 1943년 11월부터 1944년 봄까지 파리에서? 어쩌면 1944년 4월에서 6월까지 사무아에서 썼을지도 모르겠다. 아니면 1943년에서 1944년으로 넘어가는 겨울, 파리 시내의 자그마한 로앙 광장일 수도 있으리라. 도무지 더 이상 기억이 나지 않는다. 하지만 원고를 서적상에게 팔 수 있도록 1944년 6월 이전에 「시체」를 타자기로 필사해둔

266

것은 확실하다. (또한 1942년 봄에 내가 병에 걸렸으니까 그 이후에, 최고로 빨라야 1942년 9월에서 11월까지 노르망디에 머물렀을 때 이 소설을 쓴 것으로 생각되기도 한다.)

어쨌든 내가 결핵을 앓던 노르망디 체류 시절과 「시체」사이에는 더없이 긴밀한 관계가 존재한다. 나는 노르망디의 (내가 「시체」에서 키이 마을이라고 부르는) 티이 마을에서 멀지 않은 곳에 머물렀다. 키이 여인숙 주점은 실은 티이 여인숙 주점이며, 키이 주점의 여주인도 티이 주점의 여주인이다. 다른 세부 사항은 비를 제외하고는 모두 내가 창안한 것이다. 1942년 10월 또는 11월, 티이에서는 쉴 새 없이 비가 내렸다. 쵤리*가 술집 문을 두드린 몹시 어두운 밤도 제외해야 할까? 심지어 내가 그 여인숙에서 숙박을 했는지 안 했는지도 기억나지 않는다. 아마도 숙박했으리라. 내 기억으로, 술집 홀에는 고무장화를 신은 농장 사내 두세 명과 자동 피아노 한 대가 있었다. 아무튼 실내가 음울하고 무절제했다. 요컨대 티이 여인숙 분위기는 대체로 「시체」의 여인숙 분위기의 바탕을 이룬다. 게다가 나는 두려움을 불러일으키는 이 여인숙에서 결국, 혼자, 잠을 잤다는 사실도 꽤 명료하게 기억한다.

나머지는 11월의 기상천외한 광경 속에서 벌어지는 광란의 성적 흥분에 연관된다. 그때 나는 티이에서 멀지 않은 곳

✽ 실제로 출판된 소설 「시체」에서는 여주인공 이름이 마리이다.─옮긴이

에서 혼자 살고 있었다. 나의 연인이었던 아름다운 아가씨와 나는 서로 1킬로미터 떨어진 두 집에 각자 거주했다. 나는 어두운 조명 아래에서 쇠약과 공포와 흥분으로 몸살을 앓았다. 내가 변변찮은 신발을 신고서 자전거로 오고 간 그 움푹 파인 좁다란 진창길을 사람들이 머릿속으로 상상하기란 쉽지 않으리라. 그 당시 나는 대개 농부들 집에서 혼자 식사했다.

어느 날 엔진이 작동을 멈춘 비행기 소리를 들었던 게 특별히 기억난다. 엔진 소리에 뒤이어 엄청난 충돌음이 들렸다. 나는 자전거를 타고 달렸다. 그리고 마침내 그 독일군 비행기가 추락한 장소를 발견했다. 비행기는 드넓은 (사과나무) 과수원에서 불타고 있었다. 몇몇 나무가 검게 타버렸고, 비행기에서 튀어나온 시체 서너 구가 풀밭에 널브러져 있었다. 틀림없이 영국군 조종사가 좀 더 멀리 센강 골짜기에서 이 독일군 비행기를 격추했으리라. 독일군 병사 하나가 군화 밑창이 떨어져 나간 채 맨발을 드러내고 있었다. 시체들의 머리는 형상을 알아보기 힘들었다. 화염이 머리를 태운 모양이었다. 그 맨발 하나만이 아무런 손상 없이 멀쩡했다. 그 발은 유일하게 인간적인 육체의 일부분이었지만, 이미 흙으로 더럽혀진 맨살은 무척 비인간적으로 보였다. 불덩어리의 열기가 그 맨발의 형상을 약간 일그러뜨렸다. 하지만 맨발은 발갛게 익지도 시커멓게 타지도 않았다. 밑창 없는 군화 속에서, 맨발은 악마적이었다. 그렇다, 맨발은 비현실적이고,

적나라하게 벌거벗었고, 상황에 어울리지 않게 외설적이었다. 그 벌거벗은 발이 나를 바라보고 있었기 때문에, 나는 오래도록 그 자리를 떠날 수 없었다.

(진실이란 단 하나의 얼굴만을 지닌다고 나는 믿는다. 즉 폭력적인 부정否定의 얼굴이 그것이다. 진실은 '우의적寓意的인' 형상, '벌거벗은 여자'의 형상과는 아무런 공통점이 없다. 오히려 조금 전만 해도 살아 있었던 한 남자의 발, 그것이야말로 진실의 (부정적인) 폭력이다. 달리 말하자면, 진실은 죽음이 아니다. 필멸의 세계에서, 진실은 필경 가능성을 제시하는 동시에 가능성을 철회하는 보통의 '이런저런 것'이리라. 그리고 어쩌면 하나의 영원하고 한계 없는 가능성이 무한의 공간을 거쳐 존속하겠지만, 나의 내면에서 (글을 쓰고 있는 자의 내면에서) 그 발이 '실제 그대로의 존재'의 끔찍한 소멸을 예고하는 이상, 이제부터 내 눈에는 존재의 소멸을 절규보다 더 잘 예고하는 그 발의 투명성을 통해서만 '실제 그대로의 존재'가 보이리라.)

2

1942년의 노르망디 진창길에서 나는 그 이름에 걸맞은 철학자였을까? 과거의 어느 시절에 진정한 철학자였노라고 내가 미약하게나마 생각할 수 있는 오늘날, 그것은 벌써 희미한 추억이 되었다. 나는 더 이상 아무것도 읽지 않는다. (내

게는 이미 죽어버린) 철학적 활동을 계속할 가능성이 나의
내면에서 사라지고 있다. 나의 내면에서 철학적 활동으로
구축된 건물이 무너지고 있다, 아니 무너져버렸다. 확실히,
예전에 나로 하여금 헤겔을 읽게 한 동기, 심지어 하이데거
의 경우 깊이 매력을 느끼지 못했음에도 그의 책을 읽게 만
든 동기가 깡그리 없어졌다. (물론 몇몇 예외를 제외하고 독
일어로 읽지는 않았다.) 그 독서가 내게 남긴 것은 무엇보다
극단적인 침묵이었다.

  결국 유약하게도 내가 다음과 같은 사실을 고백한다고 해
서 사람들이 나를 비난할까. 즉 지금 내가 서서히 되어가고
있는, 아니 내가 이미 되어버린 무의미한 인간 부류가 앞서
말한 '극단적인 침묵'이 지니는 것과 같은 의미를 더 이상 지
니지 못한다는 사실 말이다. 지금 이 순간, 거울에 비스듬히
비친 내 공허한 얼굴이 보인다. 그 얼굴에는 극단적 침묵의
의미가 없다. 창문을 통해, 나는 실제로 '바다의 무한한 미
소'를 본다.

  내가 보기에 죽음이나 미칠 듯한 쾌감이나 나아가 숭고한
아름다움은 죽음을 아무것도 아닌 것으로 만들려는 무엇인
가, 열락이나 쾌감을 더 이상 중요하지 않은 것으로 만들려
는 무엇인가와 뒤섞이고, 공포와 아름다움과 숭고함과 천박
함은 서로 일치하면서 서로를 강화하며, 죽음과 쾌감과 아
름다움은 결코 흐느낌과 구별되지 않는 미소 속에서 서로를
만나거나 서로를 잃는다. 그런데 그 미소 속에는 흐느낌이

감추는 뒤죽박죽의 혼란이 있을까?

한 철학자, 아마도 한 수다쟁이가 이렇게 썼다. "이제 문제는 아무도 본 적도 없고, 보지도 못할 것이고, 볼 수도 없는 '왕 중의 왕'이다… 우리가 처한 상황은 점점 더 비교적秘教的인 일련의 기나긴 견신見神 끝에 어이없게도 텅 빈 성소聖所에 도달하는 종교적 입문자의 상황과 같다." 내가 안다고도 하기 힘든 이 철학자는 나를 난처하게 하는데, 왜냐하면 입을 다물지 않았기 때문이다. 그렇다면 내가 침묵해야 할까? 아니다. 격정적인 시인, 이성적인 변증론자는 언어가 아무것도 아니라고, 쾌락과 고통은 찰나에 지나지 않는다고 말함으로써 언어의 가능성을 끝없이 연다. (그리고 동시에 끝없이 닫는다.) 그렇지만 살아 있지 않고서야 어떻게 그렇게 말할 수 있을까? 산다는 것은 끝나지 않으면서 끝나는 것을 다시 시작한다는 것이다. 밤의 소란 속에서 내가 끝까지 기다리고 있는 것, 낮의 고요 속에서 내가 끝까지 기다리고 있는 것…

하지만 무엇 하러 죽음의 통지서를 미리 받을 것인가?

죽음의 고통을 사전에 겪도록 초대받은 사람은 아무도 없지 않은가!

죽음은 자신의 그림자를 낮까지 드리운다.

조종弔鐘이 하늘을 가르지만, 소리가 즐겁다. 나는 죽지만, 죽는다는 사실에 웃음 짓는다.

나는 우리를 망연자실하게 만드는 것에서 나의 기쁨을 끌어낸다.

271

나보다 먼저 죽음의 쾌감을 '송두리째' 가늠한 사람이 과연 있을까?

　우리가 아는 한, 죽음의 비밀은 육체의 과도한 쾌감에 있다. 여자를 향유한다는 것은 그녀의 죽음, 그녀의 수치, 그녀의 죄악을 투명하게 향유한다는 것이다. 여성의 사랑스러운 행위는 가장假將이며, 실제로는 죽음의 가면이다. 과도한 사랑은 절제된 위선에 지나지 않는다. 죽음의 행복은 지극한 것이다. 죽음의 행복은 나의 내면에 존재하는 과도한 무엇인가, 내게서 목이 졸리는 듯한 경련을 불러일으키려는 과도한 무엇인가이다. 그러니 격정적으로 살지 않고서야 어떻게 내가 말로 표현할 수 없는 관능을 느낄 수 있겠는가? 아마도 나는 죽음의 순간에 이르러서야 비로소 그 지극한 관능을 거짓 없이 느끼리라, 완벽하게…

　극도로 불안한 혼란 속에서 나는 여자보다 죽음을 더욱 간절히 청한다. 오직 침묵 속에서 죽음을 청한 사람이 있었을까? 나는 죽음을 청한다. 나는 「시체」를 썼다.

　그는 자신의 무덤에 이런 비명碑銘이 새겨지는 걸 거부했다. '나는 결국 지상포ㅏ의 행복에 이르렀도다.' 무덤 또한 언젠가 사라지리라.

조르주 바타유 연보

1897년 9월 10일
프랑스 오베르뉴 지방 퓌드돔의 비용Billom에서 아버지 조제프-아리스티드 바타유와 어머니 앙투아네트-아글라에 투르나드르 사이에서 태어난다. 조르주가 태어났을 때, 아버지는 매독 환자이며 시각장애인이었다.

1901년
가족이 프랑스 북부 도시 랭스Reims로 이주한다.

1914년
바칼로레아 시험에 합격하고, 가톨릭 신자가 된다. 1차세계대전이 발발한다. 독일의 공습으로 아버지를 홀로 남겨둔 채 오베르뉴 지방으로 피란한다.

1915년
독실한 신자로서 사제가 되기로 결심한다. 우울증 환자인 어머니는 정신착란을 일으켜 자살을 기도하고, 홀로 버려진 아버지는 가난과 고독 속에서 죽는다. 부모의 삶과 죽음은 바타유에게 깊은 죄의식을 남긴다.

1916년
전쟁에 동원되었으나 폐결핵으로 제대한다.

1917년
사제가 되기 위해 캉탈Cantal의 생플루르 신학교에 입학하여 이듬해까지 신학을 공부한다.

1918년

중세 기사도를 더욱 심도 있게 공부하기 위해 파리 국립고문서학교École des Chartes에 입학한다.

1922년

국립고문서학교를 차석으로 졸업하고, 마드리드로 여행을 떠난다. 마드리드 투우장에서 투우사의 끔찍한 죽음을 목격하는데, 이 비극을 통해 폭력과 공포가 쾌감의 열쇠일 수 있음을 체험한다.

1923년

니체의 세계에 열광하며, 니체 독서와 함께 종교적 환상을 버린다. 훗날 『니체론』을 쓸 것이다.

1924년

파리 국립도서관 사서로 배치된다. 초현실주의자들과 교제하기 시작하고, 작가 미셸 레리스Michel Leiris와 화가 앙드레 마송André Masson을 만나 우정을 쌓는다. 초현실주의 진영의 수장 앙드레 브르통André Breton의 「1차 초현실주의 선언Premier Manifeste du surréalisme」에 실망한다.

1925년

사회학자 마르셀 모스Marcel Mauss의 저술을 읽으면서 '비생산적 소비'의 중요성을 깨닫는다.

1926-1927년

초현실주의 진영의 주요 구성원들과 가깝게 지내지만, 진영의 일원이 되지는 않는다. 사드Sade의 세계에 입문한다.

1928년

연극 배우 실비아 마클레Sylvia Maklès와 결혼한다. 로드 오슈Lord Auch라는 필명으로 최초의 소설 『눈이야기Histoire de l'oeil』를 출간한다.

1929-1930년

문예잡지 『도퀴망Documents』의 편집장으로 일한다. 레몽 크노Raymond Queneau, 미셸 레리스 등과 함께 앙드레 브르통을 비판하는 팸플릿 「시체Un Cadavre」를 발표한다.

1931년

시와 수필의 중간 형태인 『태양의 항문L'Anus solaire』을 출간한다. 공산주의 진영의 잡지 『사회비평La Critique sociale』에 글을 기고한다.

1932년

알렉상드르 코제브Alexandre Ko-
jève의 헤겔 강의를 듣는다. 훗날
『내적 체험』의 한 문단을 헤겔 연
구에 할애할 것이다.

1933년

마르셀 모스의 영향으로 쓴 「소비
의 개념La notion de dépense」을 『사회
비평』에 기고한다. 이 글은 훗날
발표될 『저주의 몫』의 바탕을 이
룬다.

1934년

아내 실비아 마클레와 이혼하지
는 않으나 실질적으로 결별한다.
콜레트 페뇨Colette Peignot를 만나
사랑에 빠진다. 훗날 그녀가 쓴
『글Ecrits』을 로르Laure란 필명으
로 출판하도록 주선한다. 루이 트
랑트Louis Trente라는 필명으로 『아
이Le Petit』를 발표한다.

1935년

앙드레 브르통, 폴 엘뤼아르Paul
Eluard, 피에르 클로소프스키Pierre
Klossowski 등과 함께 반파시즘 투
쟁 조직 '반격Contre-Attaque'을 창설
한다. '반격' 창설을 위해 브르통
과 일시적으로 화해한다.

1936년

『미로 Le Labyrinthe』를 출간한다.
『무두인無頭人, Acéphale』지를 창간한
다. 『희생제의Sacrifices』를 출간한
다.

1937년

로제 카유아Roger Caillois, 미셸 레
리스 등과 함께 사회에 존재하
는 신성을 탐구하는 '신성 사회학
회Le Collège de sociologie sacrée'를 창
설한다.

1938년

로르의 죽음으로 절망과 고독에
빠진다. 국립도서관에서 많은 시
간을 보내면서 독서에 전념한다.

1940년

독일군이 파리에 입성하고, 바타
유는 지방을 전전한다.

1941년

피에르 앙젤리크Pierre Angélique라
는 필명으로 소설 「마담 에드와르
다Madame Edwarda」를 발표한다. 모
리스 블랑쇼Maurice Blanchot를 만나
우정을 쌓는다.

1942년
폐병으로 국립도서관 사서직을 떠난다.

1943년
실명으로 쓴 최초의 에세이 『내적 체험L'Expérience intérieure』을 출간한다. 연인이 될 디안 보아르네Diane Beauharnais를 만난다.

1944년
『죄인Le Coupable』, 『대천사L'Archangélique』를 출간한다.

1945년
『니체론Sur Nietzsche』을 출간한다.

1946년
문예지 『비평Critique』을 창간한다. 첫 번째 아내 실비아 마클레와 이혼한다. 실비아 마클레는 이미 연인이 된 정신분석학자 자크 라캉Jacques Lacan과 1953년에 정식으로 결혼할 것이다. 디안 보아르네와 재혼한다.

1947년
『할렐루야L'Alleluiah』, 『명상의 방법Méthode de méditation』, 『쥐 이야기Histoire de rats』, 『시의 증오La Haine de la poésie』를 발표한다.

1948년
『종교의 이론Théorie de la religion』을 출간한다.

1949년
『에포닌Eponine』을 출간한다. 자신의 책 중에서 가장 중요한 책이라고 평가한 『저주의 몫La Part maudite』을 발표한다.

1950년
『C 신부L'Abbé C』를 출간한다. 시인 르네 샤르René Char와 화가 파블로 피카소를 만나며, 그들과 함께 종종 투우를 관람한다.

1951년
오를레앙 시립도서관장으로 일한다.

1952년
레지옹 도뇌르 훈장을 받는다.

1955년

두 권의 미술 연구서『라스코 혹은 예술의 탄생Lascaux ou la Naissance de l'art』과『마네Manet』를 출간한다. 경구 동맥경화증이 악화한다.

1957년

『하늘의 푸르름Le Bleu du ciel』,『문학과 악La Littérature et le mal』, 미셸 레리스에게 헌정하는『에로티시즘L'Erotisme』을 발표한다.

1959년

병이 깊어진다.『질 드 레 재판Le Procès de Gilles de Rais』을 출간한다.

1961년

마지막 저술『에로스의 눈물Les Larmes d'Éros』을 발표한다.

1962년

『시의 증오』를『불가능L'Impossible』이란 제목으로 다시 출간한다.

1962년 7월 9일

파리에서 사망한다.

1966-1967년

유작『나의 어머니Ma Mère』,『시체Le Mort』가 출판된다.

1970-1988년

갈리마르 출판사가 미셸 푸코Michel Foucault의 서문이 실린『바타유 전집Oeuvres Complètes』열두 권을 완간한다.

바타유 저작 연표

Histoire de l'oeil, René Bonnel, 1928.

L'Anus solaire, Ed. de la Galerie Simon, 1931.

Le Petit, Georges Hugnet, 1934.

Madame Edwarda, Ed. du Solitaire, 1941.

L'Expérience intérieure, Gallimard, 1943.

Le Coupable, Gallimard, 1944.

L'Archangélique, Messages, 1944.

Sur Nietzsche, Gallimard, 1945.

L'Orestie, Ed. des Quatre-Vents, 1945.

Dirty, Fontaine, 1945.

L'Alleluiah, Auguste Blaizot, 1947.

Méthode de méditation, Fontaine, 1947.

Histoire de rats, Minuit, 1947.

La Haine de la poésie, Minuit, 1947.

Théorie de la religion, Gallimard, 1948.

La Part maudite, Minuit, 1949.

Eponine, Minuit, 1949.

L'Abbé C, Minuit, 1950.

La Peinture préhistorique : Lascaux ou la naissance de l'art, Skira, 1955.

Manet, Skira, 1955.

La Littérature et le mal, Gallimard, 1957.

L'Erotisme, Minuit, 1957.

Le Bleu du ciel, J.-J. Pauvert, 1957.

Les Larmes d'Eros, J.-J. Pauvert, 1961.

L'Impossible, Minuit, 1962.

Ma Mère, J.-J. Pauvert, 1966.

Le Mort, J.-J. Pauvert, 1967.

미셸 푸코가 서문을 쓴 갈리마르 출판사 간행 바타유 전집 12권 (1970-1988)

Oeuvres Complètes I

Premiers Ecrits, 1922-1940 : Histoire de l'oeil, L'Anus solaire, Sacrifices, Articles.

Oeuvres Complètes II

Ecrits posthumes, 1922-1940.

Oeuvres Complètes III

Oeuvres littéraires : Madame Edwarda, Le Petit, L'Archangélique, L'Impossible, La Scissiparité, L'Abbé C, L'Etre indifférencié n'est rien, Le Bleu du ciel.

Oeuvres Complètes IV

Oeuvres littéraires posthumes : Poèmes, Le Mort, Julie, La Maison brûlée, La Tombe de Louis XXX, Divinus Deus, Ebauches.

Oeuvres Complètes V

Somme athéologique I : L'Expérience intérieure, Méthode de médita-

tion, Post-scriptum 1953, Le Coupable, L'Alleluiah.

Oeuvres Complètes VI

Somme athéologique II : Sur Nietzsche, Memorandum, Annexes.

Oeuvres Complètes VII

L'Economie, A la mesure de l'univers, La Part maudite, La Limite de l'utile, Théorie de la religion, Conférences 1947-1948, Annexes.

Oeuvres Complètes VIII

Histoire de l'érotisme, Le Surréalisme au jour le jour, Conférences 1951-1953, La Souveraineté, Annexes.

Oeuvres Complètes IX

Lascaux ou la naissance de l'art, Manet, La Littérature et le mal, Annexes.

Oeuvres Complètes X

L'Erotisme, Le Procès de Gilles de Rais, Les Larmes d'Eros.

Oeuvres Complètes XI

Articles I, 1944-1949.

Oeuvres Complètes XII

Articles II, 1950-1961.

바타유 서한집

Georges Bataille, Choix de lettres 1917-1962, Gallimard, 1997.

옮긴이의 말

조르주 바타유의 세계를 만난 건 한마디로 운명이었다. 2006년에 쓴 졸저『조르주 바타이유』*의 서문에서도 말했듯, 우연히 방문한 라스코 동굴의 경이로운 그림이 나의 학문적 여정을 완전히 바꾸었다. 바타유도 그의 에로티시즘 사유가 라스코 동굴의 '우물' 그림에서 비롯되었다고 술회한 바 있다. 약 2만 년 전 노랑, 빨강, 검정으로 그려진 600여 점의 뛰어난 그림은 내가 믿었던 이분법적 구분, 즉 문명과 야만, 인식과 미망, 신성과 인간, 노동과 예술 등을 근본적으로 재고하게 했다.

여행에서 돌아온 나는 바타유 전집을 구입하여 주요 이론

❧ 현재 국립국어원 외래어 표기법에 따르면, 'Georges Bataille'는 '조르주 바타유'로 표기하는 것이 맞다. 그러나 2006년 초판 1쇄를 찍을 당시 필자는 책의 제목을『조르주 바타이유』로 정했다. 왜냐하면 된소리를 금지하는 것은 받아들였으나 '-ille'를 '유'로, 즉 '베르사이유', '마르세이유' 등을 '베르사유' '마르세유' 등으로 표기하는 것은 도저히 이해하기 힘들었기 때문이다. 그러나 이번 번역에서는 여전히 불만스러움에도 국립국어원 외래어 표기법을 따랐다.

서와 창작서를 열에 들떠 읽었고, 우리나라에 막 소개되기 시작한 바타유의 사유를 본격적으로 알리는 데 주력했다. 그동안 그의 핵심 이론서 『저주의 몫』과 『에로티시즘』을 해설한 『조르주 바타이유』를 썼고, 에로티시즘의 역사를 기술한 『에로스의 눈물』을 번역했으며, 그의 소설 「마담 에드와르다」, 『눈 이야기』, 『하늘의 푸르름』 등에 관한 논문을 썼다. 그러고 보면 바타유의 '소설'을 번역하여 출판하는 것은 이번이 처음인데, 왜 그랬을까?

바타유의 소설 번역은 나로서는 상당한 용기가 필요한 일이었다. 바타유는 도서관 사서로 일했기에 소설을 실명이 아니라 필명으로 발표한 경우가 많았다. 그만큼 그의 소설은 바르트가 말한 '한계의 글쓰기'를 구현하고 있었고, 내용의 '외설성'이 일반 독자의 양해 수준을 월등히 넘어서는 것이었다. 하지만 그의 소설을 번역하지 않고 내가 바타유를 알리는 데 일조했다고 자부할 수 있을까? 왜냐하면 바타유의 소설은 한 편 한 편이 그의 사유 세계를 송두리째 관통하고 있기 때문이다. 특히 이 책에 담은 「나의 어머니」와 「마담 에드와르다」는 자전적인 요소가 강하고, 「시체」는 그의 핵심 주제인 성과 죽음을 강조하기에 바타유가 누구인지 잘 알려줄 성싶다. 게다가 바타유의 소설들은 스토리가 엇비슷하므로, 전문 연구자가 아닌 일반 독자라면 이 책의 독서만으로도 바타유의 사유 세계를 대략 이해할 수 있을 것이다. 어쨌든 이런 이유로 나는 오랫동안 망설였던 바타유 소설 번역에 임했다.

소설을 읽는 데 구구한 해설이 필요하랴마는, 바타유의 소설이 대상일 때는 상황이 조금 다를 것 같다. 바타유의 글은 대체로 난해하며, 이따금 난삽하다. 그의 문장은 어휘가 어렵지 않지만, 문맥이 명확하게 제시되지 않아 행간을 잘 읽어야 할 때가 많다. 모쪼록 책의 도입부에 실어둔 '옮긴이 해설'이 성과 죽음, 금기와 위반이라는 인생의 씨줄과 날줄을 음미하는 데 조금이라도 도움이 되기를 바란다. 번역의 저본底本으로는 갈리마르 출판사 간행 『전집 III』*에 수록된 *Madame Edwarda*, 『전집 IV』**에 수록된 *Ma Mère*와 *Le Mort*를 사용했다.

2024년 겨울
유기환

✤   Georges Bataille, *Oeuvres complètes III*, Gallimard, 1971.
✤✤   Georges Bataille, *Oeuvres complètes IV*, Gallimard, 1971.

편집 후기

바타유의 소설 세 편을 묶어 펴낸다. 「마담 에드와르다 Madame Edwarda」, 「나의 어머니Ma Mère」, 「시체Le Mort」를. 단편 둘에 대장 격인 중편 하나인데 의미가 있을 거 같아서다. 우리의 출판 원칙이랄까 기호라면, 첫째는 남들이 안 하는 걸 하자는 것이다. 우리는… 개츠비가 싫다. 『동물농장』도 싫다. 근래에는 이 시리즈에 『인간 실격』도 합세했다. 나는 큰일이다. 남들이 흐뭇해할 만한 말을 좀 이런 기회에 해야 하는데, 그래서 사람 좋은 출판인으로 보여야 하는데 또 생각과는 다르게 적을 만들고 있다. 적敵? 바타유. 그것은 바타유에 붙이는 부적이다.

이 책을 21년엔가 기획하면서 먼저 시중에 나와 있는 바타유 저작 중에 소설들을 살폈다. 3종 정도 보이는 소설을 피해서 윤곽을 그리고 25년 이제 출판을 앞두고 있는 지금에 이르기까지 출판된 바타유의 소설 종 수는 그때와 변화가 없는 것 같다. 경쟁적인 측면에서 보면 다행이기도 하고 문득, 자처해서 이런 험난한 길을 가고 있는 우리의 출판 여정이 서글퍼 보이기도 한다. 서글픔?!… "문득 내가 잘못 살고 있다는 느낌, 그 느낌이 / 내 머리에 찬물을 한 바가지"(오규원, 「문득 잘못 살고 있다는 느낌이」, 『왕자가 아닌한 아이에게』) 퍼붓고는 달아나는데 나는 오늘 '편집 후기'를 쓰며 잘 살려고 아등바등하는 게 이렇게나 힘에 부치는 거구나 뼈저리게 깨닫는다. 이 느낌은 미행을 하며 죽 가시지 않는다. 우리가 잘하고 있는 걸까? 이제라도 우리도 『어린 왕자』를 내야 하지 않을까? 리미티드 에디션으로? 『어린왕자』결정판은 어떤가? 『필사 노트』도 한번 해봐? "악마 같은 (현실이) 나를 속인다."

  나는, 이 책을 작업하면서 메모에다 "또 다른 바타유를 기다린다"라고 썼다. 바타유가 만약 지금 등장한 작가라면 살아남을 수 있을까? 궁금하다. 다시 보니 질문이 잘못됐다. 바타유는 지금 문단, 지면, 시장에 등장할 수 있을까? 또 적을 만드는 것인지 모르겠지만, 나는 도무지 어느샌가부터 이시대의 감각을 믿을 수 없게 되어버렸다. 이 시대와 나는 단절된 것 같다. 그래서 남들이 하지 않는 비주류 문학과 예술에 천착하는지 모른다. 귀를 닫아버렸는지 모른다. 바타유가 난교 뒤에 기진맥진한 상태로 "그래도 난 행복해. 눈이 아프지만 네 모습이 잘 보여"라고 말할 때 내 눈도 천천히 뜨이는지 모른다. 실금 같은, 환상 같은 찰나의 지상에 사는지 모른다. 금기를, 욕망을, 추구를, 어수선함을, 또는 외경을 나는 기다리고 어쩌면 우리는 마음대로 뒤섞이고 있다. 번역자 선생님께 감사한다. 20년도 더 전, 한 잡지에 실으셨던 「시체」를 이 책을 위해 수면 위로 꺼내시고 새로 가다듬어주셨다. 「시체」와 더불어 이 책을 어떤 작품들로 구성할 것인지 여러 후보 사이에서 고민하던 우리에게 귀한 의견을 주시고 이처럼 완결된 하나의 장면을 만들어주셨다. 그리고 꽉꽉 애정을 담아주셨다. 우리의 길이다.

미행에서 만든 책들

1	소설	마르셀 프루스트	최미경	**쾌락과 나날**
2	시	조르주 바타유	권지현	**아르캉젤리크**
3	소설	유리 올레샤	김성일	**리옴빠**
4	시	월리스 스티븐스	정하연	**하모니엄**
5	소설	나카지마 아쓰시	박은정	**빛과 바람과 꿈**
6	시	요제프 어틸러	진경애	**너무 아프다**
7	시	플로르벨라 이스팡카	김지은	**누구의 것도 아닌 나**
8	소설	카트린 퀴세	권지현	**데이비드 호크니의 인생**
9	르포	스티그 다게르만	이유진	**독일의 가을**
10	동화	거트루드 스타인	신혜빈	**세상은 둥글다**
11	산문	미시마 유키오	강방화 · 손정임	**문장독본**
12	소설	마르셀 프루스트	최미경	**익명의 발신인**
13	시	E. E. 커밍스	송혜리	**내 심장이 항상 열려 있기를**
14	시	E. E. 커밍스	송혜리	**세상이 더 푸르러진다면**
15	산문	데라야마 슈지	손정임	**가출 예찬**
16	칼럼	에릭 사티	박윤신	**사티 에릭 사티**
17	산문	뢱 다르뎅	조은미	**인간의 일에 대하여**
18	르포	존 스타인벡 · 로버트 카파	허승철	**러시아 저널**
19	소설	윌리엄 포크너	신혜빈	**나이츠 갬빗**
20	산문	미시마 유키오	손정임 · 강방화	**소설독본**
21	소설	조르주 로덴바흐	임민지	**죽음의 도시 브뤼주**
22	시	프랭크 오하라	송혜리	**점심 시집**
23	산문	브론테 자매	김자영 · 이수진	**벨기에 에세이**
24	소설	뱅자맹 콩스탕	이수진	**아돌프 / 세실**
25	산문	안드레이 플라토노프	윤영순	**전쟁 산문**
26	소설	안토니 포고렐스키 외	김경준	**난 지금 잠에서 깼다**
27	소설	모리 오가이	전양주	**청년**
28	소설	알베르틴 사라쟁	이수진	**복사뼈**
29	산문	페르난두 페소아	김지은	**이명의 탄생**
30	산문	가타야마 히로코	손정임	**등화절**
31	산문	고바야시 히데오	유은경 · 이재창	**비평가의 책 읽기**
32	소설	조르주 바타유	유기환	**마담 에드와르다 / 나의 어머니 / 시체**

한국 문학

1	시	김성호	**로로**
2	시	유기환	**당신이 꽃 옆에 서기 전에는**

조르주 바타유(Georges Bataille, 1897-1962)는 프랑스 퓌드돔의 비용에서 태어나 파리에서 죽었다. 일상적 사유 세계에서 배제된 에로티시즘, 죽음, 비생산적 소비 등 이른바 '저주의 몫'을 열정적으로 탐구한 그는 위반과 과잉의 글쓰기, 전복과 역설의 철학으로 유명하다. 소설, 시, 에세이를 넘나드는 그의 저작 세계는 철학, 문학, 종교적 성찰 사이의 전통적 구분을 산산조각내며 독자적인 세계를 이룩한다. 저서로『눈 이야기Histoire de l'oeil』(1928),『마담 에드와르다Madame Edwarda』(1941),『내적 체험L'Expérience intérieure』(1943),『죄인Le Coupable』(1944),『니체론Sur Nietzsche』(1945),『저주의 몫La Part maudite』(1949),『하늘의 푸르름Le Bleu du ciel』(1957),『에로티시즘 L'Erotisme』(1957),『질 드 레 재판Le Procès de Gilles de Rais』(1959),『에로스의 눈물Les Larmes d'Eros』(1961) 등이 있고, 유작으로『나의 어머니Ma Mère』(1966),『시체Le Mort』(1967)가 있다.

옮긴이 유기환은 한국외국어대학교 프랑스어과를 졸업했고, 프랑스 파리 8대학교에서 '노동소설의 미학' 연구로 불문학 박사학위를 받았다. 한국외국어대학교 프랑스어학부 교수로 오랫동안 재직한 후, 지금은 글 쓰는 일에 전념하고 있다.『알베르 카뮈』,『조르주 바타이유』,『노동소설, 혁명의 요람인가 예술의 무덤인가』,『에밀 졸라』,『프랑스 지식인들과 한국전쟁』(공저) 등을 썼고, 카뮈의『이방인』,『반항인』, 바르트의『문학은 어디로 가고 있는가』, 바타유의『에로스의 눈물』, 외젠 다비의『북 호텔』, 그레마스/퐁타뉴의『정념의 기호학』(공역), 졸라의『나는 고발한다』,『실험소설 외』,『목로주점』,『돈』,『패주』등을 번역했으며,「19세기 프랑스 사실주의의 역사와 쟁점」,「글쓰기의 은유로서의「마담 에드와르다」」등 30여 편의 논문을 발표했다. 시집으로『당신이 꽃 옆에 서기 전에는』을 출판했다.

마담 에드와르다 / 나의 어머니 / 시체

조르주 바타유
유기환 옮김

초판 1쇄 발행 2025년 2월 20일

펴낸곳 미행
출판등록 제2020-000047호
전화 070-4045-7249
메일 mihaenghouse@gmail.com
인쇄 제책 영신사

ISBN 979-11-92004-27-3 03860